U0559588

大地上的喀什

上海市作家协会 编

上海文化出版社

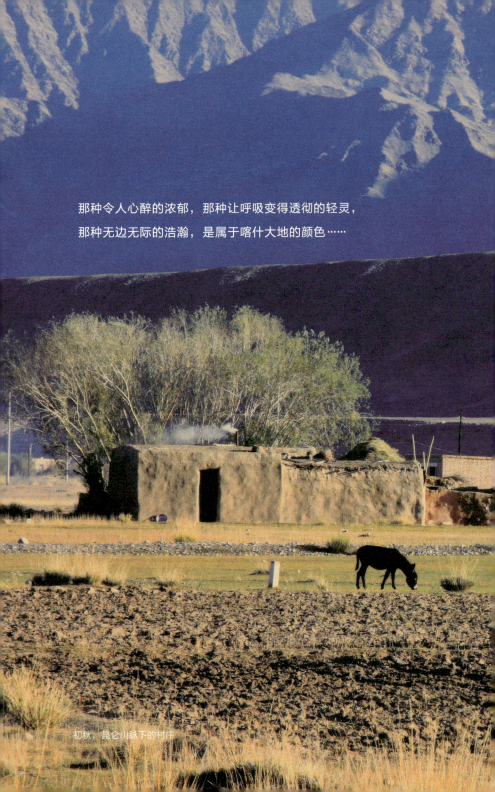

那种令人心醉的浓郁，那种让呼吸变得透彻的轻灵，
那种无边无际的浩瀚，是属于喀什大地的颜色……

初秋，昆仑山脉下的村庄

喀什的色彩

薛舒·摄

大地上的喀什

● ● ● ● 11月的最后一天，在通往塔什库尔干的路上

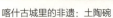
喀什古城里的非遗：土陶碗

●●●● 维吾尔族活的民俗博物馆：喀什高台民居

高台民居的屋顶上，未烧制
的土陶里已经长出了野花

● ● ● ● 居住在慕士塔格峰下草场上的牧民们

慕士塔格峰下的草场

塔吉克族人的婚礼

即将盖上盖头的新娘，她叫塔吉古丽

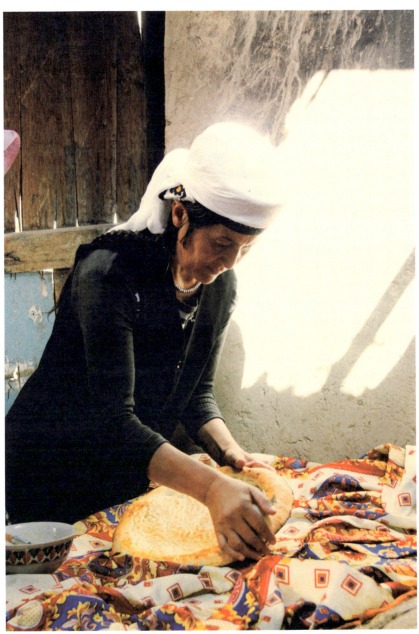

塔什库尔干，打馕的塔吉克族妇女

帕米尔高原上的公格尔九别峰

●●●● 国庆节，牧民运动会在马蹄声中开启了

路遇婚礼上的男人们

在喀什古城，男人们坐在"吾斯塘博依"千年古街上

在叶城遇到孩子们

着盛装跳舞的新疆小伙展现喀什"歌舞
之乡"的独特魅力

色力布亚镇的巴扎里，做小
生意的姑娘对着镜头笑

喀什古城里的集市，是老妇人聚会的好地方

集市上的姑娘

这条路通往泽普金胡杨林，两边都是钻天杨

●●●● 在莎车，赶巴扎的一家人

爷孙俩

高台民居里的居民奶奶

色力布亚镇的巴扎里，卖烤羊肉的小伙子

巴扎里卖鱼的人

色力布亚镇的巴扎里，卖羊肉的老板

那一天我们去了塔什库尔干塔吉克自治县的库克西力克乡，孩子们的小学就在大山下

教室里，一个认真看书的小女孩

帕米尔高原上的公路，远处的雪山在召唤

目 录 ●●●●●

辑一　●●●●

这 只 是 开 始

大地上的喀什

伍佰下

　　"高反再一次发作，深夜不能入睡，头忽然疼起来，左胸闷痛明显。含服硝酸甘油一粒后，依然迟迟不能躺平。曾有一刹那的紧张，但听着房间打开的氧气（据说从晚上 10 点开始提供到凌晨 2 点结束），又觉得自己的可笑。这是帕米尔高原给予的馈赠，我该一并笑纳。就让石头城边绝美的雪山前的草甸和初冻的水体，见证一夜难忘的逗留吧"。

　　这是 2023 年 11 月 29 日夜宿塔什库尔干，深夜辗转难受时发在我朋友圈聊以自励的一条。走入喀什越深，越是感喟于这块土地的博大与莫测，连同它给予初来者的刺激与疼痛，都不能不一概接纳。

　　熬过了这一夜，就是由塔县返程喀什一路。恢复神清气爽，也便依然是倚马可待的心情，反复刷着 24 日从上海飞抵喀什机场的第一条发圈：

天际线正在向我打开，然后是，大地，然后是，距离我出生之地约四千三百公里的喀什……

一、长在死里的生

- 不响 -

第一次看到如此大片的胡杨林，我的第一反应竟然是不响。

它们像一群自然散落却又气息相通的巴楚汉子，直接用宽大和挺直构成身体语言，形成黄色的涌流。大概在汉语里找得到的一个字是——飒，即大学中文系寝室里，同伴打字的谜面"迎风而立倍觉爽"所描述者。一刹那，这一描述清晰浮游上来，依然直击要害。

这一群抱胸不语的"汉子"，最常站立的是荒漠、沙地、盐碱地带的边缘，高大者可以蹿到十五米，中等个子者也常见七八米的摸高。皮肤已是灰栗色，跟它们头顶蓝到澄澈的天空无关，而跟扎住根脉的土壤几乎一个颜色——是亿万公里之遥的太阳和着沙土、盐碱和一点点蒸发未尽、从地下各处汲取而来的水分，调出的一种颜色。

它们大大刺刺，或错落或成列，并不互相亲近到可以纠缠的距离，一散开就是几十棵、几百棵、几千棵的阵仗。面对视线里这鲜明的主角，来自江南如我，能用到的比喻恐怕只是超大城市里目前最稀罕，也因此时髦起来的所谓"莫兰迪"色。

如果用"时髦"来触碰，又感觉出了轻佻。不论河道旁、沙山下或是河谷中，胡杨们站立在这里多少个"时髦"世纪了，一直是这种基本色调。

胡杨不语，正如我遭遇它们一刹那的哑然。

- 开合 -

回放一下。第一次到南疆，喝断片一样地切换场景。上海切换到喀什一夜未尽，早上 10 点就在不见曙色的路上开始奔驰。三个半小时后，中巴车撞进下辖巴楚县的早晨，还魂觉里松脱出来的惺忪脑壳还昏昏沉沉的，就被刺破安寂的手鼓声激灵起来。

原来是已经到了红海，生有三百多万亩原始野生胡杨林的巴楚县境内的一大地标。

到了"园"的境地，希望像野孩子一样冲到大地里的冲动，是必须先抑制一下的。因为在这里，先于树而夺人眼球的，是真汉子们的"刀郎赛乃姆"，和他们似火一样的热情。

那些身材俊挺如胡杨的维吾尔族小伙，入城仪式上是他们，园内定点歌舞表演是他们，把对口援助地上海来的朋友拉入共舞的也是他们。就算脸盲如我，也辨认得出这是同一批人的长相——鼻梁如山峰安坐，有时难免绵延起伏；目光如冰湖直纳远方，但向最近处表达善意，又映射纯澈的笑意；不是江南润泽的白皙，面庞里刻印着西北边陲日晒风吹的粗粝感，贴地而真实。

他们开合在舞台空间，应和着强烈的打击乐节奏，贴地、腾挪、转圈、伸展，是在表现刀郎人狩猎的象形舞蹈。左右摆臂，左右半转，是模仿猎人拨开密密灌木寻找猎物，或弯弓欲射、冲击搏斗的英姿；女舞者错落高举左右手，是为男猎手托举照明火把……可我眼里，这些身影和舞蹈线条逐渐抽象起来，念及"90后"舞者歌者们的出生年代，大可以解读为早已走出放牧狩猎生存方式的多少代维吾尔族人，血脉里依然不息的澎湃生命力、拥抱自然的激情、默契的情爱，以及强烈的自娱、自信气质。

大概江南多见水墨，淋漓酣畅和抽象写意很容易成为我长久凝视一样事物后的虚焦作品。而不论海派程十发还是新疆黄胄，他们笔下疆人之形刻印在我这个上海客的意识中，最后跳脱出的，总是线条和色块。巴楚刀郎歌舞，亦如是。这些抽象出来的线条与色块，是我在零下一摄氏度的露天游览车上瑟瑟发抖时，依然萦绕于脑海的神采。

并且，它们很快就在大片扑面而来的胡杨林的景观前，叠化为一体。

- 底色 -

终于，可以一站一站地拥赏胡杨了。所谓一站，并没有固定的标识点，没有站牌，全凭满车人的吆喝——只要激起一阵惊叹声浪，景区电瓶车司机就刹车，全过程凭着大家的意见来。然后，这一段、那一段地看胡杨，拍胡杨，走近胡杨。

我是第一次来巴楚，不怎么愿意循着"就几分钟""不跑远啊"这些规矩。近凑远望，翻杆越栏，胡杨任凭我，我却看不尽。

这是怎样的一大片一大片胡杨啊！它们的"团建"景色，最为江南人大呼小叫，既是满眼的灰扑棱棱，又在阳历十一月底无可奈何的枯黄中，各自发挥出一点"沙木沙克"或"阿娜尔汗"的小主张来，有一些愿意挣扎出一点年轻态的半金黄，有一些在枯木色中非要生发一点淡青，也有更多是放任自"枯"、爱谁是谁的原装立场。任是一丛、一块、一大片，层叠地显出微妙的变化，却又在变化中保持着处变不惊、充满身份认同倔强感的枯黄基底。这种枯黄，从生存底色和文学意义上指向着耐受干旱、穿越盐碱，沧桑而不落魄的坦然。

六千万年前就在大地上有了第一个生命轨迹的它们，在有坡度的土地上大片蔓延，枯黄或如大河奔流山谷，或如泥石流冲刷粉沙地，满头满脸地披挂着原住民的沧桑。

不由得，想起前不久过世的新疆作家周涛曾留在我所耕耘过的申城大报《朝花》副刊的表述——

这些深秋的胡杨像一群筋骨结实的老人聚在一起，它们知道得很多，话题广泛，但又不屑于夸夸其谈，千年的岁月间，它们彼此欣赏，互相崇敬，而且心里明白："我们也曾经亮丽过，但更喜欢现在的装束。"

我知道经历了三年中两次因为疫情阻隔的失约，我们一而再、再而三地错过了这个秋天最典型的胡杨林"造型色""摄影色""网红色"，它们当然是格外热烈、格外昌盛的。然而此刻，我对眼前更接近于本色的深秋初冬的胡杨，更生发出一种关乎性格美的强烈认同。

- 不死 -

看大地上的树，不由得脚步大了些。

凑得最近、看得最细的胡杨，竟然是荒地上最光秃、颓意油然的一丛——十来棵"矮干矬"，几乎只剩皮包骨的主干。我以为它们是枯死的胡杨，曾经粗壮到一米直径开外的树干，如失了肌血和胶原，蜷缩成了抽筋的马皮状，隆伏一圈，裂口斑然。枝杈曾经托举天空，而今僵持成断肢雕塑，失去了细枝和卵圆形树叶的手掌，依然向上方无尽的蓝穹呈现"问天"状。

巴楚人告诉我，它们垂死的状态能够保持很久，用基本上死亡的状态保持活着。固有胡杨"死后千年不倒"的描述，但那还是一种夸张，胡杨活二百年左右，"死"的恒定感也能保持几十年，但真的活多久、死多久，总要看土下水分多高、盐碱度多低。当然，诗歌还是诱惑人，它扯谎着一种惊人的生命力，但胡杨的永生愿意被很多诗意的灵魂相信。在红海，人们便告诉我这些生长在死亡上的胡杨，"特意从其他地方移植过来的，就放在这一块地上，好看着"。

大概这是最接近素描状态的裸树了。它奇丑地扭曲，尽可能地蜷缩，但你能感觉到它有一种向虚妄抗争的力量。

如果我是张充仁或夏葆元这样的画者，寥寥几笔，它在纸上也能活。如果我是刚才园子里热烈如火的刀郎们，他们旋转跳跪的笔画线条，也能象形这简单至极却生生不息的树魂的年轻时代。可我不能，或者无力。没有在这大地上，与它的坚硬与枯涩磨斗过，与它边地的阳光、风与羊群过活过，与它的湖水与海子对话过，与它的寂寞与空旷相守过，江南的杨柳尽管与它同属，却长不成一棵胡杨。尤其是一棵长在死亡上面的胡杨。

难怪王蒙先生在回忆下放新疆许多个春秋时，平和却不失排比气势地说，他磨灭不了的记忆还是给了"这边风景的独具美好，仍然是青年男女的无限青春，仍然是白雪与玫瑰，大漠与胡杨，明渠与水磨，骏马与草原的世界固有的强劲与良善"。良善凭什么强劲，在特殊条件下，就是这胡杨一般长在死亡上的活着。

喀什行一章，最痛快一书该是胡杨。当地向导告知，全世界61%的胡杨在中国，中国约90%的胡杨在新疆，新疆约90%的胡杨在南疆，而巴楚胡杨林又是世界上最大的原始野生林。历史典籍里胡杨的角色沉默而显著，现代生活里它无法被漠视，又总是巴楚大地上"默然而美好的多数"，它们活得坦荡硬朗，又无法轻易被一切危险的事物折倒。

经历深秋的巴楚胡杨，有一个认知脱口而出——春夏，你是未成熟、未蜕变的胡杨；秋冬，才是你真正的容颜。

后来几天，兜兜转转喀什一路，终于觉得那位汉族歌手刀郎许多年前唱的《喀什噶尔的胡杨》，歌词绕梁传情：

> 从来没仔细想过应该把你放在心中哪个地方
> 你从来超乎我的想象
> 在应该把你好好放在一个地方收藏时候
> 你却把我淡忘
> ……
> 我愿意等到来世与你相偎相依

我会默默地祈祷苍天造物对你用心

不要让你变了样子

不管在遥远乡村喧闹都市

我一眼就能够发现你

……

能的，我一定能用生命看到你，用一生的力量去看你的生生死死。

二、长在胃里的土

- 领主 -

走出胡杨林后，遭遇的第二件以为神奇却实在是喀什人生活中再寻常不过的物什，便是馕。

窃以为，与胡杨的枯黄再登对不过的，是灰土色的馕。

就在从塔县穿过慕士塔格冰山下高土以及初冻的喀拉库勒湖之后，离喀什还有三四十公里的一个小休息处，司机必须强制熄火休息二十分钟。这二十分钟是留给一溜铺开的摊位和我们的。这时候，我的高反已经告一段落，就听薛舒的女高音在背后响起："伍佰下，你吃一下这个老人家的馕。"

转身就遭遇一个直径五十厘米有余的大家伙，灰中带黄，中间薄，边沿厚起，中央馕面上有花纹，在正午阳光下张嘴一笑。被先吃者拧掉的"嘴"在我的撕扯下，越咧越大。入口知道是饼，不知道感觉是砖。嚼上几口，湿润的一团里沁出麦与盐的香味。咀嚼似乎起到了揉面的作用，口腔里翻转的这一坨越来越有韧性，味道简单却越咂摸越不简单。馕圈更厚道，火候不过分，似乎还需要嘴里这口锅翻炒一下，滋味才更甚。一块过后，我禁不住又让她准备收手的姿态再度打开，薛舒笑了。

车上女向导每次经过此处停车，必买这个摊位上老人自己做的馕。中年女向导是深眼凸鼻梁的汉族人，紫外线与风沙留给她麦子般的肤色，也是她话语的底色。薛舒的在地调查从购买这三块钱一个大馕开始，我们一起掰扯验证，这一路因为忙于换地方"走线"而一直未能倾"馕"而食的遗憾一扫而光。大概是因为它普通到大多顿饭里只被作为配角或辅料隐现于火爆大盘鸡或炖煮羊肉的边角上，所以总是不被仔细品尝。在喀什行的尾声，这样一个不起眼的小乡野的地界，碰上一只好的馕，才值得食指为它大动一次——似乎你不把它作为主食材来对待一顿，就难以领略到它的简单与劲道、瓷实与回味。

馕是新疆各族人主食的平均数，"宁可三日无肉，不可一日无馕"。在这个小停靠站点，馕大大方方地居于甜瓜、柿子摊位旁，不管吃是不吃，买是不买，都给经过的外来人一方"领主"
的印象。

- 天作 -

据说，生活在塔克拉玛干大沙漠边缘的第一代打馕人，最初
做馕是把面团摊在石头上，用柴火烧热了来烤。糊状的面团容易
流到地上，被黄土的高温烫热后，给予他们以意外的口感。后来
就开始了用黄土垒砌馕坑这种更能聚焦和提升温度的做法。说是
馕坑，其实是一个坐地而围的圆柱状"窝子"，坑中烧柴，馕被贴
在内壁上烤熟——这个图式，是但凡吃过烘山芋的江南人都了然
于心的。烘山芋多用铁桶，馕坑则是土垒，馕是土长麦粉，柴火
也是地上长物，所以，当外围略厚、圆心较薄的"窝窝馕"出坑，
软和脆两种口感，名副其实都是"从土地里长出来的味道"。

我还听到更原始的一种传说，关于馕的吃法。说是在塔里木
河两岸长年牧羊的吐尔洪，一日被烈日烘烤得受不了，羊群尚能
钻脑袋入沙土降温，他只能悻悻逃回家一头闷进水缸。出水的脑
袋上蒸汽无法发散，情急下吐尔洪把老婆放在盆里的一块面团扣
在头上降温，想到牧羊人的职责，便不觉顶着面团"毡帽"去找
羊。归入羊群时，燃烧的太阳已经让他头上的物件传出香味，跌
碎一地后，他一边嚼一边脱下袷袢，把碎饼包起来，回村路上见

人送一块碎饼，等人家说声"好吃"后，继续前行……在这个传说中，人类盆中的麦粉团被送还到新疆的大地上，成为"天作"之馕，并且从它问世的那一刻起，就因为"分享"天赐之食，而成为带来快乐的源泉。

分享馕的信息和味道的女向导、作家薛舒，还有他们口中的那个烤馕卖馕老人，就是我这一天遭遇的"吐尔洪"。

- 交易 -

我赶紧从旅游大巴车边，疾走几步到了传说中的老人摊位前，买下三只馕，跟其他作家们表示我要带回上海，哪怕在已经满仓的行李箱里再压一压。

我指了指馕，老人似笑非笑地用两只薄薄的食品袋给我装上三个。他脸上刀刻一样的皱纹，湖水一样的眼神，认真的动作，显示馕出品人的岁月感。只有示意"扫码"的手势，让人瞬间有点穿越。交接一番后，我回到车旁，被薛舒叫住。"你的馕怎么小了一圈，不是最大的那个。"随即折返跑回老人这里，说我要最大的那种——又叫"艾曼克"，直径四十到五十厘米，疆人眼里的"馕中之王"。换成了，表情舒泰地回到车旁，薛舒又一声女高音，手指最中间那个馕："底面黑了，换一个去。"折返再跑到老人这里，果然底面黑和底面黄是有区别的。好脾气的老人再度帮我精挑一只黄底的馕换下。一"馕"三折，买到了最好吃和好看的"卖相"，我与薛舒对接了一下欣悦的眼神，坐下后，一个人傻乐了一刻钟。

剩下的一路，便经常被食品袋裹不住的馕的味道诱惑，不时地看一眼，想象着让家人或朋友尝到他们时的表情，便按捺住了要去掰下一块的冲动。这个时候顿悟，分享是一种会传染的心结。于是快快乐乐，往喀什去。

– 本味 –

馕香刺激下，在晃晃荡荡的车厢里，终不免对它投射进一些文学眼光的打量。古体诗词世界中，馕的出现，并不绝见。从林则徐"村村绝少炊烟起，冷饼盈怀唤作馕"（《回疆竹枝词二十四首·其十六》）的旁观，到现代女诗人的"羊儿扒雪觅衰草，我拾枯枝烤冻馕"（《小秦王 忆往事·其三》）的实吃，馕是那一片辽阔冰寒世界中裹饥与添暖的符号。多少个世纪里，干旱与冰冻阻挡，路途遥遥，馕就是冻成了石头一般，枯枝烤热，或焐入怀里，也让最严酷的生存里有了一股温软的气息，咀嚼大地一样的硬质，它不会拒绝，不易变质，不卑不亢地迎接着你的掰扯与咬断；而在可人的季节，月光盈湖，水草丰美，它被当作主要底料揉捻、包馅、爆炒、配汤，也都不事张扬，同时不失本味。

难怪乎，当代疆人的笔触，歌谣一般直接把馕的存在，视作了故土与乡愁，那不是域外好奇的眼光，而是充盈主体性的情感归宿——

我的故乡是一个馕

用天山的脊梁和面

加入鸡蛋般嫩滑的草原

掬几座冰川替代葱白

撒上芝麻一样星罗棋布的戈壁滩

再均匀刷一层湖水作清油

……

乡亲们住过毡房，也住过高楼

他们随时准备着

迎接前路的泥泞和灿烂的晴天

就像他们早就知道故乡是一个馕

喂出了牛羊的肚腩

也让两千多万各族儿女争当石榴籽

穿越风霜和流岚

紧紧环抱在温暖的臂弯

一车一路，一地一物。

如果说胡杨是喀什触目可见，大地上扎根最深的"原住民"，那馕就是从大地上长出，可以内在于胃，可以从容拾掇了带走，带到哪里都不会失掉了容颜和本味的一抔麦或一块土。

又想起两天之前，在巴楚红海见识过"丝路第一馕坑"，足足四五层楼高。还见到过才一厘米厚、被叫作"托喀西"的最小的馕。还有那种千层做法的卡特力玛馕，是喀什历史格外悠久的馕，味道好，长时间存放也不会变质。几千公里外，如果一个游子的胃想念喀什，掰一块入嘴，它就是中原人带在身边抵抗"水土不服"的原壤，就是江南人带到欧洲的榨菜腐乳，就是总能存放一种干暖回忆和湿润心情的容器。

回到胡杨，馕的底子是土，胡杨也是；回到馕，胡杨的身骨是土的养分，馕也是。

漫天枯黄的树，满桌灰白中带着金黄的饼食，在头上同一片蓝天下，是喀什的特别存在，是自然也是文化的活着，是沉默着、普通着，散发着光泽与韧性，顺应着天性与自在，也投射着这片土地上人的基底和气质的大美。

像雪莲花般开放

杨绣丽

一、红海胡杨

　　喀什，意为"初创"或"玉石集中之地"，是镶嵌在祖国最西部的边陲明珠。雄浑而壮阔的喀什，天山南脉横卧于北部，帕米尔高原耸立于西部，喀喇昆仑山在南部绵亘东西，一望无际的塔克拉玛干大沙漠则在东部向着世界轻轻敞开。常年的冰雪融水注入叶尔羌河和喀什噶尔河，在沙漠之中浇灌出宝石般的绿洲，浇灌出祖国西部最为壮美的大漠风华。而巴楚的胡杨林，如同金色的翅膀，在大地的乐器上凝固成飞翔的姿势………

　　到喀什，最难忘的就是胡杨林了。第一次去喀什，还是十多年前，那也是我第一次去新疆。当时，随上海文联的采风团奔赴喀什四县，在泽普，我见到了花果飘香的绿洲，见到了枝繁叶茂的法桐，更是见到了广袤苍劲的胡杨林。那种"生而千年不死，死而千年不倒，倒而千年不朽"的胡杨，伸展着无限雄壮的自然之神的力量，入了我的眼，入了我的心。

时隔多年，当再次踏入喀什的土地，我急切地想再次见到胡杨林，想去触摸那浓密遒劲的枝干，在南疆的土地上，它或许是金色的哈达，铺卷在千里外的沙疆。那千年的胡杨，被风刮倒了结着伤疤，说出钢铁的语言，无论风沙如何逃逸，这些圣树，总支起神圣不可侵犯的尊严。人对自然的敬畏，在这里扎下了深深的根……

在巴楚的红海景区，我再次见到了胡杨，它仿佛是一个久未相逢的朋友，向我再次展示了它的旖旎和丰美……

听说，在新疆，最好的胡杨林在巴楚，巴楚有"胡杨之都"的美称，这里有三百多万亩原始胡杨林，是世界上连片面积最大的灰叶胡杨林，也被称为"胡杨海"。在巴楚红海景区，有着大漠胡杨的风姿。巴楚红海景区位于新疆巴楚县阿纳库勒乡十四村，距巴楚县城十二公里，是以丝路古道为金丝线，将大漠胡杨、水系景观、人文风情串联而成的一个国家 4A 级旅游景区，总规划面积一百四十八平方公里，核心区面积八十平方公里，整个游览环线为三十八公里，有着唐王城、古烽燧遗址、卡拉姆达尔拜克古墓等历史文化遗迹。

11月的喀什，正是天蓝气清的时节。一早，我们驱车四个小时，去看红海景区的胡杨和尉头洲的"开城门"仪式。我们嚼着喷香的烤馕当着早饭，一路飞驰，在迷迷蒙蒙的睡意中，抵达了距喀什南疆环球港二百七十公里之外的巴楚红海景区。

沿着丝路古道，从喀什河与叶尔羌河的冲积扇上疾驰而过，一下车，就见前面有一座巨大的土木结构的古城楼，城门是高高垒砌的土木质建筑，顶上悬着"尉头洲"三个字。巴楚是"巴尔楚克"的简称，汉代称尉头，唐设尉头州。《新唐书·地理志》记："尉头州，城名，'据史德城'在赤河北岸孤山上。"在城门口，只见一群维吾尔族的青年男女跳起欢乐的迎宾舞，用舞蹈展现出南疆少数民族的热情与好客，还有踩高跷的艺人迈着沉稳的步伐来回走动。演员们用粗犷的歌喉唱起悠扬的刀郎木卡姆，热情奔放地跳起麦西热甫。原生态的歌声，让我们的耳朵"受孕"。在充满异域风情的歌舞中，我们仿佛瞬间穿越回了古代，感受到了来自古尉头的风土人情。我想起我曾经写过的十二木卡姆的诗：

> 这些歌唱 / 这些直接从绵延的葡萄藤取出的酒浆 / 让荒漠向绿洲转换 / 这些震颤的舞蹈 / 让我把陷落在沙漠的红鞋子找了回来 / 让骆驼把陷落在沙漠的蓝皮筏找了回来

　　为什么每次来新疆，看到这舞蹈，听到这歌声，我都如此沉醉和激动呢？仿佛生命最深处的血液一下子激情喷涌，在这片土地上找寻到最原始的真和纯。

　　这时，身边忽然出现了唐僧师徒四人，只见披着红色袈裟的唐僧在高头宝马上正襟危坐，穿紫色长褂的沙和尚牵着白马，猪八戒憨态可掬，一身金毛的孙悟空最是活泼顽皮，和拿着手机拍摄的女作家们逗乐。牵着骆驼的商人们徐徐走来，一群人浩浩荡荡地进入城门。原来，这是"通关"实景演出，再现了汉唐商贸物流在此地交会聚集的盛况……

　　仪式结束，我们开始进入城门。一路沿着丝绸古道，见到里面卖馕铺、木器铺、铁器铺、乐器铺一一排开，还有一个记录时间的巨型沙漏。原来，这里是一个原始中央部落，展示着非物质文化遗产代表性传承人的现场手工制作。唐朝时期，这里有一个很大的客栈，因为过往行人络绎不绝，客栈的生意兴隆发达，形成了一个较大的尉头部落。尉头部落分成了九个支部落，这九个支部落的头领称自己的领地为"支部落酋长"。中央部落为尉头部落的第六支部落，主要从事雕刻业、织布、毛毯纺织业和小手工制造业，这里就呈现了当时中央部落的盛景。我们在葫芦架下留影，看脸部沧桑的老艺人弹拨卡龙琴。在一个摊头上，我看到一只特别可爱的南瓜，像双叠层的鼓鼓囊囊的花瓣，在阳光下散发着金灿灿的色泽，这让我想到家乡的南瓜，南方泥土的气息瞬间涌动起来，我真想把南瓜抱在怀里，闻那股阳光和沙漠的味道。

走过这些具有民族特色的铺子后，我们乘坐景区的景观车进行游览。这里，游览景区可选择的方式也是很多样的，有环保的电动敞篷车，也有风情毛驴或马车，还有自助租用的自行车。

我们坐景观车一路观赏，只见红海湾水上乐园、金色胡杨岛和喀什河湿地有机地一路串联，像一幅田间水墨画一样。古道巴扎的两旁到处是高大的胡杨，粗壮的树干，笔直地为人们站岗。进入到胡杨岛，只见胡杨层林尽染，金黄色的、浅黄色的、淡黄色的、深黄色的……秋天的大自然，仿佛是最高级的调色师，用时间、气温、阳光多种手法，让胡杨林的颜色拥有着用语言无法描绘的多层叠色。河水在岛内汇集的一处形成了湖水，胡杨围绕，芦苇成片，几座廊桥连接着两岸，走到廊桥的中间，环顾四周美景，两侧清水，微风拂过，金色的芦苇轻轻摇曳，阳光倾洒，和蓝天、白云、胡杨一同倒映在清澈的河水上，大自然将眼前的美景一比一地等比例复刻在了水中，迷幻地打造出了一个虚幻的世界，组成了令人叹服的美妙景色，犹如油画般亮丽。

前进路上的每一里都设有亭子，这些亭子分别是：十里驿站、九里亭、八里亭猎、七里亭渔、六里亭、五里亭驿站、四里亭、三里亭、尉头洲城门、二里亭、一里亭。这些亭子设立在河边，大概古时候是一座座的码头，从保留的名字来看，这些亭子古时候不仅可以为丝路商客们提供休息场所，还有相应的打猎或开展渔业的功能。一路上还看到有"巴楚十八烽火台"的第一烽至第三烽。烽燧相接，诉说着自汉唐以来将士们戍守边关的往日风云。这些亭子和烽火台，演变到现在，就变成了绝佳的观景台。为了俯瞰胡杨岛，我们过桥登上了旁边的巴楚烽台，这个烽火台是木质的，已经用柱子在周围加固，每次限制人数登顶。踩在烽火台台阶上，脚下不停地咯吱作响，好像是那些逝去的岁月在喃喃自语。登上烽火台，可以俯瞰到胡杨岛的全貌，放眼望去，十分壮观，只见满眼的胡杨，和琥珀、草原、湿地、戈壁融为一体。有的胡杨柔美，与芦苇、河水遥相呼应；有的高挺壮丽，傲视光秃的盐碱地；那些干枯的胡杨，没有叶片只剩树干，歪斜着伫立，绝不坍倒。

在红海景区内，还有古道角力场，展示了国家级非物质文化遗产保护项目叼羊、赛马等民间体育活动；还有胡杨迷窟、胡杨博览馆，可以让游客感受到丝绸之路上胡杨文化的交汇。另外，还有"丝路第一馕坑"。听说，在胡杨节的时候，曾同时烤制出重四百千克的全骆驼一只、全牛一头、全羊两只，打破了吉尼斯世界纪录，被称为"世界上最大的烤肉串"。钢索吊起骆驼投入"丝路第一馕坑"的火海，"巴郎古丽"们在歌声中旋转起舞，游客登高临远。此刻，我们虽然没有见到这一幕情景，但是也可以想象到层林遍披金光，红浪倒映金叶，一派热烈灿然的景象。

一路而行，一路胡杨漫天，一路金波缥缈，胡杨始终是红海的主题。这里到处是胡杨，却为什么叫红海？南疆沙漠上为啥有片"海"？有人终于憋不住好奇地问。导游说，这个景区是因红海水库而得名。当地缺水，老百姓对水的渴求非常强烈，就把水库俗称为"海"。这里的红海湾水库是叶尔羌河最早建成的平原引水注入式水库，是养育巴楚人的母亲湖。每年夏秋之际，翅碱蓬草会让水库周边出现大片壮观而奇特的红色景观，加上景区有大面积红柳等原因，所以有了这片沙漠旁的"红海"。

　　这时，陪同我们参观的当地文旅干部向我们介绍说，最初的红海景区只是座灌溉型的水库，路不成路；将水库和这大片胡杨林资源转为文旅产业的契机，源自 2010 年上海援疆干部的到来，这片红海景区的形成，离不开来自上海一批又一批援建力量的支持。

　　自 2010 年起，上海市静安区便开始了对口援建新疆喀什地区巴楚县的漫漫长路。2011 年 5 月，在上海援疆巴楚分指挥部干部们的组织下，巴楚当地组建了文旅投公司，并培养了自己的人才队伍。自此一片空白的旅游业开发了起来，第一着手点就是红海景区。

　　彼时，上海援疆干部们请来上海师范大学旅游学院的专家对景区进行整体规划，在上海援疆资金的助力下，一点点地包装、落地具体设施等。到 2011 年 10 月份，第一个景点海盗船开放，其后又开发出金色胡杨岛一片。经过近三年的完善和经营，最终 2014 年拿到"4A 级国家旅游景区"的称号。移动互联网时代，景区在软件方面还做出不少提升，如组建直播团队和直播间，引进 B 站互动体验，完善网上售票功能、"一码游巴楚"小程序等。景区同时不断提升极具本地特色的非遗表演，将巴楚本地从手工艺到歌舞器乐、民间赛马叼羊等表演形式串联呈现，如此，便能向来自天南海北的游客呈现这座古丝绸之路上的"活化石""博物馆"更丰富的文化内涵。

事实上，如今的红海景区已切实带动了不少家庭脱贫脱困。据估计，2023 年，巴楚县接待游客的数量达到了二百四十五万，创历史新高。旅游旺季带来的，还有从餐饮到住宿一溜的热火朝天。除了有很多的当地人员在红海景区工作，他们的收入由此改善，更是带动了周边很多的农家乐、民宿、养殖户和种植户，直接受益的家庭能有近千户。更内在的提升是，还有文化的交融，文旅局的干部介绍说："八方来客后，我们本地人能以景区为窗口，看到全国来客怎么穿、怎么吃、怎么沟通，加强这样的文化交流，这对我们的民族团结、文化交融，可以起到润物细无声的重要作用，这也就是'文化润疆'的意义所在吧。"

如今，红海景区正在上海援疆干部的助力下，向创建国家 5A 级旅游景区发起冲击。眼下，除了红海景区，还有巴楚县博物馆、巴楚县图书馆，都在建设和改善中。2023年，上海援疆巴楚分指挥部积极协调各方资源，落实招商引资项目八个，计划投资九十六点一三亿元，已落地投资建设项目三个，到位投资十点一六亿元。上海援疆巴楚分指挥部指挥长、巴楚县委副书记曾魁介绍：接下来，巴楚县城规划以博物馆—图书馆为中心，往东西两侧连接巴楚古城墙遗址、民俗风情街、市民公园、喀什河滨水岸线等，在巴楚打造集聚文化休闲、商业旅游为一体的中华文化街区，为当地人民群众日益增长的美好生活需求切实添砖加瓦。

沪疆两地情，援疆一线牵。丝绸之路上的驼铃未歇，新时代城市建设的齿轮滚滚转动。一批批援疆干部抱着让更多人来此旅游、考察、投资的愿景，将巴楚小城的美好一点点地挖掘、播撒、打造。

走出红海景区，心头不由得涌动十多年前我第一次来新疆的时候写过的一首诗《胡杨林——兼给上海援疆的兄弟和姐妹》：

有时／你们与湛蓝的湖水／交织在一起／更多的时候／你们把金黄的沙漠抓在手中／即使风沙吹卷一千年／也无法把你们的脚印／全部抹去／／钢铁似的根／深深地扎下来／把千万滴甘甜的溪流／保存在翅膀一样的臂弯里／／我姓杨／我也是胡杨中的一棵／我来到这里／就是为了和胡杨林团

聚/在这片玉石集中的地方/在这片戈壁与绿洲/交织的所在/你们是我的兄弟姐妹的雕塑/你们活着不朽的精神/与这片土地/站在一起//当这段旅程结束/我将返回家乡/那时候我会讲述/你们的故事/因为从你们的手指间/诞生了滋润的黎明

此刻，我想以此诗再次献给喀什，献给巴楚的胡杨，献给援疆的上海干部。在全球最大单片原始野生灰叶胡杨林中，延续了三千年的生命奇迹，再次复活生机和活力。在天山脚下，在喀什河畔，我聆听到了叶尔羌河的涓涓细语，目睹了巴楚红海景区的古韵悠长，见证了上海援疆的奇迹！

二、雪莲花开

从红海景区参观回酒店餐厅，已经接近下午 2 点 50 分了。

那天早上，天蒙蒙亮，我们就急急起床，奔赴红海景区尉头洲看"开城门"仪式，路上啃了些馕，到下午 2 时许，肚子已经饿得"咕咕"叫了。

一落座，看到餐桌上冒着嗞嗞热气的羊肉串、粒粒饱满的手抓饭金黄锃亮、鼓鼓囊囊的烤包子喷香诱人……大家都很兴奋，毫无拘束地品尝起来。美妙的午餐持续了整整一个多小时。

午餐结束，根据行程，我们准备去夏马勒奇特村、阿纳库勒乡民生产业园区、友谊小学、琼库尔恰克乡、巴楚县中医医院等地考察。上车前，大家去了下洗手间。因为去二楼的洗手间人比较多，经当地一位老师指点，我独自一人到了底楼的洗手间。

走下楼梯，眼前暗沉沉的，虽然是白天，但是光线昏昏的，可能没有开走廊灯的缘故。洗手间里更是潮湿阴暗，里面空无一人。

我上好卫生间，正准备出门，忽然，一个踉跄，身子似乎猛地被人斜着推了一下，毫无征兆地摔倒在地。

等我醒过来时，发现自己整个身子横侧地倒在地上，才意识到摔倒了，赶忙想爬起来，身子竟然一动也不能动，腿似乎被什么沉重的东西压着，左脚钻心地疼。

这下完了，万一骨折，这可怎么办？喀什之旅才刚开始半天，巴楚的胡杨才刚看了一半，一旦骨折，后面的旅途必定全部泡汤，白沙湖、阿拉尔金草滩、石头城，这些动人的名字将与我无缘。

我再次用手撑起身子想爬起来，但还是起不来。

还好，手机被我攥在手里，没有摔坏。我忙打电话给同事薛舒，微弱地说"我……摔……倒……了"，可是刚说了一句话，卫生间信号不好，断了。

我稍作喘息，身体仍像灌了铅般动弹不得，只能用微弱的声音求救："外面……有人吗？麻烦谁能帮我……扶起来……"

此刻，正好巴楚县作家协会主席李成林老师从门口走过，他听到了卫生间里的喘气声，赶忙探头一看，见到地上躺着一个人，满脸惊讶。他忙走进来，想扶我起来。没有料到，一个高大的男人竟然也没有办法把我这个弱女子搀起来。我依然趴地上，一点也不能动。

此刻，薛舒他们闻讯进来了，几个人七手八脚地终于把我从地上给架起来，我踉跄地移动了几下，感觉头眩晕得更厉害，胃里一阵恶心，忙趴到洗水盆前，中午吃的东西一下从喉咙里喷涌出来。

我看到镜子里的自己头发混乱、脸色苍白、泪眼婆娑，一副无比丑陋难堪的面貌。那时刻，我也顾不上这些了，好不容易在几位老师的搀扶下，踉跄着挪到大巴车门口。

车厢里，有的老师拿出风油精，要给我抹；有的说，得把脚搁平了，不能瘀血让伤处肿起来；有的说，是否要去医院拍个片子。部队转业的李鹏特别有经验，他以前在部队里训练，经常会碰到跌倒摔伤的事，他建议说，此刻最好用冰水敷，才管用。我想，还是熬到晚上回了宾馆再说。我不想去医院，不能因为自己而拖延大家下午的行程。

终于挨到傍晚，同事们一路搀扶我，我的脚似乎还能走几下，我猜想没有骨折，可能就是扭伤了吧。这时，上海援疆巴楚分指挥部的指挥长、巴楚县委副书记曾魁等几位援疆干部，看我走路艰难的样子，他们还是不放心，建议我去巴楚分指挥部看下，说那边有康复科医生，可以让医生看下。

听从他们的建议，我坐上了车，由援疆干部陈文珑陪同，去巴楚分指挥部。

此刻，夜色已经笼罩下来了，绕过体育路，迎宾北路，车子在巴楚的市区行驶，只几分钟的路程，车子就在县委大院内停了下来。只见眼前出现一排楼房，门口挂着"上海援疆巴楚分指挥部"的牌子，陈文珑扶我走下车，说："这就是我们办公的地方。我马上打电话叫医生过来。"

我觉得这么晚了还要麻烦医生，真是不好意思。他们白天辛苦上班，晚上应该要休息了，还特地跑来给我看病，那真是过意不去。陈文珑说："杨老师，您放心，巴楚人民医院的康复科李医生，他来自上海市静安区中心医院，他就住在这个院子，方便的。"我这才知道，指挥部有若干栋楼，每栋楼有四层，这些援疆干部的宿舍，就都分布在这几幢楼里。

指挥部的办公室不大，白炽灯下，墙壁上挂着工作的宣讲条例，几张简单的办公桌，朴素、整洁。右侧的小房间内，有一张小沙发，李医生已经端坐在椅子上了。他精神矍铄，面容亲切，招呼我在沙发上坐下来。

李医生让我把袜子脱下来，把受伤的左脚露出来，他弯下腰，轻轻扳了下我的脚背，乍一看，我的左脚已经肿成青色的一块了。

然后他侧了下身，从右边口袋里掏出一根银色的小棒槌，用酒精棉擦了下，用小棒槌熟练地敲了敲我左腿的胫骨、踝骨等几个部位，问我哪里最疼，我指了指左侧的踝骨。

李医生直起身子，轻轻吁了口气，用毋庸置疑的口吻笃定地说："放心，你这不是骨折，最多是骨损，如果去拍片子，也不一定能拍得出来。因为有些细小的骨损，只有做 CT 才能拍摄得出来。不过现在晚了，去医院做 CT 也没有必要。我建议你回酒店后，用冰水敷，喷些云南白药，再用纱布绑一下。这几天，你这个脚不能运动了，必须静养，起码一周不能走路。"听李医生说不是骨折，我马上就舒了口气，连忙向他致谢。

离开巴楚分指挥部，陈文珑让司机开车，他陪同送我回去。一路上，他向我聊了些李医生以及其他援疆医生的情况，还聊到了援疆的教师以及他们公务员在援疆的一些工作。从他的叙述中，我才知道他们这批援疆干部，在巴楚这块土地上，为当地的老百姓做出了不少贡献。

2023 年 4 月 23 日，第十一批来自上海静安区的医生、教师、公务员团队抵达巴楚，开始他们的援疆之旅，其中，就有李医生。李医生，名叫李杰，来自上海市静安区中心医院，到巴楚后担任县人民医院中医康复科副主任。

漫漫援疆路，深深援疆情。在巴楚县人民医院，上海援疆医生与巴楚县人民医院医务人员开展交流座谈。在这个交流会上，李杰医生说："我们将尽快转换思想、身份和角色，明确来疆为什么？在疆干什么？离疆留什么？以高度的使命感和奉献精神投身援疆事业，投身到巴楚医疗卫生事业的发展建设中，以实际行动践行援疆初心，切实为巴楚卫生健康事业的高质量发展出谋划策。"

来疆为什么？在疆干什么？离疆留什么？这是总书记曾提出的三个问题，现在，由李杰医生再次复述了一遍。这三个问题提得多好啊！来到新疆，来到巴楚，李杰也很想有时间去考察汉唐文化重要载体唐王城，即托库孜萨来遗址、古烽燧遗址和卡拉姆达尔拜克古墓历史文化遗迹；也想去欣赏金色胡杨、大漠风光，在夕阳下，观看白沙山沙漠公园里的驼队马帮，体味古丝绸之路的万种风情；也想到天水相接邦克尔湿地公园欣赏盐碱湿地的别样生态环境；到红柳似火的国家 4A 级红海景区重温千年前尉头的"开城门"盛况……可是，对于这些，李杰也只是渴望，他没有时间，一到巴楚，他就要投入到援疆医疗工作中。

李杰医生开始熟悉巴楚的医疗情况，他适应新环境、转变新角色，内建规章、外树形象，全身心投入援疆医疗工作，把诺言落实到实践之中，把上海先进的医疗技术和理念"传、帮、带"给当地的医疗团队。

2023 年 7 月 4 日下午，李杰医生在当地医院远程会诊中心，为中医康复科医务人员开展"肩关节镜探查、松解、肩袖修补术后康复疗效观察一例"专题培训。

培训中，李杰医生用全新的康复理念、富有感染力的语言、专业的临床实践技能，手把手为大家分享了肩关节镜探查、松解、肩袖修补术后的康复治疗方法及注意事项，使大家受益匪浅。

培训结束后，他还现场为科室治疗师做康复评估示教，边查边讲，耐心地与患者交流，答疑解惑，他精湛的医疗技术、热情周到的服务得到了患者及家属的一致认可和好评！

李杰医生的现场教学培训，拓宽了巴楚县人民医院的康复治疗领域，填补了当地医院在骨科康复中的空白。在骨科各种手术的康复治疗，特别是提高关节镜手术的术后康复疗效方面为当地患者带来了福音！

"到巴楚援疆的医生都是行业的翘楚，李杰医生也是。"陈文珑又给我讲了一个有关援疆医生的故事。

前段时间，有一名五十一岁的维吾尔族男同胞需要做一个特发性阴囊坏疽的外科手术。正在巴楚县人民医院担任援疆医疗工作的开凯，与李杰、姜俊、赖天等医生，一起为这位少数民族同胞带去了健康。该患者来自距巴楚县城一百四十公里的阿瓦提镇，病变范围从会阴、肛周组织已经扩展到腋窝附近，病情危急，开凯医生在几位医生的配合下为患者实施了手术，术中分别在阴囊、会阴、肛周和腹壁做了四处切口，彻底清除坏死组织并引流，历时两个小时的手术顺利完成。术后，患者生命体征平稳，顺利度过危险期。

在历任援疆医生中，像开凯、李杰、姜俊、赖天这样的好医生还有很多，他们都是各自科室的业务骨干，临床经验丰富、年富力强。前段时间，姜俊、赖天两位医生还收到了一封患者亲手书写的感谢信，言简情深，字里行间充满着对专家精湛的医术和优质服务的赞誉。

2023 年 10 月，有个患者出现排便不规律、便血等症状，由于工作原因未能及时就诊。11 月初患者症状加剧，在爱人的陪同下来到巴楚县人民医院，得知需要预约后才能做胃肠镜检查，怕病情继续加重而焦急万分。这一幕正巧被路过的姜俊碰到，询问得知患者情况后，姜俊立刻与义诊医师张俊杰博士对接，安排患者检查。检查当天，姜俊和赖天不顾严寒，放弃原本难得的休息，早早地就在医院大门口等待着患者。赖天忙前忙后带着患者穿梭在多个检查科室之间。胃肠镜检查中，张俊杰不顾舟车劳顿，压缩自己的时间，耐心细致地为患者进行肠镜检查。检查结束后，患者连声道谢，事后，还写来了情真意切的感谢信……

巴楚县地属南疆，是泌尿系结石高发区，受结石困扰的群众众多，但治疗手段有限。巴楚县人民医院普外科在开凯医生的帮助下，引进输尿管软镜设备，采用师带徒的带教方式开展内窥镜手术，经过一段时间的学习和培训，普外科泌尿组专业组组长朱永军已初步掌握了软镜的手术技巧。

11 月 22 日，在开凯医生的现场指导下，由朱永军医师主刀，成功为住院患者艾某实施首例输尿管软镜下肾盂结石钬激光碎石术。据了解，患者艾某"左腰背部剧痛四天"急诊入院，住院两天后进行完善检查，诊断为"左肾结石，直径十厘米"，需要手术治疗。经术前讨论，在征得患者及家属同意后，决定为患者在全麻下进行输尿管软镜下肾盂结石钬激光碎石术。手术时间约一百二十分钟，顺利粉碎结石。术后患者恢复良好，第二天就治愈出院。

一封感谢信，一个故事，承载着患者对专家们的信任和感激。援疆医生们在巴楚，让患者在"家门口"就能享受到优质的医疗服务，老百姓的就医获得感、幸福感、安全感持续增强。援疆医生们用崇高的职业精神和精湛的医疗技术服务为巴楚县各族人民群众提供暖心服务，得到了广大群众的一致好评。

另外，援疆教师的工作也做得非常出色。陈文珑说：援疆教师陈军，初到新疆开展工作后，在短短数月内，就带队参加"2023赛季全球青少年人工智能竞赛——ENJOY AI 2023虚拟机器人全国积分赛"，先后荣获了一个一等奖、两个二等奖、七个三等奖的优异成绩！这让援疆指挥部兴奋不已！

陈军在新疆巴楚县小胡杨社会发展促进中心任职。此前，他作为静安区少年宫的一名资深校外科技教师，曾带领学生在多项国际、全国级机器人科技赛事中荣获优异成绩，他深知自己在新疆，面对材料不足、设备缺乏、网络不佳、学员不足、师资队伍参差不齐等诸多问题，让机器人项目在全新环境中从零起步，可谓是困难重重。不过，陈军在指挥部、小胡杨社会发展促进中心和同事们的齐心协力下，逐步理清思路，不断摸索，通过"以点带面"的工作方法，稳步开展项目工作，终于取得了骄人的成绩。

首先，陈军在小胡杨社会发展促进中心开设"虚拟机器人"和"机械达人"专项课程，招募一批对科技兴趣浓厚的学生，教授他们机器人软件编程、机械结构等相关知识，同时带队鼓励学生积极参加机器人相关竞赛活动，逐步培养学生对机器人相关知识的兴趣，提高他们对于学习机器人项目的兴趣和积极性。其次，陈军在巴楚六小开设了"虚拟机器人"社团班，助力学校"机器人"项目启蒙教学，也为小胡杨社会发展促进中心的竞赛班培养备用梯队人选，为高一层次的培训做好准备。另外，巴楚中小学教师机器人研讨培训系列活动也逐渐开展起来，让科技教师也参与到机器人项目相关工作中来，让他们学习如何制作、调试机器人，感受机器人项目的魅力。通过教师培训，让科技教师在学校选拔、指导自己学校的学生来参加"巴楚县中小学生机器人评比活动"。通过一步一个脚印的实践和一项项有效的举措，以此达到以点带面地推动科技普及工作。通过不断磨砺与创新，陈军以实际行动和工作成绩助力乡村振兴，为促进当地科技教育发展做出了积极的贡献。

陈文珑一边给我介绍援疆医生和教师的情况，一边让司机继续向前行驶。我听得入迷，全然忘记了左脚的疼痛，以及路程的远近。本来很短的路程，感觉一下拉长了，暮色里，车子左弯右拐，忽然在一个药店门前停了下来。陈文珑让司机停下车，他自己走进药店，出来时候，手里多了一个马甲袋，里面装了云南白药、医用白纱布等。陈文珑把袋子递给我说："杨老师，这是李杰医生刚才提及的几种药，我帮您配了，您先用起来吧。"我忙不迭地致谢。

重新上车，我加了陈文珑的微信，看到他的微信名叫"卧龙"，我问他这个名字有什么含义吗？他笑着说，一是因为自己名字里有龙，另外，于援疆而言，他希望做个有思想、有见解的谋士，能为当地的发展出谋划策。

陈文珑告诉我，他现担任巴楚分指挥部信息宣传组成员、巴楚县阿纳库勒乡社会事务办副主任。2023 年来到巴楚，是他人生经历中重要的转折。来到巴楚之前，他曾经在静安区天目西路街道平安办、党群办以及区政协履过职，1985 年出生的他，抱着青春成长的梦想，希望能在未来的事业发展中有所突破。2023 年，他终于实现了援疆的愿望。只是，去巴楚之前，他的家庭发生了一场变故，家里只留下了年幼的儿子和年近七十岁的父母。去巴楚援疆，要三年的时间，把年幼的孩子交给年迈的父母照顾，这对于陈文珑来说，是件于心不忍的事。但是，他又很难舍弃援疆的愿望，在复杂矛盾的心理煎熬中，最终在父母全力的支持和鼓励下，踏上了援疆的征程。

来到千里之外的巴楚，一张刻有国徽的上海市对口支援新疆的工作证，让陈文珑心头强烈的责任感和使命感瞬间涌上来。他知道，他要加快熟悉当地情况，投身援疆工作。

大半年来，陈文珑勤勤恳恳、踏实苦干，对接援疆项目，参与调查研究。作为分指挥部宣传组成员，他凭借自己多年宣传工作经验，以带教方式指导大学生志愿者，还参与接待来自全国各地的专家团队，做好服务保障工作。例如这次上海作协来巴楚考察，他为我们的走访考察提供行程安排、对接联络、陪同介绍等各项服务保障。

在巴楚，通过深入调研，陈文珑发觉，当地的乡村旅游更多的是同质化的景点和设施，缺乏差异化的品质。他特别提到了所挂职的阿纳库勒乡（俗称红海乡）曲许尔盖村，曾是当地颇有特色的旅游示范村。那里的村民住宅外墙都画满了具有民族特色的彩绘：一株株挺拔的胡杨巍然屹立、蜿蜒的长城绵延起伏、春耕的机械追赶时节、壮观的"天坛"静静矗立、载歌载舞的各族群众欢聚一堂……在一笔一画、一红一绿、一点一滴中，百余幅大型主题手绘墙画生动地呈现在人们的面前，两棵千年"夫妻胡杨树"静待着络绎不绝的游客打卡留念。村子里曾有火车头主题餐厅、果蔬采摘园、鸵鸟园、户外运动露营基地、水上自行车场、足球场、篮球场等，各种设施一应俱全。在巴楚，在大部分乡镇文旅还处于未开发开放的阶段，而曲许尔盖村具有别样风情，让人如同在画中行走一般。通过实地考察，如今的曲许尔盖村多少有些没落冷清，感觉有些物是人非。遗憾之余，陈文珑更加意识到，巴楚的乡村旅游事业需要一代又一代人的赓续奋斗，更需要锚定方向的可持续发展，只有因地制宜、按需施策，才能使乡村旅游真正焕发生机活力。陈文珑知道，这对于援疆工作来说，是一件任重道远的事情，但是，他愿意添砖加瓦，贡献绵薄之力。

在和陈文珑的交流中，暮色渐渐沉了下来，车窗外的霓虹和马路上的车流交织在一起，让巴楚的夜晚滋生着一股生动的活力……陈文珑告诉我，巴楚是巴尔楚克的简称，意思是"应有尽有的地方"。据《西域同文志》释："巴尔楚克，全有也。地饶水草，故名。"在维吾尔语中，巴楚又被称为玛热勒巴什，意为"鹿首"。在这片辽阔富饶的疆域，上海的援疆干部愿意用他们青春的激情和热血，浇灌这一方土地，让它的明天变得更加水草丰美、昌盛蓬勃！

陈文珑和司机把我送回了酒店。分别的时候，他又叮嘱了几句："杨老师，明天您待在酒店里好好休息，明天的中饭和晚饭，我这边会打包食堂的饭菜给您送来。"

他这样说，果真也这样做了。第二天，陈文珑准时敲开了我酒店的门，给我送来中饭和晚饭，还从袋子里掏出两大瓶冰水，递给我，说让我敷在左脚的扭伤部位。

我接过冰水，看到装冰水的瓶子上有着美丽的雪莲花的包装图案。我忽然感觉，这瓶冰水，就像冰清玉洁的雪莲花那样，带来一丝清凉，驱逐了我左脚的疼痛。天使雪莲，在巴楚的天空下，兀自绽放。

离开巴楚，回到上海，也已经数月了。这些天，我经常回味喀什之行，回味在巴楚的几个短暂的日子。我一直在想，如果不是因为我那次意外的摔倒，造成脚部扭伤，我也不可能近距离接触到陈文珑和李杰医生，我很幸运地受到了他们的诊疗和照顾，也无意中见证到了他们援疆的工作。我聆听到了李杰、陈文珑、开凯、姜俊、赖天、陈军等人的故事，他们让我感叹援疆者们的伟大。无数像李杰、陈文珑一样的上海援疆者，一批又一批，前赴后继，来到巴楚这片土地上，在艰苦的环境中，坚持奉献，妙手回春，救死扶伤，为巴楚的教育培根育人，为巴楚的百姓造福……他们对巴楚的爱和奉献，犹如雪莲花般盛放在雪域高原，亭亭玉立，雪白似玉，状如莲花……

余晖与泪光离别曲

三蛊

海明威说，自外破壳是食材，自内破壳才是生命。可当我伫立南疆的盐山之巅，目送中国大地上最后一缕落日余晖，在天空与塔克拉玛干沙漠即将合拢的拉链缝隙中疲倦地眨了眨便泯然逝去时，我却又一次怯懦地缩回冰冷无光的壳……

一

临行前父亲说，你旅行比我多，比我懂，它让你有机会把一切抛在脑后——就眼前来讲是把丧母之痛抛在脑后……当然基于任何旅行都要返航的现实，你也可以一开头就不去，去和不去的差别就只有选择出发的人才晓得，你想晓得吗？迟疑间，我艰难地点了头。父亲又说，还记得吧？新疆是你妈特别向往却一直没机会去的地方……

数日后，我与久违的同袍们相会，随上海作协"文化润疆"采风团登上了飞往喀什的航班，行囊简单到无须托运。至于这一程能否治愈我，却实在不敢抱有希望。

从上海横跨三个时区入疆，全程要飞九小时，看来以前我对"幅员辽阔"的认知仅停留在地图上。邻座女孩举起手机朝窗边探过来，略显踟蹰。"想换到窗边来吗？"我问。她腼腆一笑道："不用了，谢谢。""雪山我拍了一些，经停乌鲁木齐你加我微信，都发给你。"女孩开心，"太好了，谢谢你。"

她叫黄松洁，华东师范大学研二学生，此去喀什是与援疆男友会面。与我一样，她也是头回入疆。为了与她闲聊，我在记忆库中遍寻奔赴爱情的喜悦："援疆了不起哦！快见面了，开心吧？"她一怔一叹。"想想也是大半年不见了呢。"闲谈间时光不再难熬。我以长者口吻跟她讲了些不必亲历便可通晓的事。比如喀什地区生活着维吾尔族、汉族、回族、哈萨克族、塔吉克族、乌孜别克族、俄罗斯族等十五个民族……

再如一个"疆"字道尽了这块土地的独特地貌与沧桑历史。按笔画从左到右、自上而下，一张驻守西陲的"弓"，像极了新疆五千六百多公里漫长曲折的边境线，其下之"土"既象征中央王朝始于西汉的漫长屯田史，也隐喻了近代被割让出去再难收复的失地。"疆"字右边代表了新疆的地形特点：新疆腹地"三横两田"，"三横"自上而下分别是以丰饶牧场著称的阿尔泰山脉、分割两盆地的天山山脉、中华文明的精神图腾昆仑山脉。"两田"则以天山山脉为界，上"田"为北疆的准噶尔盆地，下"田"为南疆的塔里木盆地……上下几千年，166.49万平方公里，竟被一个方块字囊括其中，将汉文化之精妙发挥到极致……

不多时我们降落在天山脚下，背靠帕米尔高原，东临塔克拉玛干沙漠，南依喀喇昆仑山和西藏阿里，"疆"字右半部分下"田"之所在塔里木盆地最西沿。我们下榻喀什市区，下车第一眼见到的是新疆孩子，真好看，男孩女孩都好看，精致而洋气。可惜也许受气候环境等影响，长到成年似加速衰老，这很直观。但他们与新疆盛产的碧根果相似，外壳极易成形，一旦成形便能保持很久。

当晚我把透过舷窗拍的"上帝视角"雪山照通过微信发给黄松洁，几十张之多。除了道谢，她在回复中"泄露"了男友大名——叶勇。她说今天叶勇也没闲着，真如约定中那样在接机口傻等三小时。他几个月前的话她还记得，"飞欧洲都没这么折腾，就用这三小时为你冲减三分之一辛苦吧？"这不就是"奔赴爱情的喜悦"吗？我懂——人总在青春消逝已久后才被唤醒更深层更抽象的记忆，而后刻骨铭心。

待小两口甜蜜相拥时才发现，叶勇怀揣的冰糖葫芦的糖衣全化了，幸好还有奶酪包。她在微信中为我补充了一个细节："他小心翼翼取出那两件宝，递给我，略带歉意地看我吃，我一下就明白了，他的心已落定，把喀什当成家了，这是在跟我尽地主之谊呢，期待我没出机场就爱上喀什。"不必追问，我迅速脑补出另一个约定：没准将来他们还会把家安在喀什。

飞机上的闲聊，已让我对叶勇心生感佩。叶勇比黄松洁大一岁，2020年大学毕业，主动申请援疆来到喀什，在某国防科研单位任助理工程师。而黄松洁的父亲是军人，作为在部队大院长大的孩子，她对男友立志扎根边疆不仅理解，且很支持。依她的想象，两地分居是暂时的，她父亲早年常驻大西北，也都只有休假才能回家看看。但她也许把事情想简单了……

旅途劳累睡得昏沉，次日一早我在上月定制的记事闹铃中睁开眼，大脑快速开机，条件反射摸来手机，点开中山医院App，查看为母亲预约的专家门诊定在几点……然而再也没有预约了，是的，几周前全取消了，我忘记了——生来最痛的一次忘记，在这人生至暗之年，已然耸立起最高最沉的纪念碑。母亲是坚强的，与癌魔斗争了六年半，许因自身即为医者，或以使命将尽，她毫无恐惧。这次告别是如此漫长，足以让父亲与我做好充分的心理准备，可当永别降临时全变为无用功，该塌的，片瓦无存……

父亲与我的痛，程度相当却谁也劝不了谁，全靠自己熬过去，我唯一能拿来安慰他和我自己的一件事，是那日凌晨抢救室里医生的话："癌细胞全身扩散，呼吸衰竭，不过处在深度昏迷中的人是没有痛苦的，包括癌痛……"但我向父亲隐瞒了后半句："还有什么人要见？有的话我马上插管，还能争取十五到二十分钟。"我明白，医生能为我短暂留住的仅仅是母亲的体温，同时我也明白，那是凌晨三点多的上海，无人能如天兵般赶来，我八十六岁高龄行动困难的父亲更不能……

二

采风团近日行程主要是走访上海援疆单位，集中分布在巴尔楚克境内，有博物馆、图书馆、学校、医院、招商平台、农产电商超市等。尽管喀什也遵循北京时间，却与上海有着三个小时的时差，以至于从"黎明前的黑暗"中出发的我们直到9点18分才见天光。上午10点，我终于在大巴上迎来中国最晚的日出，难怪就连一步六百丈的夸父都没能追到巴尔楚克就已筋疲力尽，化为夸父山了。

抵达巴尔楚克，来到塔克拉玛干沙漠边缘，参加载歌载舞的红海景区尉头洲开城仪式。入城后，我被一匹羊驼引领着，差点与大部队走散，愣在一片小树林里，与这个奇怪的物种面面相觑。它那双突出的大眼睛总是半睁着，一副天然无辜的表情。与羊驼道别，我走出林子朝前赶，不久视野渐开，眼前一亮，终于领略了水岸胡杨的冷艳。都说这片土地滋养着胡杨精神，可一直让我不解的是，胡杨作为植物的一种，即便珍稀，又能承载什么人文精神呢？直到我亲眼看见它们……

那是一幅摄人心魄的画卷，碧绿的河水行至此地忘记了流淌，似琉璃镜面般安然酣睡，岸上连成片的胡杨林似千军万马旌旗蔽日，远山如黛遥相呼应，远高近低协防驻守，浩浩荡荡气势磅礴。单就这幅画面，便已为我揭示了震撼人心的团队精神。再看河中，鸬鹚在悠闲地觅食，时而连声鸣叫，时而紧贴水面低飞掠过，身下垂荡着一双调皮的小短腿，不经意间划破镜面，激起几圈波纹，泛开几层涟漪，搅扰了胡杨林的水中倒影，也激活了先前近乎静止的画卷，猛然间勾起我记忆中的西子湖畔之柳浪闻莺，竟与眼前景况相映成趣。不远处，自称摄鸟人的作家默音已熟练地换好长焦镜头，正在岸边疯狂抓拍，而我则像是着了魔，被吸引着走进另一幅近景画面。

胡杨有着粗壮而扭曲的树干，枝叶斜向上展开，拥抱天空，生就一副"我真的还想再活五百年"既视感。它近似椭圆的锯齿状树叶，在阳光的照射下玲珑剔透，金光灿灿，若以蓝天为背景仰视之，更如天神降财，不，简直堪称散财。更令人惊叹的是，它若长在干旱之地，发达的根系便能啜吮深层土壤的水分，树叶上厚厚的角质层也能帮助减少水分蒸发；它若长在水中，根系则起到自我加固的作用，而结构独特的树叶竟能在水下进行光合作用；它若长在盐碱地上，根系更如开挂一般，以吸收积累盐分来降低细胞外渗透压，从而保持细胞内水分平衡。天哪，造物神奇，既耐旱又耐水且耐盐碱，几近完美的生命支持系统，使胡杨拥有无比顽强的生命力。

一方水土滋养一方风物，也滋养一方人。这让身处情感困境的我豁然开朗，与胡杨相比，我未免太羸弱了，我当下所需要的，也许正是胡杨精神：振作起来，融入团队，绝境求生……不过既然养人的是水土，我也担心水土不服……"弓虽强石更硬，人一大土里埋"，除非人类实现了永生，否则"生活的强者"就是个伪命题，抑或生活中的强弱完全不是重点，理性、心硬很了不起？我说那是无情无义……还是老问题，我又一次习惯性缩回冰冷无光的壳。

向大沙漠开进的道路异常颠簸。沙漠对于曾经深度探访过撒哈拉、莫哈韦、腾格里、库布齐的我而言早已失去新鲜感，但当我走进中国之最的塔克拉玛干沙漠时，仍被它的广袤与荒芜震撼了，置身其中，本能地心生戒备，唯恐被这片饥渴的大地吞噬。这里没有公路，甚至没有脚印，行至深处便只能凭借指南针加天生方向感。阵阵忐忑在亢奋的心弦上剧颤，我翻越一座又一座沙丘，无人同行，死寂张开大口吞没了我，只容我听见自己的心跳和脚下的沙沙声，幽深地感知来自四面八方宇宙万物的无声注视……能让一个胆大之人在光天化日下生出各种陌生的幻恐，也不过是证明了人与天地古来有之的巨壑，此情此景该如何落笔？心无方寸，只怕惊雷也哑然。

说来也怪，面对北纬四十度上这极致荒凉，我非但没有不适，反而偷得些许安慰，倘若世界的底色便是如此，那我何必时常伤感，频频目送曾经裘马轻狂的自己，那一簇渐行渐远的背影，失落不已。正因活过爱过，见过尘寰烟火，品过人间芳菲，或为荼蘼花火而痴狂，或喜平淡倦于仰望，故而缱绻，流连忘返。然而生于随机而死于回归，生命不过一朵花开的时间及一首诗的长度，本质是归还而非失去。一切生灵及所有生气，终将归还大地。

一阵风沙翻腾而过，远远地，我望见一辆沙漠越野车在沙浪间蛇形蠕动，缓缓朝我驶来，我眯缝起双眼，逐一辨认车上的乘客，《解放日报》文学副刊《朝花》的主编伍斌、作家王萌萌、上海作协创联部李鹏……他们专程来接落单之人，正朝我挥手呐喊。这让我愧疚，状态不佳总是掉队，全仰仗大家包容。

当我登顶盐山遥望天山时，脚下一湾碧波正将大漠分割为苍凉与暖意，那是浩瀚的塔克拉玛干沙漠和伊尔羌河畔的胡杨林。我听罢黄沙控诉时间的无情，再听胡杨吟唱生命的丰润，看天空将湖面染成湛蓝，同时将翠绿沉入湖底。而这一切壮美景象终将在余晖中落幕，被漫天的橙红一点一点缓慢地掩埋，直到天空与沙漠同色，灭点渐隐，象征着世界尽头的地平线突然消失在眼前……那正是我终于意识到母亲已进入永夜时的绝望心情。

三

在走访上海援疆医院时，我发现这里很新，门诊部和住院部大楼都是新的，科室齐全，宽敞明亮，并已局部实现了沪疆两地专家"人工智能（AI）远程会诊"。但跑了六年半医院的我可能又要掉链子了，从走进大门的一刻起就开始胸闷，医院特有的气味让我窒息、反胃。这种应激反应并非源自母亲早年每天都从单位带回家的那种嗅觉记忆，而是与她最后六年半的就医和生活环境紧密关联。嗅觉激活了画面，带母亲做各种检查，为她东奔西走寻医觅药……过往点滴历历在目，宛如昨日。

母亲最后一年的常用药超过了五个科室的三十种，几乎每个科室的医生都只盯着电脑、病历、报告而不会抬头，让我不得不反问何为"望闻问切"，从医生的微表情和简短语句中揣摩母亲各种基础病的病情发展。也曾有高级专家质疑我过度医疗，我则因情感上接受不了而没再抢过他的特需号。最后一次去医院是在大殓后，父亲从药柜中清出七贴芬太尼，这是人到癌症晚期，生存期完全处于药物成瘾期的覆盖之下才获准使用的管制药物。回想母亲痛了九个月，我也痛了九个月，并且永远无法释怀。对患者及家属而言，当治疗手段用尽，癌痛降临时，生命便只剩下负意义，所以至少在癌症被攻克前，镇痛比延缓死亡更有价值。芬太尼最终在中山医院的视频监控下交还给医院，再由院方转交公安机关销毁。

那天从中山医院出来，我钻进一条弄堂呕吐不止，泪水混合着呕吐物，见身边人来人往，我只能狼狈地用身体遮挡，却无暇跟谁表达歉意……这会儿从援疆医院出来，我庆幸自己没吐。作家王瑢见我脸色不对，走近关心道："三蛊兄没事吧？"我苦笑，摇头。强烈的生理反应让我担忧，也许很长一段时间都无法再靠近医院了。但这几乎又是不可能的，母亲大殓后，父亲的用药与日俱增。我知道几年来他一直强撑着，只要母亲在一天，他就不敢倒下，一直拖到今天才来结总账。

徜徉在援疆博物馆宏伟的建筑群落中，我粗浅认识了新疆概貌，也了解了上海援疆史。在援疆职校，我见到各民族孩子在操场上扎堆撒欢，还欣赏了时装设计班的孩子们走 T 台。在援疆农产超市，我领略了各色新疆物产。在援疆图书馆，我萌发了回沪立即发动作家朋友们捐书的念头。在援疆招商平台"小胡杨"总部，我领悟了"授人以鱼不如授人以渔"的援疆策略。回想刚走过的各家单位，无不在践行"授渔"理念，而作为援疆项目的一部分，"文化润疆"也将是长期"授渔"的过程，润疆于无形，润物细无声，作家们的书写也许始于足下，才刚刚出发。

车窗外是一望无际的戈壁滩与盐碱地，草丛一簇一簇，稀稀疏疏，延绵至天边，仿佛在黄昏下埋伏着千军万马，正欲伏击一切流窜至人间的妖魔鬼怪。远方，更多援军风雨兼程，从视野的尽头源源不断快马加鞭地赶来……

援疆，多么圣洁高尚的词，可高光仅是表面，一旦将视线下沉至每一位援疆个体的身上，让人轻易联想到的就是另外两个词，冒险与艰辛。当然，喀什自古就是为丝绸之路上的冒险者而存在的，而艰辛却是人生的沉没成本，冒险的代价。黄松洁在飞机上曾一本正经地问我："假如我告诉你，我男友是我充话费送的，你肯定不信，但要说是我花四十元买彩票刮出来的，你信吗？"

在黄松洁与叶勇相识的最初七年，有六年都是普通朋友，余下一年两人各有所爱，也各有所伤，再次相会于微信，纯粹为了彼此疗伤。疗伤主题是从证明自己在上一段感情中没有过错开始的。然而认领"受伤者"人设久了，侧重点渐渐转向自我安慰，"世上还是有好男人好女人的"，进而转化为相互鼓励，比如"天涯何处无芳草"，再如"没准转角遇见爱"。再往后就只剩下证明叶勇就是那个好男人，而黄松洁就是那株芳草，以及转角处叶勇遇见的就是黄松洁，而黄松洁遇见的也不是别人。到此悬念就不大了，只差一个转角。而这个转角在叶勇休年假回家时也如期而至了。

从喀什回来的第二天，叶勇发微信约黄松洁出来看电影，收到消息的那一刻黄松洁站在彩票店门口正为四十元什么也没刮到而生气，随手回一句，"正忙着，再议。"而叶勇很快回复："换手机壳了？拿小黄鸭手机壳的人是你吗？"她这才意识到街头偶遇了，他肯定就在附近不远处。这天两人一起看了场电影，还吃了顿火锅，就算作第一次正式约会了。事实证明黄松洁以小博大，真的只花四十元就中了个大奖。

然而，一人援疆，两地分居，没点代价是不可能的。起初这个代价因黄松洁的家世背景以及学业在身而藏得很深，可渐渐校园情侣入眼多了，内心不免泛起异样的滋味，既酸又苦。先奔现，再网恋，他们在爱情路上逆行狂奔。黄松洁告诉我，上次见面是七个月前的事，那次团聚，两人爆发了有史以来第一场"战争"……

四

爱情塑造并安置着精神的肉欲，而遥隔万里的思念却不断模糊着它的容颜，当情话讲到天边，忠诚守到尽头，恰是灵与肉分裂的开端，越期待精神上得到慰藉，肉体便越空虚，无力感悄然而生。所谓月盈则亏，让难得相聚的人患得患失，甚至还没等聚首，就已为近在眼前的分离提前揿下忧伤开关。克尔凯郭尔说，焦虑是自由的晕眩。越自由越眩晕。短暂弥补，难以拯救长期亏空，谁不因两情相悦才渴望朝朝暮暮？

月光下人影绰绰，黄松洁和叶勇并排坐在公园长椅上。"没错，你是最懂我的人，但是难过不计大小，你永远都不是第一个出现在我身边的人，我也永远都找不到肩膀可以依靠……"这当然不是黄松洁唯一的委屈，她只拣最强烈的说。"可即使我在上海，也不知多久才能进校看你一次，况且一年后你硕士毕业想读博，目标是什么？清华！北大！那要我怎样？跟你去北京？这不是只能走一步看一步吗？"叶勇是个实在人，且情话以及情商全透支在了微信上。

"你以为我在跟你抱怨吗？怎么可能？你都不抱怨，我没有理由啊，那就随缘好了。"这是黄松洁的负气话，想必叶勇不会入心。但也就在这一晚，黄松洁辗转难眠，认真思考起两人的将来。叶勇援疆的决心和耐力都是毋庸置疑的，而自己的未来又存在诸多不确定……想破脑袋也没结果，恐怕真如叶勇所说，只能"走一步看一步"。

小两口的故事让我感同身受，而绝非为赋新词强说愁。

在我幼年时，母亲随所在医院整体迁出上海，支援内地去淮北，街道以及上海卫生局都来我家门口贴了喜报。正如父亲所言，母亲早年最想支援的是新疆建设，然而那年月人跟单位走，儿子跟母亲走。于是戴红花披绶带，母亲随全院开拔，接受淮北市民夹道欢迎，淮北市政府为上海支内人员建了"三排楼"，居住条件比上海都好。可父母仍为两地分居争吵不休，当然不是面对面吵，只能手写书信。后来终于还是吵出了结果，不久后父亲从上海煤炭科学院调至淮北矿务局科研所……

我想即便黄松洁对我的家史一无所知，也不影响她将来做出相似的决定。但长相厮守后可能又是另一番光景……我在内子的梦中已死过三回，据说两回缘于她怕我死，当中一回我是被她亲手弄死的，醒来后深陷其中出不来，为怎么抛尸而发愁。

唐山大地震后的几年间余震不断，三排楼不敢住了，上海医生们搬进了防震棚，为了克服恐惧，每家每户都养鸡。时年地震局只剩灾损统计和赈济功能，鸡便成了民间"地震仪"。而我就像笼中仓鼠，常被出差的大人们拎着，往返于沪淮两地。每每在地上见不到一只鸡，全飞上棚顶时，母亲又该为我收拾行李回上海避风头了。好在每次余震都不大，常被从小爱抖腿的我忽略。那几年的记忆混乱，"棕绷修伐"和"镪刀磨剪子"轮番唱响，在我梦醒的枕边此起彼伏。后来大点了，我仍频繁往返于两地，渐渐不需要大人接送了。母亲永远都不会知道了，在长达二十多年的随迁史中，我和其他孩子一样，也有着浓浓的乡愁，也曾在千里之外遥望故乡，一次次放大着弄堂记忆。我之所以从未告诉母亲，是怕她内疚。

我在三个大院里长大，父亲所在的科研所、母亲所在的医院、姑父所在的高校——三个不同的天堂：我在科研所玩各种仪器设备以及最早期的计算机游戏；在医院太平间和卫校解剖室与小伙伴比胆量，用大号针管改装成加特林水枪；在大学里跟着小大人们玩各种球类运动。在别家孩子都在看样板戏的年月，母亲借来舒曼、舒伯特、贝多芬、邓丽君的唱片给我听。父亲是黑白胶片时代的摄影爱好者，我至今珍藏着一张由母亲为我拍摄的黑白生活照，背面是她用"处方体"写下的"我的小小少年"。但最令我难忘的，是常有衣衫褴褛的生人在"三排楼"前长跪不起，哭喊着某位上海医生的名字，那是淮北周边农村缴不起手术费、住院费的病患家属，母亲的名字也曾被一次次呼喊过。

最初母亲是单方面支内，父亲和我属于随迁，可后来父亲在单位的支内花名册上意外见到了自己的名字，我们就稀里糊涂变成了双支内家庭。但也没有太大区别，他也还是要干到退休才能返沪，比我晚得多。事实上他们不仅干到了退休，还干到了返聘结束，回到上海享受外地标准退休工资，就医得凭两张卡，门诊刷上海就医卡，住院刷外地就医卡，分开结算，两年一度的二次报销，得把原始凭证寄往外地。

尽管新疆是母亲多年向往而未往之地，可就连她自己也不得不承认，支内到淮北，各方面条件都是援疆不能比的，套用一句淮北话，这叫"日子不可长算"。值得欣慰的是，无论在上海还是在淮北，母亲与我都不只是母子关系，我们也曾是战友：在我年少时为我升学，在她年迈时为她治病，为了牢牢抓住生的希望，我人到中年回归原生家庭，再度凝聚起三人战队，相互支撑并肩战斗。我知道父亲曾因我太过沉湎于刻板丧礼而反感，与他相似，让我反感的是被亲友誉为"孝子"。孝道本为礼教，人若囿于礼教而付出，牺牲感便是最大副产品。而爱是马达，催人行动，我都愿将自己的阳寿转账给母亲，还纠结付出与牺牲？我的童年充满阳光几无创伤，原生家庭令我满足，也许在一些文艺工作者看来这对创作不利，至少没有优势，我却不在乎。

生命以负熵为食，过程幸福与否，不仅要看历史，更要观结局：晚年有无病痛，有无子女陪伴左右，为其奔波劳碌，自身以何种心态面对大限，能否放下悔恨与遗憾，平和地渐入永夜……

五

终于在巴楚邂逅了传说中的极品食材——从小吃优质牧草、饮天然矿泉水的巴尔楚克"熊猫羊"。我也曾井蛙观天，以为淮北小山羊已是羊中龙凤，直到某年在酒桌上听人讲起这个"西域传说",才感慨羊外有羊……然而今天当我坐到餐桌前,充满仪式感地高抬双手,略显笨拙地在铁架上一提一拔,卸下一大块"提拔肉",从它的边沿撕下一小片,满怀期待送入口中,才发现一切还得从头说起。

毋庸置疑,"熊猫羊"全部来自巴楚境内的零污染低地草甸,骆驼刺、马兰、甘草、苜蓿、苇草、野蘑菇共生而成优渥植被,茂密且丰盛,使得"熊猫羊"的肉质细嫩鲜美,兼具高蛋白、低脂肪、低胆固醇等优点。但我只有一个问题:富含矿物质的盐碱土质经由植被传导至"熊猫羊"后便走丢了膻味。也就是说,绝大多数人眼中最大的优点——不膻,在我这儿却成了唯一的缺憾。

有了相当阅历后我才欣然接受,淮北小山羊确实排不进最优食材,可正因自幼吃过太多品种的羊,才让我创建了独树一帜的品鉴标准:羊肉与其去膻,不如与"膻"共舞。这句话的底层逻辑是,世间肉品何其多,怕膻何苦吃羊肉?品羊的核心要义恰恰在于品膻。也许重点都不在于有没有膻味,而在于厨师对膻味持何种态度,欲将它引向何方,是屏蔽它,放大它,配搭它,还是彻底改造它?

淮北羊肉汤之所以小有名头,英雄榜上占一席,得益于烹饪的古法配方恰到好处地切中食客的审美秘境,让人迅速接受甚而爱上隐含其中的膻味,姑且称之为"膻酸辣组合",连同羊肉一起，一股脑儿打包送入口中，引而不发。当酸辣先后触及味蕾的间歇，羊肉正与齿颊厮磨缠绵，须臾，膻味延时抵达，疯狂暗示食客：这一口若只有酸辣而缺少膻味的加持，便是没有灵魂的羊肉，会让人失魂落魄百无聊赖。当然，口味是带有强烈主观偏好的，即使我舌灿莲花，也还是一家之言。

香妃园是从巴楚返回喀什后去的，途经阿图什公路服务站稍作停留，我见到一株小胡杨，叶片更嫩更黄，却孤零零站在路旁，想必不是有人刻意种下的。我从地上捡起一片新叶，夹入手机壳里……进入香妃园，远观阿帕克霍加墓的主墓室，像极了小一号的泰姬陵。走进去便能看见香妃的衣冠冢，我却止步于大门口，把注意力强行转移至墓室外墙面的原色琉璃上，努力抵御着汹汹而来的悲意。

母亲可无法拥有这么大的墓室，也完全不需要，在距今遥远的一次玩笑中，她甚至想在百年后沉入黄浦江……我自下而上一块接一块研究那些琉璃，真就让我发现一个秘密，偌大一幢建筑，竟然找不到两块图案相同的琉璃。后来在园内清点采风团人数时发现少了一位成员，我这才得知诗人杨绣丽昨天崴了脚，很可能无法完成余下的行程，真替她感到惋惜。

次日八点半，喀什的凌晨，一轮边陲明月高悬天边，采风团朝着帕米尔高原进发。早有耳闻，海拔八千六百一十一米的世界第二高峰乔戈里峰有一半在我们即将进入的塔什库尔干境内，另一半则在巴基斯坦境内。天渐渐亮了，打开手机测海拔，仍是一千多米，但见上高原前的最后一片绿洲已被大巴远远甩在身后。多年来我几乎走遍了藏区：卫藏、安多、康巴、嘉绒、工布、白马、木雅……没有一次扛得住高反，人送雅号"逢高必反"，加之"万般皆下垂，唯有血压高"，更是高上叠高。还好团内"恐高"人士真不少，索性集中采购，每人供应两罐氧气。

进入克孜勒苏柯尔克孜自治州后海拔升到两千米。惭愧得很，这个自治州的名称我也就像挤牙膏似的勉强写出来，可能一辈子也读不顺更记不住。在接近马依却勒布依山的原野上我看见了野骆驼，我说："看，野骆驼！"没人理我，环顾四周，大家已睡得东倒西歪，恰在此时黄松洁发来微信。

昨天是黄松洁的生日，叶勇带她自驾去了达瓦昆，同车而往的是叶勇的一位男性同事，与叶勇同年援疆来到喀什。他们一起看了千年柳树王、千年胡杨王。在离开达瓦昆湖后，那位男同事感慨道，这里的胡杨都是大漠胡杨，为了生存下来，比水胡杨更加锱铢必较。

顺着同事的话，叶勇说，那种锱铢必较可不针对同类，这是我不喜欢城市的原因，城市就像拥挤的地铁车厢，把人心都挤变形了。继而指向不远处的一棵胡杨，又说，你看它，好像枯死了一样，但它活着，就算方圆百里只有这一棵，它也能活下来，而且乐在其中。黄松洁惊讶地问，它也有快乐？叶勇说，当然，在你成为它之前，不会了解它的世界，不理解它拼尽全力也要活下去的意义是什么，你信吗？如果没有意义，它就不会存在。黄松洁又问，那我想知道，你俩已经成为它了吗？两位男士不约而同地点头，没有丝毫犹豫……

叶勇，原来是胡杨叶之勇啊！再一次，我被这位素未谋面的小伙子打动了，甚至有可能，他正在为我揭示母亲当年向往新疆的理由，至少是一部分。我回复黄松洁：那你怎么打算？会来喀什扎根吗？她先发来一个思考的表情，继而说：还没聊这么具体，只说好等我读完博再议，不过就算真要来，也得把家安在市区吧，他单位所在的那个地方实在太偏僻太荒凉了，喀什市区我倒喜欢，这几天他带我可没少逛……

六

与飞机上相似的一幕正在我的余光中重演，上海作协党组书记王伟举起手机朝我这一侧的窗边探过来。"领导换到我这边来坐吧？"我问。他摆手，"谢谢三盅，不用。"他正在抓拍车窗外的"日照金山"，那是只有在昆仑山脉海拔七千五百三十米的公格尔九别峰顶才有条件盛大上演的自然奇观，这我就没法代劳了，王书记的摄影技术和艺术追求都近乎专业级。但我坐在他身后仍可以帮点小忙，我用双手抵住他的后腰，帮他稳住了站姿，也稳住了镜头，如此，事后便能理直气壮地向他索要大片原图了。

置身于奥依塔克红山峡谷中，我环顾连绵不绝的山体，它们并不高耸却寸草不生，晨阳下，仿佛整体被某位巨人用一条棕红色毯子盖住，毯子上斑斑点点，布满了巨人弹落的烟灰。有感于满目苍劲，我与作家简平以此为背景合了影，后与作家哥舒意也合了一张。上车前王萌萌悄悄跟我说："终于看见三蛊大哥笑了。"这倒让一贯凭"面瘫照"行走江湖的我略感意外，且此话熟悉而亲切，让我想起一周前的一幕。

那天内子把两只鹦鹉从笼中放出，摆在我的桌上。它俩不辨雌雄都是我起的名，黄的叫"黄飞鸿"，白的叫"白素贞"，但现在我没了这份雅兴，改叫它们"黄鸡"和"白鸡"。我呆呆地看着它们，长时间不出笼的"黄飞鸿"似乎忘了自己会飞，跳到我手背上，单脚用力踩，一下又一下，然后在我手背上留下一脬污，我忍不住笑了，可内子却站在边上抹眼泪。她说已经好久没见到我笑了，她害怕极了。最了解我的人始终还是我自己，光会笑还不能解决问题，也许要等我又爱耍宝开玩笑的时候，才会有好转的迹象。

"黄飞鸿"和"白素贞"是母亲最后阶段唯一的快乐，它们智商不高，偶尔会飞到母亲头上觅食，母亲无力抬手逗它们，只能僵着脖子露出一丝苦涩笑意。如今母亲走了，我想放生，却被内子拦住，说放出去它们就没名字了，而且吃惯了精食的鸟，放生等于送死，更何况上海已入冬。也对，那就留着吧，早已丢失自由融入家庭的小东西，希望这符合它们的意愿……

大巴已过要塞边检，我在海拔三千米处见到了唐僧住过的驿站。那是很小一间石头垒成的避难所，坐落在山脚下的坡地上……一幅画面在我脑中浮现，当年唐僧一身单薄的袈裟，挂着一根金属拐杖，牵着一只猴和一头猪，一路上操着老妈子的心，取回真经前只能自欺欺人念盗版经，却能抵御高反与如此苦寒，简直不可思议。

海拔升至四千米，后排座上的上海网络作家协会副秘书长陈佶已经开始吸氧，"嘶嘶嘶"的声响很刺耳。我也取出一罐，但在安装面罩时双手突然僵住，我使劲甩手，用力斩断吸氧之于母亲的一切联想。然而入住塔什库尔干塔吉克自治县的宾馆后我惊讶地发现，每个房间都设有供氧装置和一次性输氧管，仿佛老天有意要将这些触心境之物一件接一件怼到我眼前，强行撬开我回忆的闸门。但也就在此时，我猛然间悟了，意识到有些过程是必经的，既然无法跳过，定然另有法门。若不是反复决堤，堰塞湖便很难排干。又及破壳，怎能指望一两次努力就获得成功。

全家只有我知道，某间屋子的某个柜子里仍躺着一台家用制氧机，那是母亲最后的抗争，我怕父亲睹物思人，便连同轮椅一起藏了进去。我清晰记得那天凌晨，直到医生已经开始制作"死亡证明"的时候我还在咨询他，我家那台浓度最高只到百分之九十六的制氧机能否满足母亲使用？此前已问过两次，都被他一句"过了今晚再说"搪塞过去。

"你已经不需要知道了，尽快接受现实吧。"言毕，医生的眼睛也红了，我真切地看见了。是的，他从一开头就不相信母亲能平安度过那晚，而且他接下来马上要做的就是移除心电、超声、供氧等设备与母亲的连接……但他在深吁一口气之后仍是压低声调回答了我，"浓度是足够，但问题不在缺氧，而是病人无法自主呼吸了……"就冲他仍用"病人"指代母亲而谨慎规避着"死者"，我都不能再为难他了……

手机震动把我拉回现实，巴金故居负责人吕争和《萌芽》杂志编辑李元正在微信群里询问供氧装置的使用方法。我把行李往床上一丢，全身心投入到群聊中。

一路上曾不止一人在群里抱怨过喀什的干燥，而我直到这会儿嘴唇起皮才有体会。想起儿时的秋冬，每天早上出门前母亲都要给我脸上抹雪花膏。我说我又不是小姑娘。她才不管，把我的脸当作面团揉捏一番，笑而不语。一直揉到我不耐烦，想挣脱，她也不说"好了"，自顾自拈起我额前几绺头发，交替运用粘有雪花膏的十指，自上而下捋啊捋，再捻成几束削尖的发梢，然后心满意足地在我的脸颊上轻拍两下，代表完工。她从不介意我当着她的面立即毁掉她的"杰作"……

而喀什的气温反而受到大家一致好评，都觉得此地在体感上不如上海冷。我却觉得上海的冷可调节，通过空调和加减衣物来调节。可一到喀什就失控了，室外可加减衣物，室内供暖却过度，温度被永远钉死在穿着秋衣秋裤都会出汗的水平，不得已开窗降温，然后感冒。我就是这样感冒的。

七

塔什库尔干境内遍布着雪山与河流，海拔高度七千米起步的雪峰一座连一座，很难把它们的名字记全，只晓得最著名的是有着"雪山之父"美誉的慕士塔格峰，据说从未被人类征服过。当午之际，它傲然屹立在苍穹之下，填满所有人的视野，也霸屏了我的想象。不知何故，无风之日身在其脚下，地上云影却快步如飞，把一张张人脸映得忽明忽暗，仿佛凛然于万物的雪山之父，只肯为上苍"耕云"而不屑为地上起风。

由于长期缺乏锻炼，抵达石头城时我已气喘吁吁。采风从来不如人们想象得那样轻松，也不净是惬意，当然创作也远非人们理解中那么清苦。我已经好几年写不了东西，落笔没几行就走神，怔在电脑前浑然不知时间的存在，缓过神来泪湿双目。我的注意力从未如此涣散过。不只写作会走神，任何事，随时随地都会。作为医学门外汉，过往几年我投入大量精力去结识专家教授，收集整理前沿资讯，扎根病友群学习交流；而今每到深夜我仍惯性阅读涉癌文章，难以自拔……面对孤独与死亡，人生终究都要学会自处，从此将喜怒哀乐锁入内心，念起纵马踏花，念落凭古吊今。

大巴沿巍峨的昆仑山脉夜行返回住地，从车窗外收回视线，我在家庭群里感慨道："此时明月照昆仑。"当晚的餐桌上凸显新疆特色，兼有家的温度，馕坑肉、牦牛肉、烤鸽子、手抓饭……但我唯独对喀什名菜"油包肝"敬而远之。听名字，看品相，给我的第一层联想竟是"脂肪肝"，筷子撩起细端详，是用羊油包裹羊肝烤制而成，于是第二层联想是炭烤脂肪肝。我索性放下，与左右邻座虚伪道："还真有点舍不得吃呢。"右手边坐着陈佶，特别客气，"正好我这份还没动过，也给三叔好了。"

阳光最好的一天来到白沙湖。那是帕米尔高原的蓝色眼睛，湖泊是瞳仁，堆积于湖畔的沙山是眼白，在阳光下闪耀着高冷的银光。静谧的湖水与身披雪被的沙山已厮守亿万年，不免腻烦，于是湖水向蓝天倾诉愁肠，而沙山则远慕那繁茂的雪山家族。偶尔湖水会说你无情、你冷酷、你无理取闹，沙山也会针锋相对，你才无情、你才冷酷、你才无理取闹……难般打情骂俏，它们仍将在此相守至天地合，乃敢与君绝。

充足的睡眠让我情绪好转，行至天山山脉深处，我一路小跑，毫无试探，第一个踏上喀拉库勒冰湖的冰面，往前走，往湖心走……那是被公格尔九别峰、慕士塔格峰及一众不知名山峰环抱的团宠"公主湖"，恬静地安睡在更高更远的乔戈里峰脚下，成为登山者适应训练的营地。因湖水随季节变换色彩，又得名"变色湖"。时至深秋，它就变为脚下这一整片晶莹剔透的蓝宝石，在阳光下泛起淡淡的忧伤，期盼巨人途经此地，从地上轻轻将它捡起，镶嵌在"雪山之父"的王冠上。

沿湖边栈道往大山深处，我与上海作协办公室主任吕赫同行。渐渐地，我离开栈道，独自漫步在结冰的草原上。这曾是我在入藏的天路上见过而从未走过的地形，如今就在脚下。溪流纵横交错，那是西陲大地的毛细血管，不见首尾地平铺在原野上，宛如世间千千万万个理想，赤条条横陈于博弈的沙盘上。然而谁的人生不是退而求其次？我跨越溪涧，越走越远，人也许只有在广阔的天地间才更容易看透俗世。母亲的离去让我重新认识了人生这片苦海，以前热衷于舟头嬉戏，如今却默默撑起了桨橹。

当我远远看见默音举起"打鸟"镜头朝天"扫摄"时，我才注意到天上的鸟类——许多大鸟，换在间阎扑地的大上海是决然没有的。在一众大鸟之上，我看见了一只鹰，仅凭那高度以及姿态便能判定为鹰。若非拥有智慧，它不会懂得利用上行气流，凌空盘旋乃至悬停；若非没有天敌，它也不能无拘无束悠然舒展，无须振翅乘风翱翔。所谓鹰击长空原来是风的杰作。那风无处不在，无时无刻不助力翱翔者抵抗大地，本质上是抵抗现实的庸常，以及遍布世界无孔不入的腐朽气息。

如同人类社会的阶层划分，各种鸟类的航道不同，所处食物链位置也不同，却遵循着同一种秩序。就在凝神望天的某一刻，我想通了一件小事。燕雀之所以不知鸿鹄志，缘于它们各自拥有一片天空而彼此航道不同，一旦将视角反转便不难发现，鸿鹄不仅难以理解燕雀不争高下的胸怀，更难想象北京的燕子南飞，一口气就飞到了南非，全程达上万公里。人生何须处处角力，即使偶尔论高下，也未必非得拼同一个单项。你山高，他水远；你物质富足，他精神充盈；你子孙满堂，他独行天下。

被时代的车轮驱赶着前行，一点点养成从前没有的习惯，从谷底走上山巅，从光明走进迷雾，仿佛从古至今只有我们这一代人来过似的，是我们在面对一切问题，扛下所有重负，而且我们的离开似乎也将带走整个世界……这无疑是荒唐的幻觉，幸运只属于个体，而悲剧才属于全人类——历史上人类的总和。基于个体总是更具自私性，可知人类对末世的恐惧永远弱于个体对死亡的恐惧，而且无论是诺查丹马斯版本还是玛雅版本，灭顶之灾并未发生在我的有生之年。所以，既然母亲已亲手为我同时释放了最大的恐惧和最大的焦虑，那么余生我究竟还要怕什么？

视线从天空缓缓落下，我的双脚仍站在坚实的大地上，前方还有需要我去完成的使命。我看见栈道的尽头，上海作协副主席薛舒和评论家傅小平正向我招手，我举起手机，为他们留下一张群山环抱的远景照。

八

在走访高台民居之前我便知道，这里曾是电影《追风筝的人》的拍摄地。没看过电影的我却读过卡勒德·胡赛尼的原著小说中文译本，我路过铁器铺、香料摊和烟丝摊，穿越过街楼，亲手抚摸居民家中的热瓦普，赏窗台上花团锦簇，沉浸在小说开篇的温馨点滴。和平时期的喀布尔，人们享受着安逸闲适的生活，阿米尔与哈桑相互陪伴，共同度过童年时光……我也曾与哈桑一样，不止一次在内心对母亲呼喊，"为你，千千万万遍！"然而开篇越是美好，其后的残酷现实就越令人心碎。

哈桑在政局动荡、种族歧视、教派纷争、阶级压迫的社会环境下有着捍卫主人的勇气与决心，为此不惜牺牲自我，除了因为善良，还缘于不明身世的他天生自带奴性，这在其子索拉博身上也有投射。看似值得颂扬的品质或美德，实则将奴性一代一代遗传下去，这正是我对人性的绝望之处。在同样存在主仆关系的《白鹿原》中，黑娃的叛逆与野性则呈现出另一种美感。但也同样不能指望拥有革命基因的人讲得出"为你千千万万遍"这样动人的话语，只能简单归结于现实主义的两种形态。

　　高台之上，有个旅行团从我身边经过，举旗的导游在队伍中大声问："大家有没有觉得，这里太像阿富汗了？"我扑哧一声笑漏气了，急与近旁的薛舒道："他说这里太像阿富汗了，难道他们都去过阿富汗？典型的颠倒本体和喻体。"薛舒也笑了："我猜他一定借鉴了好莱坞经验，马克·福斯特对比两地后觉得这里很阿富汗，简直就是战争前的喀布尔，或许比阿富汗更阿富汗，于是来喀什取景。这样的话，大体也能成立。"倒也是，这里相比饱受战乱摧残的阿富汗，展现出截然不同的和平景致。

　　高台民居属于喀什老城的一部分，走去西边城区也没多远。在西城我终于见到了缸子肉，真的是简单粗暴地用大缸子盛大肉。我曾去过土耳其、埃及、阿联酋、印度尼西亚尼和马来西亚，想去而未能成行的恰恰是免签的摩洛哥和突尼斯，但喀什作为中国最西部的穆斯林聚居区，最大不同在于世俗化更明显，包容性更大，少了许多繁文缛节，既听不见喇叭诵经，也见不到五番拜。在老城石板街上，我们邂逅了两位塔吉克族"小社牛"，面对采风团七八位叔叔阿姨，用标准的普通话与我们畅快交流，然后一个敲鼓，一个跳舞，把整条街的目光都吸引过来。

　　薛舒情不自禁随他们一道起舞，灵动飘逸，翩若惊鸿。这不奇怪，她在成为作家之前是演员出身，唱跳都有专业功底，使她对艺术的理解更具全面性。但她也有弱项，就是新疆小姑娘最擅长的扭脖子。这在我看来确实是个高难度动作，双手先要手背相对一上一下，框住头顶和下巴，然后驱动头部，左右横向做匀速直线运动，保持头动手不动，脑袋不能歪斜，同时眉眼还要一挑一挑左顾右盼，表现轻松与欢快。这个动作我在家关起门来也曾练过，内子先给好评再给意见："嗲是嗲，就是感觉你特别欠揍。"薛舒就聪明多了，她会利用双手制造视错觉，猛一看确实发生过相对位移，其实全靠双手同步，左右来回移动，脑袋却纹丝不动。不过以假乱真效果还可以。

喀什老城中遍布中亚风格小楼，砖木或土木结构，大多保留红土本色，错落排布，古朴而别致，偶可见融合汉唐、古罗马遗风以及维吾尔民族特色的楼房或高台土木点缀其间。雕花窗棂以及有着镂空纹饰的尖拱花窗，在阳光下显得愈加立体生动，精致华丽的图案极具艺术观赏性。斑驳的墙面层层叠叠留下岁月痕迹，却敌不过爱美之心，岁岁年年添新彩。普通人家都喜欢用明艳的色彩和繁复的花纹来装饰门楣与墙壁，彼此间少有"撞衫"，游客但凡记住了某一处细节，便几乎不会在老城中迷路。

不愧是有着两千多年历史的老城，这里汇聚了各时期多元文化的精髓——汉唐的庄重、古罗马的浪漫、维吾尔族的智慧。在老城我至少确认了两件事：一是喀什的狗子都很彪悍；二是伽师瓜确实比哈密瓜好吃。但我把街边"巴楚留香瓜"的招牌读成了"巴——楚留香——瓜"，也算为老城留下了一个不朽的烂梗。

"我第一次从外太空回看地球的时候，惊异于地图上最熟悉的国境线消失了。"这是十年来最打动我的一句电影台词。然而它浪漫动人却不现实，即便借用默音的长焦镜头来遥望我想象的尽头，国境线也绝没有消失的可能。但是通过喀什、经由喀什而跨越无形的分割线，实现国家与民族之间的友好往来、相濡以沫，倒十分值得期待。

　　站在酒店的落地窗前，我最后一次欣赏即将进入暗夜轮回的西陲斜阳，温暖而又伤感。在天际线上，我看见一双眼睛，那是母亲微笑的眼睛，在最西边的更西边，最后一次与我道别。基于量子力学理论，每一个"如果"都能派生出一个平行次元，我想总有一个次元会发生这样一幕，七老八十的我牵着百岁高寿的母亲漫步林中。是的，我们都还活着，且活得很长很安逸……只不过本次元的我无法感知。

　　我已泪眼蒙眬，心却异常平静。人一旦学会了不强求，便走向最终的成熟，不再眼巴巴望着父母日渐佝偻的身躯暗自抹泪、祈求上苍，而是不再逃避，勇敢拨开晦气、不吉利的迷雾，直面至亲乃至自身终将离去的事实，欣然服从自然规律并着手准备……地球是圆的，世界本就如此，倘若喀什的余晖能被留住，那便永远不再有日出。直到此时，我似乎终于拥有了破壳的力量，我微笑着沉吟，再见，喀什。再见，妈妈。

　　谨以此文献给那些用青春热血润泽了异乡瘠土的人们。

梦回喀什

陈　佶

　　回沪数月，仍心系喀什。在我的睡梦中无数次出现
你的名字——喀什。和上海作协的老师们往返万里，这次
旅程在我的心中种下了一颗种子，那些美好的回忆将滋润
着我的心田，那颗种子将在我今后的人生道路中发芽，开
花，结果。那颗种子就是你——喀什。

　　喀什意为"玉石集中之地"，在我看来它就是一块美
玉。援疆办的老师们便是才华横溢的工匠，他们呕心沥
血，琢磨璞玉，倾注心血，只为成就绝世佳作。

　　喀什的巴楚也是上海对口支援新疆的一个县，在巴楚
县城有个标志性的建筑——东方明珠，即巴楚电视塔。晚
上亮灯的时候，它更加漂亮，离县城很远就能看到它，就
像海上的灯塔似的。上海的浦东有条世纪大道，这里也有

一条世纪大道。在医院(巴楚县人民医院)、学校(巴楚县中等职业技术学校)、巴楚县小胡杨社会发展促进中心等，大家在这些地方付出努力，其实这些努力里所包含的不仅仅是专业技术与劳动力，更多的是上海人民对喀什的爱。人生而平等，每一个人都拥有接受良好的医疗与教育以及周边的权力。上海的城市精神是——海纳百川、追求卓越、开明睿智、大气谦和。援疆办的干部们让喀什的老百姓感觉到了一种接纳，一种包容，一种来自上海人民深深的无条件的爱。爱是可以持续且源源不断的。采风活动还未结束，我们团的作家简平老师就通过小胡杨社会发展促进中心的接洽，与莎车县和叶城县的两所中学取得了联系，将为两所学校举办线上专题文学写作和阅读指导。简平老师个子不高却是一个充满着精神力量的人。在和他的相处过程中，我深深感受到了他身上的那种坚定。我坚定认同那种坚定：文学可以创造很多美好的东西，可以给很多人带来希望与光明。

回沪后亲朋好友都觉得我突然长大了很多，是喀什之行教会了我很多。去年上海作协和新疆作协结对子十周年之际，我也去过一次新疆；再往前几年，有新疆作家来沪的高研班，我也陪伴过很多新疆作家，他们努力友好，文采出众。我深感出生在上海的幸运。上海是一座文化大城，年轻作者可以获得很多机会。我之前的创作将过多的视角放在自己的身上，追求一种自我情绪的宣泄。但这次从喀什回来后，我发现我会把更多视角放在他人身上了。这多亏一起同行的各位老师，特别是解放日报社的资深编辑伍斌老师的指导。

在海拔四千多米的帕米尔高原，大山连绵起伏，山头植被稀少，露出整块的赭红山石，结构清晰，色彩丰富，在高原灿烂的阳光照射下，在蓝天白云映衬下，冷暖色彩对比十分强烈，立体感和空间感彰显到极致。这种凝重、沧桑、旷远、奔涌的景象，和江南的氤氲迷蒙截然不同。特别是这个季节帕米尔高原上塔县的原野，遍地金黄，民居红顶白墙，远处雪山绵延，恍若欧洲的乡间。夕阳西下，雪水哗哗从小木桥下流过，泛起闪闪发亮的浪花，妇女的红花头巾上、男人的脖颈上、牛背上、田野的麦穗上、彩色屋顶和窗格上、银灰色的炊烟上，都洒上斑斑点点的金色。极目远眺，山色暗下来，田野里的阳光更加明亮了。面对此情此景，仿佛面对一幅幅经典油画。

我们一起感受和赞叹大自然的鬼斧神工。说实话，出生后还没有到过海拔这么高的地方，内心多多少少有些恐惧，担心高原反应。但最后发现其实一切还好，对自己有信心，再加上团队的支持，我的内心愉快而又充实。我们的伍斌老师很热情，给每一个人都测了血氧，我此生都不会忘记和他在高原一起吸氧的患难之交。

新疆真的辽阔，喀什真的很大；新疆真的壮丽，喀什真的很美。当年刀郎的一首《喀什噶尔的胡杨》征服了无数歌迷的心，也让人对新疆那壮观的胡杨林越发地向往起来。歌曲所赞美的就是喀什境内的胡杨。歌中唱道：任我是三千年的成长，人世间中流浪，就算我是喀什的胡杨，我也会仔仔细细找寻你几个世纪，在生命轮回中找到你……

民间有这样一句话——不去喀什等于没去过新疆，而到喀什不看胡杨则等于没到过喀什。有一首歌的歌词中这样写——我是真的真的很爱你。我想说胡杨林是真的真的很美。在上海就听说了巴楚的胡杨林。

喀什是南疆非常重要的一个城市，巴楚是喀什的一个县，也是在喀什境内距离喀什最远的一个县，路程二百七十公里左右，开车约三小时可达。巴楚县，一座既旧又新的城市。说它旧，其实是说历史赋予它的厚重与沉淀。"巴尔楚克，全有也。地饶水草，故名。"巴楚，是巴尔楚克的简称。古时，东望长安八千里，南距于阗一千里，西去喀什六百里。作为西域三十六国之一的尉头所在地，巴楚傲立于古丝绸之路南疆的必经之地，被誉为古丝绸之路上的"博物馆"和"活化石"。

巴楚的原始野生胡杨林散布在叶尔羌河中下游，是世界上最大的胡杨林分布区之一。"胡杨"在维吾尔语里称"托克拉克"，意为"最美丽的树"，有着"生而不死一千年，死而不倒一千年，倒而不朽一千年"的美誉。胡杨喜欢沙质土壤，喜欢光，喜欢热，能够抗干旱，抗盐碱，正因如此，我国西部半沙漠地区非常适宜胡杨的生长。巴楚胡杨林是紧连塔克拉玛干沙漠的一片不可多得的天然绿洲，枝繁叶茂，深秋时节一片金黄，非常迷人。这里保存有世界上连片规模最大、最古老的三百一十六万亩原始野生胡杨林，被称为"胡杨海"。清澈的河水在林中蜿蜒穿越，传说唐僧师徒来过这里，民族英雄林则徐也在此驻足过。我们一行人坐了四个多小时的车才看到了胡杨林，但感觉真的很值。在上海上班通勤坐半个小时的车我都会感觉很远，而美丽的胡杨林和喀什一路的景色让我忘却了路途的遥远与车的颠簸。这时候我的脑海里突然回荡起了一首歌《漂洋过海来看你》。为了你的美，我愿意！走进巴楚县下河林场，微风吹过，小扇子似的叶片轻轻摇动，发出"沙沙"的响声，美景如画，让人沉醉。每年深秋时节，这里的胡杨树叶子开始逐渐变色，从绿色逐渐变为金黄色，形成了一片如诗如画的金色海洋。十月的胡杨树，一片金黄，是一年中最精彩的篇章，胡杨树叶黄得可爱稚嫩，又显得浑朴庞然。目光所及，皆是胡杨树，有二万亩之广。金湖杨景区的魅力不仅仅在于胡杨林的美景。这里的水资源丰富，为这片胡杨林提供了得天独厚的生长环境。所谓漂着金子的河，是胡杨树在河面的倒影，如金子漂在皱褶的水面上——叶尔羌河支流从森林公园内流淌而过，些许胡杨树叶随着河水漂逝。胡杨树生长在大西北的荒漠，苍黄于冬天将至的 12 月，似乎让人感觉到了它的性格，它一定是顽强的，它一定是明媚的，它一定是谦和的，否则也不会有如此的魅力。

喀什古城以独特的民俗风情、建筑风格为世人所称赞。喀什老城位于喀什市中心，面积 8.36 平方公里，内有六万五千户居民，近二十二万人口，占喀什市区总人口的近一半。整个老城建于土崖之上。街巷纵横交错，布局灵活多变，曲径通幽，民居大多为土木、砖木结构，不少传统民居已有上百年的历史。维吾尔风情的民居层层叠叠，古老的手工铁艺、陶艺等富有浓郁艺术气息的各种商品，让古老的街巷显出勃勃生机。走进古城，土黄色的素朴外表却遮不住瑰丽的内在与端庄的气质，她的瑰丽不凡不是因为色彩的斑斓，也不是因为外饰的豪华，而是由内而外、由表及里的优雅和精致，是大家闺秀之美，是朴素厚重之美。走在喀什老城区，棕黄色的土墙紧紧贴合、鳞次栉比，伊斯兰特有的拱形门，伴以色彩鲜亮的木门，精雕细琢的民族纹饰缠绕门两边，凹凸有致，木门两边靠墙站立的是深色瓷盆栽种的各色绿植，尤以无花果、夹竹桃和天竺葵居多，再往上是以马蹄拱开口的临街小窗，富有情趣的主人通常会将窗外栏杆布满青藤小花。古城里人们的生活依旧：手工作坊依然叮叮当当，土织布机依旧嗡嗡转动，民间艺人依然在街头弹唱。街道文化、景观、居民从事的产业、作坊多种多样，行走在被誉为"西域丝路活体记忆"的新疆喀什老城区，仿佛步入一幅朴实生动的维吾尔族民间生活长卷中。喀什古城最迷人之处在于她将千百年来居住在这里的人们的生产、生活都承载和留存下来。徜徉在喀什老城，仿佛历史和时间都被凝固。

我们一行去参观了清真寺、香妃墓、高台民居，每一个去过的地方都让我记忆深刻。一路走过，沿途的佛寺、地堡、古城、民居、湖泊、冰川、原野、河谷……每到一处，这里的阳光、空气、温度、风雨给我激情和灵感。将各种体验融入笔端，便是弥足珍贵的情感生发。高台民居是曾经电影《追风筝的人》的取景地。也是最贴近传统喀什民居风格的建筑场地。作为遗址公园保留下来的高台民居，有六百多座用泥巴和杨木搭建而成的房屋。它们在缓缓的高坡上铺陈开来，巷道最宽处六米，最窄处不过一米五。高台民居面积仅有喀什古城的十分之一，被誉为"维吾尔族活的民俗博物馆"。漫步在高台民居纵横交错的小巷之中，仿佛时空交错，一下子从21世纪穿越到《一千零一夜》的梦境里。这里一半风景一半风情，我们的眼睛好像都不够看了。如果没有导游带领，没有路标，我们肯定会迷失方向。什么是西域的样子？喀什给了我答案。在喀什，时间变得很奇妙，这里的白天特别特别漫长，夜晚十点的天空仍能见到太阳。在喀什我看了好几场中国最迟的日落。

喀什最美的是载歌载舞的人。"这喀什美丽的夜啊，就像不打烊的巴扎。想要把它唱成歌啊，我需要你的都塔尔啊……"夜晚走进喀什，哼唱着歌曲《喀什的夜》，总有别样的心情。载歌载舞、人声鼎沸、车水马龙……这些形容词，在喀什的夜都能找到对应的场景。美丽灵动的维吾尔族女孩跟随百年茶馆里响起的冬不拉琴声翩翩起舞。可口的馕，鲜美的羊肉，热情好客的人民。在茶馆里，人们围坐在长桌前，一边吃着东西一边弹琴唱歌，他们似乎自成结界，来自外界的干扰无法穿透那片屏障闯入他们自得其乐的世界。喀什人民在歌声里倾诉自己的故事，用音乐对抗虚无，这是他们的生活，而音乐就是生活的一部分。在喀什老街两个小男孩因我们的到来而跳起了舞。我们不由自主也被热情的舞蹈所吸引，加入他们，舞起来，跳起来，快乐起来。喀什人民真的是热情好客，可以说能歌善舞，多才多艺。游客们在这里旅游就像回到自己的家一样，人们对我们很热情。我已经爱上新疆，爱上喀什了。

其实久居在喀什也是一件美事。在茶馆里面点上一壶茶，看着不远处维吾尔族老大爷们的音乐表演，就这样我就能悠闲地坐一下午。回沪后我心心念念着喀什。喀什是电影《追风筝的人》的拍摄地。这部电影我看了无数遍，让我感触颇深。

《追风筝的人》是美籍阿富汗作家卡勒德·胡赛尼（Khaled Hosseini）创作的第一部长篇小说，2003 年首次出版。全书围绕风筝与阿富汗的两个少年展开，讲述了一个富家少爷与家中仆人的成长故事，关于人性的背叛与救赎。小说属于成长类文学范畴的作品，描写了主人公阿米尔寻求灵魂救赎的历程，作者想要呼唤人们的良知，告诫人们"不善良的人终将会在痛苦的沼泽中不断挣扎"。每个人都有可能经历与主人公同样的人生际遇，犯下的错误以及做出的背叛等其实都是对心灵的一次洗涤，而这也正是《追风筝的人》所要表达的深刻内涵。

其实我们每一个人都在追寻着自己内心深处的风筝，这次喀什之行所行的不单单是沿途的美景与风土人情，更是一次心灵之旅。近年来，我一直进行着网络文学的创作，一直坚持着但感觉很累。网络文学的特点需要我们不断地更新文字，而更新文字要花费很多的精力及很长的时间，很多次我都想放弃。但这次的喀什之旅让我坚定了继续写下去的勇气。在我的生活与工作中，我深深感觉坚持是很重要的。在和喀什文联的老师们的交流中，薛舒老师介绍我是创作网络文学的。其实在网文创作的过程中坚持很重要，以前的我很矫情，创作三小时左右就感觉腰酸背痛了。在座谈会上，我感受到了喀什作家们的创作和发表之艰难。我要向他们学习，回沪后我要用更多的时间进行创作。只要我愿意，连载文字每天都可以持续发现。文字是有力量的，可以去激励自己、激励他人，可以表达我们内心当中很多的情愫。我渐渐明白了一个简单的道理：好好努力，惜缘惜福。

往返万里，对喀什有太多的不舍，不知再次来到这座美丽的城市会是什么时候，更不知下次与谁同行？是否还是那些可爱的人？对我而言，喀什就像是一个可爱而又美丽的女孩。如果有缘再见，我们会将那美好的缘分与情愫再续。为你千千万万遍！《追风筝的人》的主人公开始是软弱的，但最后他学会了勇敢面对。面对文学创作，我需要面对很多的艰辛；面对生活，我要选择面对无数的困难。可我们的人生不就是在一次又一次的遇见与离别中得以慢慢成长吗？

对我而言，喀什是丰饶的，喀什是多彩的，喀什是新奇的、梦幻的。它萦绕在我的梦里，我的脑海里，我的思念里，希望有一天我会重回你的怀抱！

辑二 ●●●●

一 生 来 一 次

南疆的夏与冬

默 音

天山山脉横跨中亚多个国家，将新疆分作南北两边。南疆，即天山以南，包括喀什地区、和田地区、阿克苏地区、巴音郭楞蒙古自治州、克孜勒苏柯尔克孜自治州等地。南疆极为辽阔，我去过两回，加起来三个星期，只走了几个点。两次旅行分别在 2021 年 6 月和 2023 年 11 月，正好在夏天和冬天的初始时分，两个季节带来截然不同的印象。当然，这种印象的变化，也有部分来自我自身的改变。

从上海到喀什

喀什位于祖国的西端，距离东端的上海五千多公里。

两地没有直飞航班，夏天的旅程，我们先去兰州，换航班飞喀什。飞机遭遇雷暴，迫降乌鲁木齐，一天的行程被拉成两天。冬天，搭乘乌鲁木齐转机的联程，不用带着行李出机场再过一遍安检，方便多了。尽管如此，航程也用了一整天。喀什的太阳落得晚，办完入住，走在城西黄昏的街头，想到这会儿上海的天早就黑了，感觉古怪。

喀什意思是玉石的集中地，或称"玉石之城"。它曾是古丝绸之路上的疏勒国，在唐玄奘的《大唐西域记》中也有记载。如果你有机会来喀什，最好住在古城内的客栈。那里并未完全商业化，周边有小吃店、小摊、学校和民居，换句话说，有生活。我们在夏天住了五晚，渐渐熟悉周边的店铺，哪家的馕好吃，哪家的烤羊肉串地道，哪家的冰激凌百吃不厌。古城被南北向的解放南路一分为二，西城靠近东门的位置有家"美丽的心缸子肉店"，每到太阳偏西，店门口的毡垫上坐了当地的乐手们，热热闹闹的乐声一直传到街上。跳舞的人是自发来的，有位大叔晃肩扭脖子，跳得像专业演员一样出色。旁边跟着个不知是不是他家的小女孩，舞姿生涩，也很投入。乐队当中堪称主角的是抱着弹布尔用拨片弹奏的男子，皱着显眼的黑眉毛。之前在乐器街见过弹布尔，长脖子的乐器，形态优雅，像件工艺品。看着眼前的歌舞和演奏，让人萌生念头：想买个弹布尔来学习。但我很快意识到这想法过于不切实际，便打住。

喀什古城无疑在夏天更美，家家户户种着爬山虎，赭红色外墙被绿色枝蔓包裹，房前屋后还有桑树、无花果、夹竹桃、葡萄架，白桑果在六月中旬已熟透了，在枝蔓间探头探脑。时隔两年冬季再来，植物们尽数枯槁，让人意识到，此地是沙漠中的绿洲，绿色是珍贵而短暂的。

冬天的好处是可以玩一整天。6月，我们得知上班的大人和上学的孩子们都有长长的午休，初时还不明白为什么，很快就被正午的太阳烤得头昏脑涨，只能回客栈，入乡随俗地睡午觉。到了11月，将近十点才天亮，我们在天黑的时候出发，然后一直到太阳落山的七点多，都是活动时间。

喀什城内的古迹众多：艾提尕尔清真寺、香妃园、玉素甫·哈斯·哈吉甫墓。玉素甫墓给我的印象最深，去那儿的游客少，园子里有长长的葡萄架，洒下清凉的绿荫。玉素甫生活在11世纪，是喀喇汗王朝时期的诗人。墓室建筑外墙上镌刻着他的诗集《福乐智慧》的句子摘抄，如今读来更像箴言，如："莫过分吝啬，否则会受人詈骂；莫过分骄傲，否则会被人厌恶。"

孩子与年轻人

2023年冬的旅行让我得知一项小小的事实：喀什地区的人口

非常年轻，有四分之一是孩子。

　　这就解释了为什么两年前的夏天，我们在喀什古城内见到那么多的小学生。孩子们完全不怕生，客栈连同旁边的咖啡馆都成了他们的游戏场。对我们这些外来成年人的问题，他们也答得毫不羞涩。当一个女孩说她将来要念清华，我不知怎的想起《我的天才女友》，尽管故事的背景是意大利，可能因为那个女孩长得有点像剧版的童年莉拉。

　　一天午后，我们打算穿过西城去东城的路上，遇见几个戴着塑料假指甲玩的孩子。他们"张牙舞爪"地过来吓唬我们，一向是"孩子王"的朋友立即加入战局。其中一个女孩自称小丽，三年级，她说自己有三个哥哥。过了一会儿又说，还有五个姐姐，哥哥和女朋友（她不知道该说"嫂子"）生了五个姐姐。我纠正道："那就不是姐姐，是外甥女，她们要喊你'阿姨'。"小丽大叫起来，"我有那么老吗？"她一直跟着我们走到靠近百年老茶馆的路口，忽然瑟缩起来，说："我没戴口罩，不能去大路。"

　　为了去看和田的小佛寺（达玛沟佛寺遗址），我们坐绿皮火车去和田。对面座位是两个维吾尔族女孩，一个穿淡绿衬衫，一个穿粉色 T 恤。聊天中得知，她们是师范大学的学生，去参加教师资格证的考试。

　　当我们拿出洗好的番茄吃，两个女孩目不转睛地盯着看。我很想请她们吃，但只带了两个，吃独食，有点窘。稍后，粉 T 恤像是终于忍无可忍地说："你们怎么吃不熟的西红柿？"我诧异道："没熟吗？我就在菜摊上买的。"绿衬衫补充道："要做熟了吃。"我终于明白了，她们从来不吃生的西红柿，对她们来说，那是菜，不是水果。朋友笑起来说："你们有好多特别甜的水果，不需要吃西红柿。"

从小佛寺挖掘出的千手千眼观音画像的原件藏于和田博物馆，残缺也不影响跨越时空的美，我们连着两天去欣赏。另一件让我留心的是件绣花皮暖手，博物馆的标识说，这是汉至晋代的物件，以红黄白三色表现一只行进中的神兽。有段时间我对苗绣感兴趣，皮暖手上的绣花分明与苗绣手法的辫绣一致。西部与西南，在遥远的岁月以意想不到的方式产生了连接，让人遐想。

和田之后去莎车，坐我们对面的是两个年轻男孩，其中一个有着惊人的蓝眼睛，另一个皮肤晒成了棕色。有趣的是，他们刚参加完老师资格证考试，正准备去棕色男孩的家里玩。我猜很可能是那两个女生的同学。棕色男孩非常健谈，一路把车窗外偶尔闪现的植物讲给我们听，并推荐莎车夜市的酸奶粽子，让我们到了那里一定要尝一尝。

酸奶粽子、烤包子和馕

莎车的老夜市是个小广场，周围一圈餐馆，中间聚集着小吃摊。烤蛋、烤肉是早先在喀什夜市见惯的，生意特别好的是一家麻辣烫。朋友爱吃辣，自去排麻辣烫，我饿了，想找点主食，走着走着看见酸奶粽子，旁边正好是素抓饭的餐馆。店里没客人，店门口一个正在吃烤板筋的大妈指了指她旁边的空位。我要了小份的抓饭，店里的男孩从摆着的一大盆凉拌胡萝卜丝里夹了些过来，又问："要茶吗？"他端来的茶不是普通的砖茶，呈浅红色，香气强烈。茶里加了藏红花，我在百年老茶馆喝过，记得要八十多元一壶。素抓饭混有胡萝卜和果干，略有点硬，饥肠辘辘的状态下，觉得挺好吃的。结账，一共五元，原来茶和凉菜都是送的。直到这时我才发现，一直在吃东西喝红牛并与店主聊天的大妈不是客人，是老板娘。

朋友吃完麻辣烫，又买了烤玉米，我转战旁边的酸奶粽子摊。吃饭的时候就注意到那个摊子的生意特别好，只有三个座位，大多数人买完站着吃。店主是个清秀的年轻女人，一直在忙着剥粽子，把剥下的粽叶放在旁边，整整齐齐地码好，应该是要重复使用的。粽叶大概是南疆湿地的芦苇叶？无论来源如何，能感觉到她对粽叶的珍惜。

毕竟酸奶和粽子是未知的搭配，我谨慎地要了一份，五元，两只粽子。小巧的白米粽被摊主麻利地剥出来，尖端有颗大枣。她把粽子放在纸盘里，用调羹压扁，浇上无花果酱、蜂蜜、酸奶。凉的糯米粽配上这些调料，甜而清爽，是一种陌生的味觉震撼。一份其实没多少，我们迅速又加了一份，边吃边大声对摊主感慨道："好吃！"她笑了。很久没见过这样纯粹的微微羞涩的笑。

早先在乌鲁木齐吃过让人难忘的烤包子，到喀什之后尝过好几家，都差了点意思。去和田的路上，司机把我们带去"玉龙喀什有名爱可德木烤包子"，没错，长长的一串是店名。凉粉、酸奶、茄子拌面、烤包子，每一样都要到柜台自取，很快摆了一桌。烤包子个头很大，像一个扁扁的大馍，厚皮，吃之前要用小矬子把底部的盐块锉掉。咬开厚而脆的皮，里面是多汁的肉馅。一个包子就能吃饱，但根本停不下来，只因其他吃食也让人惊艳。例如，茄子拌面并不是全素，拌了茄子、青红椒、羊肉，菜多面少，酸爽开胃。

好吃的烤包子需要寻觅，馕要简单些，走到哪里都不会出错。在喀什住的客栈附近就有家带馕坑的馕店，如果遇上现打的自然开心，就算凉了，也好吃。我格外钟爱放了皮牙子（洋葱）的，有淡淡的香气。

冬天再访喀什，一行人纷纷买玫瑰馕作为伴手礼。我声称"不爱甜的"，被众人的购物热情感染，跟着买了。回到上海后配咖啡当作早餐，也很好。为了长期保存，放了玫瑰酱馅料的馕烤得很干，有点像夹心饼干。

巴楚与塔县

喀什地区的面积有 16.2 万平方公里，比海南省还大。也因此，从市区到底下的县，以现在便利的道路条件也需要不少时间，过去就更是长途跋涉。从喀什市到巴楚县城，将近四个小时；到位于帕米尔高原、毗邻国界的塔什库尔干塔吉克自治县（简称塔县），加上途中休息，需要六个小时。

这次冬季旅行，第一次到巴楚。世界上集中连片面积最大的原始野生胡杨林就在巴楚，当地有著名的红海胡杨林景区，我们到的时候过了旺季也就是秋天，本地人频频说，哎，你们早来一个月就好了。我却有些如释重负：至少不用看一大堆游客。

灰叶胡杨林顾名思义，进入冬季，叶片先是转黄，然后变成褐灰色，最终落下。虽然不是满目金黄，绵延开去的灰叶仍有种大漠植物特有的坚韧感。为了保存水分，胡杨的底部枝条长着细长如柳叶的叶片，顶上的叶片则是卵形或肾形，有些带有锯齿，仿佛是好几棵树化作一棵。与胡杨有关的词都让人印象深刻，人们把死去的胡杨叫睡胡杨，胡杨排出的盐碱结晶则叫作胡杨泪。

可惜旅程仓促，没能进林子走走。我知道，在夏天，林中是另一个世界，巴楚蘑菇、沙棘、骆驼刺、甘草、罗布麻……胡杨林造成的微观气候，让强韧的植物们得以生长。巴楚的羊吃的是这些带有土地盐碱成分的植物，所以肉质格外鲜美。

塔什库尔干石头城遗址位于塔县县城北面。高筑的石头城脚下是大片的草场，远处则是雪山，堪称绝景。不难想象，在古代，这的确是一处适合筑城的所在。城建于唐朝，是古代丝绸之路上重要的堡垒，如今只剩城基，内城的格局仍清晰可见，包括宅第、道路、守卫工程。有一处牌子写着"玄奘讲经处"，估计是后人的臆测。玄奘在《大唐西域记》中写道："朅盘陀国周二千余里。国大都城基大石岭，背徙多河，周二十余里。山岭连属，川原隘狭。谷稼俭少，菽麦丰多，林树稀，花果少。"之后记述了该国的建国传说，是如今导游必讲的轶事。

还记得那年夏天，我们一行四人加包车司机，从喀什来到塔县，站在石头城上俯瞰青绿色的金草滩，我心想，这么远，一生估计也就来一次吧，多看看。谁能想到时隔两年再访此地？石头城的遗址也有植物扎根，夏天，骆驼蓬在石缝间开着小白花，冬天的枯萎则有种奇异的美，银色的茎叶，金色的种荚。金草滩变成浩大的金黄色，怪不得叫这个名字。穿迷彩服戴毛皮帽的塔吉克族牧民赶着牛羊在其中慢慢地走着，服装是现代的，那份笃定则是千年不变的风景的一部分。

县城很少能看到穿民族服装的塔吉克人，倒是有紧跟潮流的美发店，塔吉克年轻男孩的发型不输大城市，对手机的依恋也和城市人一模一样。夏天来的时候，我只在盘龙古道的村子遇见过民族服装和现代服装的混搭：毛线马甲、裙子和皮靴。也是在那次，回喀什的路上，停车休息时，有家小杂货店叫"人山人海百货店"，穿红裙的阿姨走出来，用一种温柔耐心的手势，帮坐在门口晒太阳的叔叔翻了衣领。叔叔戴着四棱白毡帽，司机说那是柯尔克孜族的装扮。

飞过雪山与沙漠

11月后半的南疆，红柳和沙棘都已干枯，沙棘上缀着半干的果实，引来定居和过境的鸟类。和两年前初访南疆时不同的是，我对鸟儿多了关心，也有了些粗浅的了解，因此当我发现跑来吃沙棘的红黑相间的白头小鸟是红腹红尾鸲，中国其他地区很难见到的一种，不由得暗自欣喜。

出发前，我和一个朋友说可以顺便看看南疆的鸟，朋友讶异道："那么冷，还有鸟吗？"我在观鸟数据中心确认，南疆秋冬的记录确实很少，心里多少有些没底。到了南疆，虽然只是用停车和看景的间隙观鸟，但我发现，只要你用心去看，鸟就在那儿。

巴楚县政府附近的小公园，城区的气温比郊外毕竟高些，胡杨树灿烂如黄金，又有几株缀满红果的沙枣树。以蓝天为背景，枝头落着好几只鸫，不同于画家笔下的果鸟图，那是同时蕴含了苍凉与丰盛的一幕。我赶紧拍照存证，回来后辨认，才知道就连其中的黑鸟也不是我熟悉的乌鸫，而是欧乌鸫——西部的鸟儿们不简单。

往返喀什与巴楚之间，在吐和高速公路的某服务区停留过两回，每次都遇到一小群凤头百灵在地上蹦跳、觅食和鸣叫。不愧有百灵之名，它的叫声极为清越。借着相机镜头，发现它们在吃的是不知什么人扔在地上的瓜子。渡鸦在附近捡人类掉落的食物碎屑，电线杆上有只懒洋洋的红隼，站了许久也没有下一步的动作。

还有更不怕冷的鸟儿们，海拔三千五百多米的喀拉库勒湖的湖面冰封大半，一眼望去，湖冰和远处的雪山形成连绵的反射，晃眼。然而就在那片看似寒冷到拒绝一切生命的白色当中，有小小的黑点在蹦跳。是褐岩鹨！不怕冷的它们在啄剩下的一些草籽，吃得圆滚滚、毛蓬蓬，一副不怕冷的模样。

除了定居者，还有迟来的迁徙客。日暮时分的金草滩，雪山未被雪覆盖的部分呈现深沉的蓝，一对绿头鸭夫妻掠过蓝白色背景，雄鸭的绿头格外醒目。我默默地对它们说：天就要冷了，快往南飞呀。它们每年秋天路过此地，千山万水不过是生命旅程的一部分；而我们人类来个两回，就生出一堆感慨，想想也有些可笑。

喀什的时间与光影

傅小平

　　喀什的天空要比上海晚两个小时才慢慢暗下来的。飞机抵达机场的瞬间，掠过我脑子的一闪念，竟是上海这会儿该是入夜了吧，熙熙攘攘的街道开始有了流光溢彩的样儿，各式各样的店铺招牌熠熠闪光，南来北往的人们也于万家灯火中吃起了晚餐。这般身已在喀什，心却还在上海，事后想来真是有些惭愧。但这又怎么会是我最真实的心境。早在出发前，我就好奇真实的喀什该是什么样子了，当我从飞机的窗口窥看那奔马似的群山，以及覆盖在群山之巅的皑皑白雪时，我就更是期盼着将看到的会是怎样一片神奇的大地。

　　这么想来，我其实不必惭愧。我那时想着上海，不过是执着的生物钟起作用罢了，毕竟往常这个时间，兴许已经吃起晚饭。所以，当时虽然难说饥肠辘辘，但我不由得生出了饥饿之感。如此，当我们到达驻地，并且终于步入餐厅，吃起晚饭时，我怎能不感叹，那一桌子美食，真是好吃得紧哪！但饭时的延宕，实在不过是让我多了一份向往之心，喀什美食本就当得起美食之名，想来没有一个到过喀什的人会不赞叹当地的美食，也绝少有写喀什的文章不写到美食。都说"一千个读者就有一千个哈姆雷特"，一千个来到喀什的游客对于这里的美食，也就有千般不同体验。我于此终究笔拙墨浅，委实难以描摹这千般滋味，但想到中华大地何处没有美食？哪里的美食没有自己的特色？如此，不写上几句对喀什美食的观感，又似乎是怎么都说不过去的。

那好吧，姑且这么说。这美食之美，固然是美在形态，美在滋味，也不能不说是美在本源，美在本质。君不见，这里的食材，那些新鲜可人的蔬菜、瓜果，以及有着丰富纹理的牛羊肉，都是由着自然的时间长成的，仿佛是酬谢时间的馈赠，相比很多地方，它们还会成长得慢些。再慢些，因为慢，多了沉淀，味道也就更好更足了，当它们到了厨师手里，又是被不紧不慢地烧制，像是不把本然的味道统统唤醒决不罢休。可不就是因为这个理儿，当我在下一个驻地餐厅亲眼看到现场烤制羊肉架的场景时，我最羡慕的反倒是厨师举手投足间透出的那股子任凭天摇地动都像是不会改换的笃悠悠的范儿。

到了喀什，真是不能不感叹，时间是怎样地慢了下来。往常在上海，我做什么事，都像是被时间催赶着的，赶着上班，赶着写稿，赶着交付这样那样的差事，以至于每每到一些小城小镇，听那里的人们说，走个短路，骑个几分钟自行车或电动车就到单位，等上完上午的班，还可以回家不紧不慢睡个午觉，回来接着上下午的班，真是羡慕得紧。毕竟住在上海的大多数人，尤其是如我这般住在远郊，出个门上个班动辄来回都得两三个小时。但到了喀什，区区两三个小时，就不足挂齿，也不在话下了。真是"不到新疆不知祖国之大"，不到喀什不知新疆之大啊。仅是喀什地区，就有 16.2 万平方公里呢。当空间变得如此阔大，从一个地区，去往下一个地区，都堪为长途跋涉，时间的针脚也就像是怎么都快不起来了，而我们的心态也似乎变得格外从容。在喀什的几天里，我们多数时间都在路上，从喀什市到巴楚县，我们走了将近四个小时；后来从喀什出发到位于帕米尔高原的塔县，又是走了六个多小时，却也没觉得耗费时间，即使嘴上说着走过了怎样一段长路，心里也还是觉得路儿长就对了。

要问是对在哪了呢，我能想到的答案，也就是沿途的风景可堪慢慢欣赏了。在逼仄的空间里，是一分钟都会觉得漫长的，而在有风景的辽阔之地，多一些时间在路上，就是理所当然的事了。所谓旅者，可不就得把时间"浪费"在美好的路上，那当地人呢？因为路途遥远，我们此行参观的喀什地区中等职业学校的课程设置，都是不同于很多地方的，学生们到了学校，上完两个星期课后，才得以再次踏上回家的路。他们踏上归途时，该是归心似箭的吧，但即便心里急切，脚下的路却是短不了的，他们是否也如我们一般安于"在路上"？但无论如何，当他们生平第一次从家乡出发去往他乡，看那路在脚下延伸，沿途的景观在眼前渐次呈现，也或许会和我们一样惊叹，这是一片怎样的神奇之地。我们第二天从喀什出发时，天还没亮呢，想着路上正好可以补个觉，但车还没开出半小时光景，我就被从车窗玻璃透过的霞光唤醒了，睡眼惺忪间看到正用力从云层中上升的太阳，把周围的一切都渲染成了金黄色，天山也不再是朦胧的暗影，而是展露出了真实的容颜，我们所见也不过是一个小小的局部，自东向西，天山要绵延两千五百多公里哪，但就是眼前这一片层层叠叠的群山，也足以让我惊叹了，它是那么舒展、那么坦然，没有"欲与天公试比高"的心气，没有孤峰独立、标新立异的劲儿，也没有彼此紧挨着像是要联合起来对抗什么似的意思，不过是一径坦坦然然迤逦前行，让人觉得它就得纵横几千里，直到天涯尽头似的。倏忽间，窗畔有黑色的影子掠过，是乌鸦吗？也许吧，当我们在服务区下车休息，我定睛看了看，却觉得也像是乌鸦，只是比别处的乌鸦体形大一些，在辽阔的新疆，它们的体形也变大了吗？但也唯是这样的体形，才和宽展的天山更为相衬。车沿着匍匐在天山脚下的公路一径开去，两旁长着一丛丛的红柳和沙棘，我是见过红柳枝的，离我在上海居住的小区一公里开外，就有个新疆烧烤店，小伙子把切好的五六块小羊肉，娴熟地穿过红柳枝搁在炭盒子上烧烤，似乎闻着就有特别的香味，吃起来就更是别有一番风味了，这或许是我附加的想象吧，到了喀什，想象落地，还不只是落地，都开花结果了呢，我们后来在阿纳库勒乡民生产业园区里，看农民伯伯用红柳编织出各式工艺品，技艺真叫一个绝。而沙棘，我们虽然没见到它长一身红灿灿的果子的模样，也到底喝到了沙棘汁，真是别有一番滋味在心头。

　　说罢红柳，说罢沙棘，就得说说胡杨了。还没到红海景区之前，我们就见到了小胡杨，它们三三两两立在路旁，似乎向路过的人们诉说着什么，也惹得我情不自禁想着能写点什么，及至终于看到大片的胡杨林，我却真是不知道该说些什么了，所谓"大美无言"，当眼前的事物早已升华为一种精神图腾，我们确乎只有礼赞了。而像茅盾先生写《白杨礼赞》一般写出一篇《胡杨礼赞》，于我是万万不能的，由此是该沉默不语。但面对胡杨之美，即使再木讷的人，都无法不心有所动、心有所思，又怎能不有所语呢！都说"胡杨生而千年不死，死而千年不倒，倒而千年不腐"，虽然有些夸张，但它的坚韧和顽强，却是实实在在的。正是这经得起时间考验的坚韧和顽强，胡杨才被人格化了，以至于它身上白色或淡黄色的块状结晶，也被换作"胡杨泪"。胡杨又岂能不"落泪"？它让自己的根探入地底深处，又让根系扩展到几十米远的远处，只为了追寻水的踪迹，它终于找到了，即使这水充满了盐分，它也是甘之如饴，敞开心怀，用尽全力吸收，从根脉、树干到叶片，无不因为水的给养焕发生机。它不忘把多余的盐或水从它的身上溢出形成结晶，如此也就有了"胡杨泪"的说法。

坚强如胡杨，自是绛珠仙草不能相比，但要是有神瑛侍者给它一点甘露，却可以让它们"死"而复生。在红海景区里穿行，我们行至一个近似广场的所在，看到好多棵形如雕塑的胡杨，以为是"枯死"了的，却没想它们只是为了观赏的需要，从远方移植了过来，内行人说，只要是加以灌溉，是可以活过来的。而一棵胡杨只要活着，就是一个小型的沙漠绿洲，柽柳、罗布麻、铃铛刺、骆驼刺等好多种沙漠植物，都可以在它的庇护下生长起来，当真是"胡杨不语，下自成蹊"啊，怎能不让人真心感佩？我们此后欣赏的舞蹈《胡杨颂》，便是小伙们唱给胡杨的赞歌。我于舞蹈实在是外行，难以解读其真髓，却也分明觉着那是对生命的礼赞，对时间的礼赞。小伙们跳得如此有感染力，拘谨如我，又是舞蹈细胞为零，也不由在他们的邀请下和众人一起上台胡乱比画了起来。

置身于胡杨林中，我也真是醉了。我醉心于胡杨如诗一般的美，但我是做不来诗的，就试着改编洛尔迦的《梦游人谣》吧：

金黄啊，我多么爱你这金黄。/金黄的风。金黄的叶子。/人在山中，/影在地上。/影子罩住你的身，/你在林子里做梦。

即兴默念了一番，却顿时觉出自己的无知。胡杨的叶片何曾只是金黄？它曾经是绿色的，在春夏季节，每年秋风吹过，才由浓绿变为浅黄，继而又变杏黄，待一夜霜降，它才变为了金黄。其实也不尽然是金黄，还有橙黄、棕黄、绛红、深红，以及其他叫不出名字的颜色。穿行红海景区的当儿，已过深秋，我们看到的胡杨叶子，也不再是一味的金黄，而更多是近乎黄色的其他色彩了，如此似乎该说遗憾，但我们也未尝不是更多领略了胡杨的多彩多姿。而我说多姿，也是因为胡杨叶片形态各异，细长的叶子如柳叶，带锯齿的宽叶则如枫叶或银杏叶，上尖下宽的叶子则如桃叶，再打比方都只怕是要词穷了呢。

突然间不无惭愧自问，我过去怎么就觉得大西北是一片灰扑扑的面貌呢，部分原因该是把边疆当成干燥少雨、荒山大漠的代名词了吧，虽然看视频，看图片，乃至去了一些省份，都见识过绿洲，也见识过各式多彩的事物，这种印象却难以抹去，直到迎面遇见胡杨，我终于醒悟到西北同样是多姿多彩，而喀什更是有着别样的色彩。比如说吧，在我生活的江南地区，城里的房子虽然形态各异，墙体也会涂抹一些颜色，却多以浅淡为主，而玻璃幕墙无论浅蓝、浅绿、浅紫，也是浅色，甚至浅到看不出什么颜色来。如果是乡下，要是还能见到一些老房子，也多是黑瓦白墙，或是青瓦土墙，如今多了钢筋水泥的房子，要不是通身裸露着红砖，也多是贴上了白色瓷砖，似乎只有这样才和青山绿水相衬，你要问楼里总该是五彩斑斓吧，主体颜色其实也还是黑白灰和素淡的浅色，但在喀什，无论走进哪家房子，触目所见皆是炫目的色彩。建在黄土高崖上的高台民居自不必说，你不走进里面体验一回，是难以感受到它那独特的魅力的，且不说四通八达、纵横交错、曲曲弯弯、忽上忽下的条条小巷已足奇异，房连房、楼连楼、层层叠叠的建筑格局也是独此一家，土黄色外墙里一个个形同隔间的房子的装饰，以及放在架子或柜台上展示和出售的风格各异、色彩绚烂的物品，绝对能让即便是早已为网购潮裹挟而审美疲劳了的游客也饱一下眼福。倘是换一种文艺的说法，朴素与绚丽在这里冲突、激荡，又融合，真是想没点儿张力都不行哪。而喀什古城就不那么含蓄了，你想看到的一切都在街上展现着呢，穿行其间，我就好比是游弋在色彩的海洋里，得亏自己不是色彩画家，要不只是这么走马观花，而不是静心写会儿生，真会觉得遗憾。但当地人实在是用了心的，他们突发灵感设计出的彩虹巷，容纳了彩虹般的华彩，却是突出了蓝色的主题，蓝色的楼梯，蓝色的墙，蓝色之上便是蓝色的天空。

　　喀什人是深谙色彩之道的。我们前往拜祭香妃墓，自然为香妃的传说吸引，但最让我印象深刻的，却是贴在墓室外面的绿色琉璃砖和青花瓷片，外行如我都不能不感叹这纹路颜色之纯正、润泽，如三生有幸才得以亲眼一见的精美文物，它们却是坦坦然裸露于天光之中，任人观赏。我正想着我们看到的颜色是不是经过了修复？一旁的张导言之凿凿道：这正是古代工匠做出来的颜色，因为曾有脱落，当代工匠试着做出一模一样的琉璃砖和瓷片贴上去，但没过多久，上面的纹路就跟融化了似的，失去了形态和美感。这难道是因为颜料不可复制？张导说：所用颜料，的确是珍贵而稀有的植物颜料，但即便能找到一样的颜料、材料，现在也难以重现当时的高超技艺了。如今我们没法推断这技艺何时消失，如何消失，我们只知道，当代工匠所做的很多尝试都以失败告终。好在对美和色彩的欣赏和创造不绝，惊艳了众多旅客的彩虹巷便是一个例子吧。

　　如此，我用热烈、绚烂之类的词汇来描绘喀什，似乎是错不了的。但这么说，其实并没有说到点子上。在喀什的几天，我们无时无刻不感受到喀什的宁静和朴实，但再是宁静、朴实，喀什也禁不住高原阳光的邀请，而变得热烈绚烂了起来。从喀什到塔县，我们走的是 G314 国道，也就是传说中的中巴友谊公路，说它是传说，是因为它修建的历史犹如一个传说，历时十二年完成的这"世界第八大奇迹"，北起新疆喀什，穿越喀喇昆仑山脉、兴都库什山脉、帕米尔高原、喜马拉雅山脉西端，经过中巴边境口岸红其拉甫，南到巴基斯坦北部城市塔科特，全长一千二百二十四公里，其中中国境内四百十五公里，巴基斯坦境内八百零九公里。整条公路有主桥二十四座，小型桥梁七十座，涵洞一千七百多个，共用了八千吨炸药、八万吨水泥，运送土石三千万立方米。这些客观严谨的统计数字背后，熔铸了多少中国筑路先辈们的生命和鲜血，又包含了多少惊心动魄的故事。先辈们的艰苦付出，把曾经的险途化为坦途，我们才得以坐在车上欣赏沿途的风景，当阳光把我们目力所见的一切都染上金色的光芒，它也就成了金子般的金色公路。

真是这样啊，任凭千言万语都似乎难以写出高原阳光的魔力。仿若前几天去巴楚，我们也是早早出发去往塔县，路经疏附县乌帕尔乡——《突厥语大辞典》编撰者麻赫默德·喀什噶里的故乡，正想着他是个怎样的传奇人物，就听张导说："你们看哪，日照金山！"我们抬眼就看到了金山，一个让人震撼到无语的巨大存在，有点魔幻，有点超现实，但它就在那儿。我又一次惭愧于自己的无语，却还是想找话说，就权当是改编一回《有关大雁塔》吧：有关日照金山／我们又能知道些什么／有很多人从远方

赶来 / 为了爬上去 / 做一次洗礼 / 也或许只能近前看看 / 至少是远远一望 / 但能望到什么呢 / 看看金山，再看看四周的风景 / 感觉有所得，也似乎无所得 / 然后就下来，或是走开去。但车都开过去老远了，我还想着黎明的曙光是怎样透过纯净的空气，梦幻般把喀喇昆仑山脉众多顶峰中的一个染成了金色。我还想着汉字真是美妙极了，分明是纯净的阳光把雪山刹那间点化成了金山，"日照金山"这四个字却给人感觉，太阳天长地久地照着一座座永不褪色的金山，因为是金山，也理所当然是神山、圣山，而神圣的，美到极致的事物，都是难以用语言描绘的，语言的尽头才是神圣开始的地方，但神圣之上还有更为神圣的阳光，这是个怎样的魔术师啊！经它一点染，万事万物都化开了，重生了，奥依塔克红山的红土更红了，喀拉库勒湖的水更蓝了，白沙山的沙更白了，它是多么慷慨啊，就数它最能雪中送炭，又锦上添花了，它只是做加法吗？它也做减法啊，接受了它的亲吻和爱抚后，站在路旁迎宾似的白杨树，都成了一个个柔和的发光体了，白杨掩映下盖着红色或蓝色屋瓦的房舍店铺也太好看了吧，随便哪一座都是好看到可以入画的，但真有那么好看吗？得问眼光啊，它本就是个做起加减法来出神入化的画师么。倘是走过来一群羊，或是一群牦牛，端看它们头上、身上或是肚皮下的毛发，如镶了金边似的闪闪发亮，也不由人不感叹，喀什的阳光真是无与伦比的印象派大师啊！

　　这话其实只说对了一半，喀什何尝不是为阳光提供了纵横驰骋的舞台？美轮美奂的阿拉尔金草滩更是把湿地、草甸、河流、沼泽、雪山等世间难得的"道具"都凑到一块儿了。当太阳升起，大自然的演出就开始啦，金黄色的"盛装"是要提前穿好的，倒映出蓝天、云朵、白杨和皑皑的雪山的"镜子"是必不可少的，近旁的水车与远处的木桥凑合着用吧，那矗立的石头城就当是布景好了，还有风声、水声、鸟声，以及一些天籁般的声音权当是伴奏，当这一切都准备好，牧民来了，牦牛来了，旅客也来了，且看阳光使出怎样的魔法吧，它是那样瞬息变幻，让我怎么描述呢，它大约是因为无法描述而格外让人着迷的吧，正如我听一段旋律，明明听不出所以然来，但觉得太美妙了，也还是无比沉浸地听着，漫步金草滩也是这样啊，可惜时间太匆匆了，蓦然回首看夕照下的石头城，都已经在地上铺开了长长的影子，告别的时候到了。

　　也是意犹未尽，归途中我不由得在网上搜索了金草滩的历史，说是早在两千多年前，这里就有人定居了。这还不应该吗？这样的理想之地岂能辜负。又说是当时在此定居的游牧部落，最初名为蒲犁，又名揭盘陀。这么说来，在很久很久以前，这里就既是牧场，又是定居之所。那也是应该的，用海德格尔的话说，这里实在适合诗意的栖居呢！时光匆匆过，一晃到了一千年前，色勒库尔国人在这里建起了石头城，奈何石头是稀缺资源啊，它是怎么建成的呢？总不会是，国王说，要有宫殿，于是，就有了宫殿。这是不可能的事，上帝也无非是说，要有光，于是，就有了光。还没有说出来的话，即：有了光，于是，就有了影。世间的万物，从此就再也逃不掉影子的纠缠了。反正吧，金字塔都是一块块砖叠起来的，石头城当然也只能是一块块石头砌起来。没看到文字记载么，我们也就只能听听民间传说了，话说有位出色的国王想修建一座宫室，供南来北往的商队歇脚，但左想右想就是想不出办法，他想不到，就有人替他想到，于是来了个神秘的老者，脑子滴溜儿一转，想出了个主意，于是在国王的旨意下，就出现了这样的奇观：从阿甫拉西雅布山上，到金草滩所在的塔什库尔干河，全国的百姓一个挨一个排成队列，采挖好的石块也就一块接着一块地传了过来，人多了，力量就大了，经过四十个昼夜的苦战，石头就足够了。他们便在山下挖土和泥，一桶接一桶地传递到高地上，再是经过四十天的努力，泥土也足够了。又是经过四十个昼夜的奋战，一座宽敞宏大的宫室也就建成了。要说为什么恰好就是三个"四十天"呢，我也不知道。我只知道，石头城建成多少年后，伟大的玄奘来了又走了。又是一千多年后，循着玄奘的足迹，我们也到了这里，在标记着"玄奘讲经处"的石碑前留个影，恍惚间觉得和久远的历史打了个照面。

　　说来也是啊，行走在喀什，我纵使对过往岁月充满兴趣，都没能更多凝神"倾听"历史。听张导一路上说喀什怎样走过刀光剑影，又是怎样化干戈为玉帛，终于走向朗朗乾坤，我也就小小感慨了一下；再听她说香妃怎么进京，又怎么在病故后由一百二十四人抬运棺木，历时三年回乡，我也只是不由畅想了一下；又听她说麻赫默德怎样在一场宫廷政变后逃离王都，含辛茹苦踏上流亡之路，又怎样在飘落他乡时，把对于故乡的思念，转换成对于乡音的咀嚼和咏唱，终于写成收录了约七千五百个词条的三卷本巨著《突厥语大辞典》，在晚年又是从两河流域，爬山越岭，翻过帕米尔高原，回到乌帕尔乡，并归葬于此，我的心也只是小小悸动了一下。而每到一处地理景观前，我却总是禁不住和大家一样欢呼雀跃了起来。我能有什么办法呢？也怕是只能怪大自然太震撼了，我们旅行的当下又太精彩了，而历史不过是现实拉出来的长长的影子，我实在是顾不上了。但话说回来，喀什的光影实在是很美的，说是光有多美，影子就有多美，也不为过吧。在位于叶尔羌河谷和塔克拉玛干沙漠分界处的夏马勒林场，我们沿着盐山的山脊踩着自己的影子走啊走，是很惬意的；在布伦口乡的白沙山，看阳光把我们长长的影子投在流水一样的沙子上，感觉很奇妙；在高台民居的入口处，看高悬的葫芦把自己的影子画在土墙上，一个挨着一个，像是打定主意要凑成七个葫芦娃似的，也实在是可爱到让我忍不住想踮了脚尖去捣个乱，就当我是情不自禁了吧！在巷子七拐八弯，不期然遇见几个老人心绪平静地围炉而坐，阳光在背后的墙上斜切出一道淡淡的影子，炉子里的柴火熊熊燃烧，一旁更有几个小伙子旁若无人地打着扑克，他们怎么就能那么安然呢？他们又有什么理由不这样呢？他们的安然是给喀什的时间和光影做了注脚啊！

每个人心中都有一个风筝

李 元

  很多年前，还在念小学的我假期随父母去新疆旅游，旅行社制定了行程，我就跟着大人到处走。十几年过去，我只能依稀记得当时燥热的天气，漫长的车程，还有那只烤全羊脸上黑不溜秋的眼珠子。我妈懊恼地说："我们带你去的地方，你都不记住！都白去了！"但要是真的问她对新疆印象最深的是什么，我觉得也是那只烤全羊。

  2023年年底，我又来到了新疆，带着弥补的心态，补全我残缺的记忆。这一次飞得更远，飞机经停在乌鲁木齐。我上一回来新疆，也是降落在这个机场，我记得机场外墙上挂着大大的四个字，乌鲁木齐。走出机场就是没日没夜地坐车，翻过一座山，又来一座，不知道睡了多少个断断续续的觉，一转眼天又黑了。这一次乌鲁木齐只是中转站，在机场停留一个小时，又要重新坐上飞机飞往喀什。这么算来，都要赶上飞去欧洲的时间了。我打开手机里的地图，寻找上海和喀什，两座城市，分别在中国的两边。新疆比我记忆中的还要遥远很多。

这次旅途的时间定在 11 月底，这时候已经见不到金灿灿的胡杨林，冬天里的胡杨林是静默的土黄色。旅游业也逐渐进入淡季，不少餐厅打烊了，门前挂着牌子，上面写"明年春天不见不散"。这时候来新疆的好处就是游客少，不拥挤，可以在一个清静的环境里感受它的辽阔和深邃。和上一次来一样，因为花费在赶路上的时间将会很长，我们不得不一大清早就坐着大巴启程。新疆早晨的天和漆黑的午夜一样，要等到八九点才蒙蒙亮起来，在明暗交界之时还能看到明亮的星挂在天上，倔强地旁若无人地闪着。坐了两小时大巴后，我们在休息站停靠。站里有个水果摊，摊子后边的小木屋里走出来一个人，长着白人的脸，穿着新疆的服饰。他的脸红彤彤的，一副睡眼惺忪的样子，他看着我们这些游客对着他习以为常的事物——朝阳、加油站以及加油站对面的高山、绵延的公路，拍照拍个不停。等了一会儿，见我们也不去买他的瓜，他关上门睡起了回笼觉。

这一次的行程从喀什市中心出发，一路开往巴楚和塔县，最后再回到喀什。我很讨厌旅行的最后一天，这意味着旅途的终结，意味着现实生活又在朝我挥手。但这次旅行的最后一天却有我最期待的一个地方。旅途刚开始，大巴将我们从机场带去喀什市区，导游指着不远处的黑压压的黄土高崖说："最后一天，有时间的话会去那里看看。"

"那是哪里？"我眯起眼睛，看着不远处黑压压的土坡。

"那就是高台民居。"

一说高台民居，车上的其他人就说："是高台民居啊！那要去的呀，那肯定要去看的呀。"

导游说："行，有时间一定去，《追风筝的人》在这里取过景。"就是这句话让我对这次的旅行充满了期待。和很多年前见过又被我遗忘的新疆绝美的自然风光相比，也许《追风筝的人》和我的记忆有更多的牵连。

考大学时参加戏剧学院艺考，我打着为了考试的名义不停地看电影，那是我第一次观看了电影《追风筝的人》。因为电影的缘故，我又断断续续地阅读过卡勒德·胡赛尼写的小说原著，不知道是不是因为翻译的缘故，我总感觉胡赛尼书写的口吻冷静而质朴，不像美国作家写出来的。后来一查，他根本不是土生土长的美国人，而他的童年颠沛流离。他出生于喀布尔，因为父亲的工作，他们全家搬到了伊朗的德黑兰。没过几年，又搬回喀布尔。当他的弟弟出生后，阿富汗进入战争，稳定生活终结了，同时终结的也有胡赛尼的美好童年。之后他又跟着家人辗转法国巴黎，1980 年移民美国加州，靠着从政府领取的福利金和服务券过日子。

　　我去英国读书的那一年，伦敦西区正在上演舞台剧版的《追风筝的人》，这个剧和西区那些经久不衰的经典剧目相比就像个异类。我不记得在台上有多少个白人演员，几乎都是伊朗演员。演员们穿着破旧却微微透着艳丽色调的伊朗服饰，举着白色的风筝在舞台上来回穿行。整个舞台背景透着暗淡的棕黄色的光，像城市经历了战争，被夷为平地后的黄土飞扬。胡赛尼说："（戏剧中）人物可以走上台前念出独白，这在电影电视中可不常见。"等到演出结束，演员们谢幕，主演忽然掏出一封信，开始一字一句严肃地念，大致意思是反对当时的美国总统特朗普签署的反移民和难民政策。本以为胡赛尼的意思是，戏剧打破了第四堵墙，现代现实主义戏剧打破了演员和观众之间的隔阂。没想到，剧场的戏剧性和政治性已经进化成这样。

　　就在《追风筝的人》上演前不久，在百老汇《汉密尔顿》的演出谢幕时，演员也拿出了一封信念给特朗普听，而第一个听到这封信的不是特朗普，而是坐在观众席中的候任副总统迈克·彭斯。信中的内容是对特朗普政府恐将不会保护美国多元文化感到惊慌，敦促迈克·彭斯和特朗普"坚守美国价值观"，并"代表我们所有人的利益"。那一年是 2016 年，距离现在已经过去了好几年，信中提出的矛盾和质疑不但没有得到任何回应，这个世界上还发生了更多可怕的事情。

　　而我带着对《追风筝的人》的喜爱和回忆，在旅途的最后一天来到了高台民居。高台民居为游客建造了一个高大的正门，一看就是新造的，大门上精美的雕花和它身后的土黄色小巷形成鲜明对比。走进这扇大门，就像走进一个主题乐园。导游指着前方层层叠叠的老宅说："一千多年前维吾尔族人就在这里安家立业。"高崖是由两个互不相连的南崖和北崖组成，据说这本是连在一起的高崖，一次突如其来的山洪将高崖冲出一个大缺口，高崖从而被分割成南北两崖。北崖就是如今老城喀喇汗王朝王宫的所在地，南崖就是高台民居。维吾尔族的先民用泥土建筑房屋，世世代代居住于此。随着家族中人越来越多，人们就会在原先的房屋上再加盖一层。高台民居里的房子是和现代建筑截然不同的事物，他们懂得灵活地利用地势，有的房屋甚至造了六七层，为了增加空间，人们在建造新一层的时候，将原本的房屋面积延伸，横跨巷子上空，连到了对面屋子上，就形成了"过街楼"，除此之外还有"半街楼""悬空楼"等奇妙建筑。维吾尔族人习惯把大大小小的土陶罐放在屋顶，五六点的时候斜阳照射下，陶罐的影子错落有致地映照在过道土黄色的过道墙面上，就像一段随时都会消失的象形文字，自顾自地在讲述。

　　过道的地砖也是有讲究的，六角形的砖表示此路可走，如果铺的是长方形的地砖，就代表着前面是条死胡同。即便如此，如果没有导游领路，我照样会迷路的。每走几步就会看到开在人家里的小店铺，里面卖各式各样的小玩意儿，新疆手鼓、小腰包、马油润肤霜……做生意的人汉语说得很好，熟练地跟我们讨价还价。这里不是商业街，都是在自己家的房子里做生意，自然也没有商业街橱窗的概念，但是路过一个个美丽的窗口，我会忍不住贴着玻璃往里面看。有一间店铺卖的是铜壶，金光闪闪的铜壶放满了一整间屋子，其实那间屋子算不上屋子，它有着高耸的天花板，但是天花板的一半是空的，店主就用红色为底，蓝白相间的卡其曼图纹的布料盖住半个天花板，阳光照射下，整间屋子都透着暗红的色调。

到了一个宽敞点的转弯口，四五个维吾尔族男人凑在一起，他们面前放着几张小桌子，桌上铺着金色花纹的桌布，摆放了烟、茶和小吃。他们好像很习惯这样，坐在家门口，轻声低语地在聊天，也许他们的每一个下午都是这样悠闲地度过。我很羡慕。看到我们走过来，他们没有抬头看我们，也没有停止交流，反正他们知道，我们这些来去匆匆的游客也听不懂他们在说什么。

《追风筝的人》于2007年开始拍摄，当时的阿富汗已经在战争的炮火下变成废墟，要在阿富汗的土地上重现往日时光确实不太可能。导演马克·福斯特来到了位于喀什的高台民居，他说这里让他想起了战争之前的喀布尔。于是电影中讲述两个主角阿米尔和哈桑童年故事的那一部分就在高台民居取景了。哈桑对他的朋友阿米尔喊出的那一句"为你千千万万遍"，也是在这里喊出来的。

在有一处几乎是废墟的房屋遗址里，设有一个观景台，爬到观景台的顶楼，就可以看见高台民居的雏形。我拿着那张著名的电影截图，图上是年幼的哈桑静静地趴在高台民居的一处制高点，看着成片的生机勃勃的民房。我以为他趴着的地方就是这个观景台，但等我爬到了楼顶，只能看到一点点零星的老房子，更多的是喀什市区的新楼房，和鹤立鸡群的喀什电视塔。我拿着照片问导游："这个地方怎么走？这个观景台看出来的不是这个景。"

导游拿过我的手机，横过来竖过来看了半天，说："现在没有这么多房子了，拆了好多了。不过我知道这图上的位置在哪里。"

"在哪里？"我很兴奋。

"在一个酒店的顶楼，不住店也进不去。而且，看不到这么多房子了，都拆了。"她重复了好几遍，都拆了。

虽说现在的高台民居里通上了水电，但蜿蜒曲折的巷子依然存在着安全隐患。已经有一大半人从这里搬走了，搬进了现代的新的房屋。有的人白天在高台民居里经营自己的店铺，晚上就回外面的房子里住。而留下来的大多数都是老人，他们不愿意离开自己住了一辈子的地方。这让我想起了我外婆的老房子。小时候暑假里我会被送到外婆家，外公外婆住在虹口区长山路上的一栋老房子里，房子外面看着黑不溜秋，里面也黑不溜秋，要通过一扇笨重的大铁门进入。而就是这个大铁门，在当年日本人游荡于四川路时给了外公强大的安全感。进门处地上贴着印花瓷砖，我妈强调"都是进口的，现在生产不出来的"。还有陡峭的楼梯，每一个台阶都异常的高，我怀疑房子里那股奇怪味道就是从楼梯潮湿的木头里散出来的，但妈妈认为这早已乌黑的楼梯扶手上是无与伦比的，现在谁会那么仔细地在扶手上面雕刻花纹？

　　"一开始整栋楼都是外公的，外公工作的银行分配给他住。"我妈说这话时语气里带着骄傲，我从没见过她为了我而骄傲，但至少从外公身上我算是看到了我妈为了别人骄傲是什么样子的。总之，外公有一份令人羡慕的工作，还有一套单位送的房子，听上去很体面。"文革"时房子被收回去了，只留给外公外婆二楼的第一间房。不知道他们看着其他人陆续搬进来，住进自己曾住过的房间，是怎样的感受。但在我看来，他们情绪控制得挺好的。

　　一楼的梁家姆妈从朝鲜嫁过来，她会邀请我妈去她家吃饭，二楼另一边住着一个很会修钢笔的老伯，一辈子都在帮人修钢笔。仲夏的夜晚，邻居们就聚集在二楼和三楼之间的平台上乘凉，搬个小凳子在外面吹吹风，人立刻就凉快了。有个邻居会在乘凉时给排排坐的小朋友们讲鬼故事听……这些都是我妈说的，我很难体会。改革开放后，所有人的生活都变好了，很多邻居也搬走了，把这个老房子当成仓库或者租售给别人。因为里面的卫

生间是公用的，租金也不会太高。直到有一天一个开发商看上了
这块地皮，想要把这一片房子都拆了，造一个商业广场。拆迁组
聚齐了所有户主开了一场大会，但拆迁组立刻意识到这并不是一
件容易的工作，他们怎么可能轻而易举就让住在这里几十年的人
说搬家就搬家。于是会就一场接着一场地开。

　　我去参加过他们的最后一次会议，那时几乎所有人都同意拆
迁了。也是这一次会议，让几十年没有再见面的人再次相逢。这
些早已各奔东西的邻里们热切讨论着他们往日时光，仿佛一瞬间
就忘记了刚刚和拆迁组的那一场战斗。就算房子拆掉了，如果人
们还能将克制、精明、信任和那一丁点的骄傲延续下来，那就算
房子不在了，人也散了，无论到哪里都还是上海。也就是说，房
子拆掉了还能再造，如果丢失了体面和地道，那才是一切尽失。

　　高台民居里面，拆除了很多实在无法住人的危楼，又整修
了一部分房子，通上了水电，让他们得以继续生活在里面。我
路过一间卖馕的店铺，里面在卖喀什老街才有的"爷爷的爷爷的
爸爸的馕"。我走进去，一个老人坐在里面，一身新疆老人的打
扮——黑皮衣配一顶黑帽子。我说："这就是爷爷的爷爷的爸爸
的馕？"

　　老人说："对，最后三块。"

　　我转身看到狭小的店铺里连着一串台阶，老人看出了我的心
思，他说："去吧，上去看看。"

我扶着白色的扶梯，踩着吱呀作响的楼梯上到二楼，也许这就是所谓的"悬空楼"，上面还有两间房，门都关着，门上挂着白底红花的帘子。这时候我听到楼下老人的声音，他说："这就是我住的地方，看看吧，走进去看，没事的。"这栋整洁的二层小楼里有他一生的故事，他把它照顾得还不错，他的语气中带着些许骄傲。

　　相比于在战火中化为废墟的喀布尔，高台民居算是幸运的。我看到不少记录高台民居的文字中都会提到那些不愿离开的人，他们固执地扎根于此，坚定地告诉人们："这是我生活了一辈子的地方，为什么要离开？"

　　也许人的一生都在寻找记忆中的故乡。《追风筝的人》里有一句话，"也许每个人心中都有一个风筝"。有人飞越千山万岭，在遥远的异乡找到了自己的精神故乡，选择留下来。不畏艰险勇往直前的人固然令人佩服，然而植根于不毛之地的人也是勇敢的，他们得一遍又一遍地面对陈年旧事，这并不是一种轻松的生活。

辑三 ●●●

在 远 方 生 活

冬日的风景

王 伟

　　为了看到不同寻常的风景，我在时闻风寒雪冷的 2023 年初冬，再一次前往中国版图的最西面，去了远方的喀什。

　　之前，因为参加沪疆两地对口支援项目的缘分，五年间我曾三次到过新疆，领略了南北疆的边城绿洲、大漠戈壁、高山雪域和民族风情，而穿越千里塔克拉玛干和登临海拔五千米的红其拉甫口岸，更是留下了难以磨灭的人生记忆。不过，对于这些在春夏时节的旅行，我还是感觉有点缺憾，希望能看到新疆秋日里的绚烂和斑斓以及冬令时的纯净与冰洁，让我关于那里的大美印象，增添更加饱和的色彩。因此，此次喀什之旅虽然是重访，我却依然充满期待，甚至怀着几分初访的激动。在从乌鲁木齐飞往喀什的整个航程中，我的视线很少离开舷窗，一直在俯瞰脚下雪盖冰封的天山群峰，还有从山麓铺陈到天边的褐色沙原，想象着自己的足迹，能够印刻在那里。

夜抵喀什，行装未解，深深一眠。次日，依着平日正常的作息时间起来，匆匆到提前开门的宾馆餐厅拿上一袋干粮加水果的简易早餐，集合上车，出发前往三百公里开外的巴楚。

这时已是上午 8 点，喀什的天空月明星稀，夜色依然浓重，气温在冰点左右。本来，作为中国版图的最西端，这里的时序就要比上海晚两个半小时，而到了冬季，时差的感觉更为明显：这时候，妥妥的还在黎明之前。我们的路程注定要披星戴月！后续几天，只要是数百公里长程，我们就必须赶在日出之前出发，否则会有误时之虞，一天可能都要抛在路途上，无法安排实际的参访项目。新疆之大，于此又让人真切地感受一回。

西出喀什城，在稀疏的灯火中蹵行，不久就转上了吐哈高速，沿着天山南麓，穿透沉沉黑夜，一路向东疾驰。这一段公路，蜿蜒在毗邻喀什地区的克孜勒苏州境内，周遭地广人稀，左手边是连绵的砂石山，略微露点亮色的天幕衬托出它们黑黢黢的身影（许多时候，群山紧贴上来，像是马上要斜切公路），右边则是延展的大片绿洲（借助车身的散射灯光，依稀分辨出多为植株稀疏的棉田，远处间或飘过阿图什等城镇的稀疏灯火），夹杂着小块荒滩戈壁。隔着车窗远眺，我的视线在想象中触及绿洲深处，曲曲折折的喀什噶尔河谷中，那些漫长丝路古道上的遗迹——我们的旅程与曾经在那里跋涉千年的商旅在不同的时空里平行。这样想着，仿佛听闻飘过来遥远的驼铃声。

举头仰观，发现天幕上的夜色，倒是中心区域略微透出一点亮意——那里已开始被扔在地平线下的太阳遥遥折射到了吧！而接近地面的地方则完全黯淡——这就是黎明前的黑暗！遐思之中，这情景如同一支如椽之笔淋漓下的一团浓墨，从天顶向四周洇染开来，渐渐地蓄积在了接近地平线的区域。

就在一片空阔、迷蒙和苍茫之中，迎来了一场雄浑的"大漠日初升"。此时车行已有一个半小时，恹恹欲睡的同伴们大多被车窗外的渐渐转明所唤醒，目光凝聚到右前方地平线上那一抹轻浮的橘红色云光，看着云光下一点亮色，伴随混沌初开似的庄严肃穆，由黯淡转为明亮，并且舒展开去，在几乎感觉不到的缓缓上升中，现出完整的圆形轮廓。接着，那一轮初日又将周围的薄云渐渐染红、燃亮。很快地，我们习惯了黑暗的眼睛已没法直视它，不得不转向光明笼盖下的其他地方，那里，一切渐渐苏醒。

汽车马不停歇飞驰向前，我们的披星戴月转为逐日而行。

正午时分，顺利抵达巴楚。未及进城，我们就一头扎进了城西广阔无边的胡杨林中。

巴楚是丝路古道的重镇，汉代属"西域三十六国"中的尉头国，唐代称尉头州。沿着天山南麓的丝绸之路中道行走的人们，西去疏勒（今喀什）、东往龟兹（今阿克苏）、南下于阗（和田），都要经过这里。至今，巴楚城北还有个三岔口镇，两条高速公路（吐和、三莎高速）在镇旁呈"丁"字形相交。古代丝路的痕迹在历史风云的磨洗中日渐淡薄，但那簇拥着古道伴随着喀什噶尔河、叶尔羌河蜿蜒的胡杨林，却依然忠实守护在它们扎根的地方，成为古城巴楚一道不曾褪色的风景。

看到资料上说，巴楚全县拥有三百十六万亩天然胡杨林，其连片面积为世界之最。连绵无边、气势磅礴，堪称巴楚胡杨林的最鲜明特点。深秋和初冬，已呈金黄的胡杨林幻化成海，是观赏的最佳时节。我们来得正当其时！

进入红海景区的金色胡杨岛之前，先体验了一回"尉头州"的盛装开门迎客。当地村民身着民族服装，以一场热情的歌舞表演，把四方来客引入园区土垒木支的仿古城门。随后，我们乘坐电瓶车，沿着弯曲萦绕的小路，进入林深不知处。

胡杨是一种奇特的植物，耐旱，抗盐碱，能抗风沙。它们在广袤的新疆找到了栖息生长的适宜环境。据说，全世界61%的胡杨生长在中国，而中国约90%的胡杨扎根在新疆。无论河谷长滩，还是荒漠戈壁，胡杨都能无比坚韧地生长。穿越塔克拉玛干时，我曾经在寸草难生的大沙漠腹心，看到过昂然挺立于沙丘之上的旱地胡杨，在风沙肆虐中成直角弯折了的躯干，却如臂指天一般顽强地伸出几根枝条，繁密的树叶面对折摧安之若素；在泽普县境内叶尔羌河畔，我还观赏过连片成林的湿地胡杨，带着春夏尽情生长的一身葱绿，张望秋冬即将到来的漫天金黄。

而眼下呈现在面前的，正是同样临水而生的巴楚胡杨最美丽的时刻（胡杨，维吾尔语称"托克拉克"，意即"最美丽的树"）。它们在静水深流的喀什噶尔河两岸绵延无边，纵情泼洒、涂抹金黄的色彩，在蓝天和艳阳的映衬下，发出鲜亮耀眼的光泽，并且与脚下的土地浑然一体。其实，细观一棵棵胡杨，它们的身形也并非那么伟岸、高昂，有许多还是扭曲、歪斜着向上伸展的，躯干上满是沧桑的褶皱和裂隙。但每一棵都似使命在身，未及长高就早早分叉，像是要尽快填满各自头顶的一片天，展现出自己旺盛的生命力，以及在严酷环境中依然能自由生长的骄傲。它们并肩在一起，用舒展开来的繁枝密叶连缀成金黄的云海，渲染着一种恢宏的意境。横贯绿洲长途流淌到此的喀什噶尔河，似乎准备歇歇脚，更仿佛要深深滋润这大片的胡杨林，积潴成宽阔的水面，那些伴水而生的胡杨，水中倒影经过一番洗濯和辉映，相比岸上真身尤其显得鲜活，虚实相间，令人惊叹。

穿行胡杨林途中，挂职巴楚的上海援疆干部、县文旅局副局长黄文敏介绍起胡杨林保护开发的情况，让我们透过眼前所见，了解到古老胡杨为当地发展带来的崭新生机。县域西部阿纳库勒乡境内的胡杨林区，已经建成远近闻名的国家 AAAA 级景区，跻身新疆观赏胡杨林的名胜之列，高峰时日接待区内外游客达两万人。更生的胡杨林还真真切切地为当地民众带来福利，也为展示当地丰富的民族文化提供了重要平台。我们在林区不时经过一间间以柳筋土墙筑成的民居，总要停留一番，观看村民们演示陶瓷烧制、红柳编筐等技艺和文艺表演。在一处院落，我们欣赏了一台热情洋溢的民族歌舞表演，每天都定时出场的队伍，就是由附近乡村的维吾尔族男女青年组成的，能歌善舞的报幕员小伙子，抖擞一身皆是戏，让人感觉似有专业的底子。小径旁一座阳光透照的藤架下，一位身为乐器制作传人的维吾尔族老汉端坐着，双手轻拢慢捻抹复挑，让膝前一架卡龙琴（我国民族乐器中弦数最多的古老乐器，由四十条分担高低音的钢、铜丝弦组成）发出清越的旋律，引得我和同伴们陶醉其间，纷纷举起手机和相机拍摄。

离开金色胡杨岛，在县城午餐后，我们又驱车前往县域东南的夏马勒乡，登高俯瞰浩瀚成海的大片胡杨林。途中有一个多小时（约莫五十公里行程），汽车就在叶尔羌河畔的胡杨林中弯弯绕绕地行进，千姿百态的胡杨从车窗外依次掠过，让人感受一番不同凡响的走马观花。待到登临那座小山，才觉着刚才是在胡杨的汪洋之中潜游。此时，站在山脊线上，满身夕照的我们仿佛融进了那片金黄色的海。

关于胡杨，流行有余秋雨先生提炼的三个"一千年"的说法，即"胡杨一千年不死，死了一千年不倒，倒了一千年不朽"。胡杨的坚韧不屈和铮铮铁骨，已被凝练成一种精神。在胡杨林里，我读到这样一首诗：

> 扎根大漠傲苍穹，阻挡沙尘战飓风。
> 铁干铮铮舒韧骨，虬枝奕奕贯长虹。
> 生前亦使山川绿，死后犹期梓土葱。
> 若问挚情深几许，三千岁月建奇功。

是的，在巴楚，在新疆的许多地方，胡杨就像我们时常吟诵的挺拔高洁、百折不挠的青松，作为一种坚守、奉献的精神象征，启迪、滋润着人们的灵魂和生命。

进入巴楚城中，我继续寻找闪烁着精神之光的胡杨。在喀什噶尔河从林中东流入县城，与南北向的通衢大道相交的地方，我看到了一株茁壮的"小胡杨"。

"小胡杨"是巴楚县社会发展促进中心的名字，寓意深长。中心是由上海援疆项目播种促生的一家民办非企业组织，旨在通过政府引导，汇聚多元的社会力量，从内容引进、人才培养、文化服务等各个方面，为当地经济发展和社会建设提供具体的服务。小胡杨中心和巴楚县总工会、工人文化宫、党群服务中心、文明实践中心和标示着"上海援建"的县图书馆等，挤在一幢面积不大的多层公共建筑里，而它的能量不容小觑。正如那些在野外匮乏的环境中依然长得灿烂的胡杨，"小胡杨"的身姿或许还有些稚嫩，却已把根须深深扎进了巴楚大地。

在中心大厅一块以胡杨林为背景的展板上有这样的介绍：挂牌仅三年的小胡杨中心，已经引进二十多家社会组织落地，在全县各个社区、乡村和学校设立一百三十个"小胡杨"活动点，培育出能够提供文化普及、心理辅导、健康咨询等服务的八支本地志愿者队伍，骨干志愿者逾三百人，一系列社会服务的开展在多方加持的同时，也不断地在巴楚实现本土化。

"小胡杨"的成长，离不开上海援疆引来的水源和注入的活力。教师出身的中心理事长吕国英告诉我们，"小胡杨"引进的专业化社会服务组织大多来自上海（难怪听到"白领驿站""心灵导航""汉未央"等名字感觉耳熟，原来我在上海参加单位所在的静安区活动时，曾经踏访过几处），服务邀请的指导专家也大多来自上海，巴楚的志愿者到上海接受培训和指导，一些活动还让当地孩子们亲临大上海。吕国英的介绍，我们通过观看中心内展陈的各种照片，都得到了验证。

参访将结束时，吕国英邀请我们一行中能挥毫泼墨的两位女作家为小胡杨中心题词。她们不约而同地以"文化"二字开笔，分别写下了"文化援疆"和"文化润疆"。是的，对于中心来说，"援"字道出了它的生命源头，"润"字揭示了它的活力绵长。"小胡杨"秉持和恢宏了胡杨的精神，为巴楚山川、桑梓之地不断添绿，自身也散发出趋于成熟的金黄色彩。

胡杨用如歌的"三千岁月"点染着巴楚大地（辉映着喀什地区多个县市），而它也时常被人们用来标识、寓意上海对当地的支援行动。我在一本前些年辑成的援疆报道集锦中看到，一个两地产业对接的项目，被称为"白玉兰与胡杨的嫁接"（白玉兰系上海市花）；一场助力当地招商引资的行动，被称为"胡杨智旅"。实际上，这样的"嫁接"和"智援"，在2010年巴楚与上海建立对口支援关系之后，每年都会有好多项。

巴楚县城处在绿洲农田和连片胡杨林的环抱中，喀什噶尔河曲绕、舒缓地穿城而过，街区多被东西南北正向延伸的宽阔道路隔成整齐的大小方格，看上去规整大气，一个人口十多万的小县的县城倒有中型城市的格局。三条纵贯南北的平行主干道分别命名为"光明路""迎宾路"和"友谊路"，显示出拥抱大世界的气度。我们就在这三条主干道划分出的核心街区中，由南往北，依次参观了三处上海援建的大型设施。

先是建成开放不久的巴楚博物馆。它以丝路城堡的外形和现代全钢结构的内部框架，以及古今相融的展品陈列，把历史和现实连接在了一起，成为巴楚新的标志性建筑。其建筑原型依据全国重点文物保护单位、丝路古道上的托库孜萨莱（俗称"唐王城"）遗址古城，杂糅长城、烽燧、汉唐木构建筑和维吾尔族民居等要素，寓意中华文化的融合。馆方特别介绍说，博物馆外墙的磨砖堪称点睛之笔，是参考新疆常见的葡萄干晾房的外立面预制的，拼出具有韵律感的花纹图案，形成独具魅力的建筑肌理。上海不仅为建设博物馆提供了资金，也为其运行、展陈提供了支持及内容。我们在馆内参观时，正逢由中共一大纪念馆帮助策划组织的一个展览正在中央大厅展出，一座石库门式青砖大牌坊，引导人们走进了建党初期的峥嵘岁月。

北行十多分钟，来到巴楚县人民医院。一进大院，恍然间似是走进了上海近郊的一座著名三甲医院的新院区。进到门诊大楼，更觉得周遭环境十分熟悉，连各种标识、导引都似曾相识——原来这所医院就是按照上海静安区提供的医院设计图纸建造的。要说有什么不同，那就是比上海的"同胞兄弟"更显得宽展，不见那种形同闹市的嘈杂之感。巴楚人是十分感恩来自上海的倾力支援的，在门诊大楼内外，都有显眼的展板介绍上海为巴楚医院提供的支持：自 2010 年到 2020 年，静安区累计投入资金上亿元，帮助建设新院区住院部、麻醉楼、部分附属设施和购置医疗设备，并分批派出共计三十五名医生，对重症医学、普外、超声等多个科室进行重点帮扶，与来自新疆医科大学的力量一起，有力推动了县医院"跨越式发展"。近几年来，这样的支援力度在持续，并且有各种先进手段加持：在一间不大的寻常诊室里，一台半人高的设备连着电脑和屏幕，就组成了"巴楚县眼科 AI 远程会诊中心"——通过这一看着并不起眼的系统，巴楚的医生可以和上海市北医院的同行一起，共同为眼科疑难病症进行诊断。

　　进入县城北界的巴楚中等职业学校，一股喧腾的气息扑面而来。近万平方米的大操场上，成千学生正在进行课间锻炼，生龙活虎地释放着活力，篮球、排球、羽毛球等纷飞。操场东、北两边，十多栋五六层高、大开窗的浅褐色教学楼、宿舍楼纵横舒展。陪同的学校负责人严佑铭，是来自上海著名的逸夫职业技术学校的援疆干部。没想到在遥远的异地他乡，碰到了同在上海巨鹿路工作也许曾擦肩而过的近邻，彼此就添了一份亲切感。我们走进一幢幢模式齐整的教学楼、多个设备齐全的教学车间与上海新建学校风格并无二致的宽敞教室细细参观，还观看了一场服装表演，一队维吾尔族少年步履、神情略显生涩却又十分认真地走在 T 型台上，展示同学们在教学车间制作的各式长裙袍服的风采，让人感受特别的韵味。由严佑铭的介绍，我们得知，巴楚中职可是当地一所分量很重的学校，全县所有未升读高中的孩子，都能

在这里接受各种因地制宜的职业教育，学生（总数超过三千名）
都能住读，学习和生活费用开支由国家补贴作保障。我还在想，
由上海的名校提供支援，这里的教学水平一定更有保证！

　　巴楚行程一天半，看罢别样的风景，又一番长途跋涉返回喀
什城休整。之后，我们踏上了南奔帕米尔的幻彩旅程。

　　仍是在黎明时分，披星戴月，向着众山始祖的雪域高原出
发。开始的路段穿行于绿洲上稠密的城镇、乡村，两边毗连的
店铺、民舍陆续亮起灯火，让人感觉晓日在无声的催促中早早
来临。几十分钟后，约莫要告别绿洲之时，透过左手边路旁忽
闪而过的树隙，看到地平线附近逐渐鲜亮的红光向空中弥散
开。望着前方开始显眼起来的横亘山影，特别是叠加其上依稀
可见的微白峰尖，我预想着一个时刻的到来：邂逅传说中的"日
照金山"。

　　山外有山的远方，那越来越清晰的座座峰尖，已变成并肩而
立的连绵雪峰。陡然间，它们面东向阳的一面，沐浴在初日的万
道霞光中，成了耸立群山之巅的金字塔。由于"塔"身有着巨大
的节理和褶皱，光影在其上形成明暗不一的色块，而比较浓密的
地方似有金汁在流淌。虽然隔着有些暗淡的车窗玻璃，虽然路旁
划过的输电线杆割裂了视界，我仍为首次目睹的"日照金山"而
感到震撼，忍不住高呼起来，引得同伴们也纷纷贴近车窗凝视前

方。我随即拍下几张照片发到微信朋友圈里，并记录下自己的心情："那一刻，如果不是保险带的束缚，就会雀跃了！"

遥想四年多前首次踏上帕米尔的旅程时，因为出发已在日出之后，又正逢夏末雾霾天，天空远没有那份纯净，这样的壮观景象与我了无缘分。不由得又一次庆幸：此行正当其时！

帕米尔高原对我们在冬日虔心前来谒拜的酬报，接踵而至。挥别"日照金山"不久，"日耀红山"又扑面而来！那时，我们已离开绿洲，溯盖孜河谷渐次升高，在奥依塔克冰川公园门口停车歇脚，下来走动放松。立刻，就被从眼前一直向山谷深处延伸的几道山梁吸引住了，它们刀削斧劈般的山体呈现深浅不同的红褐色，而被渐趋强烈的阳光照拂的上部，像似慢慢被点燃并开始蔓延燃烧。如果不是时间太紧，真想沿着山脚下铺设的木栈道一直走进山谷，把自己缓缓融化到那片热烈之中。

我们脚下的公路，是乌鲁木齐到红其拉甫口岸的乌红线，也是闻名于世的中巴公路，更是一条让人饱览壮美帕米尔的景观大道。在冬日暖阳普照的明澈、洁净之中，山川风物别有一番精神。看那穿行于深切峡谷中的盖孜河，水流像是洗去了夏季的浑浊，虽然因为寒冷而有些凝噎，但是依然流淌着鲜明的翡翠色。而在艳阳蓝天之下，沿河耸峙的山崖拂去了尘蒙灰罩，显得从容淡定、宠辱不惊，满身风吹雨打的褶皱也现出特别的韵律。天空蓝得深邃，以至于手机拍下的照片看上去有点失真。太阳是如此耀眼，零度左右的气温消减不了阳光送进车内的暖意。而预计会有的高原反应则不见明显到来，随车携带的氧气罐，一时还没几个人想得起去打开。

就这样且行且看，我们在中午时分来到了白沙湖畔。那是两河相汇、群山环抱中的一片蓝湖，虽然近岸部分已封冻成冰，但大部分湖水还积淀着蓝天的色彩，细风轻拂之下，湖面如绸缎般轻绉微浮，使得倒映其中的雪峰沙山也灵动起来。

停车下坡走向湖边，远眺西岸连绵的沙山，那里因为正当风口，周遭细洁的沙粒被时时刮起的烈风吹上半空，再洒落到一起，经过不知几许岁月的沉浮，白沙堆积成山，伴沙而行的河水经筑坝拦蓄汇成汪洋的蓝湖，最终被命名为"白沙湖"。冬日里，它泛着不同寻常的圣洁灵光。望着远山近湖，遥想自己也能够像一粒白沙凭借劲风飞舞上山，似一块蓝冰靠着阳光温暖融化。

白沙湖边比上次前来时变化不小，环境整洁了许多。原先有些坎坷的湖滨碎石坡，蜿蜒着的长长木栈道，使人们近前观湖也能如履平地。湖边堆起了不少玛尼石，因为冬日游人不多颇少打搅，它们大多孤零零地伴着自己的影子。披毡挂彩的牦牛多起来了，它们沉默着随时准备跟主人一起上岗。那些玛尼石应是游人随手叠垒起来的，面对圣洁湖山为自己或众人祈福；而牦牛则大概是因主人的"稻粱谋"而来。它们与蓝天、白云、草原等加在一起，倒把一种藏地的印迹叠加给了白沙湖，为它增添几分圣湖的气韵。

告别白沙湖，真正是在苍茫浩渺的高原上飞驰了。南行百余公里的路途，多在广袤的滩地、草原上平缓地向南延伸，仿佛没有尽头。而高耸天边的，是堪称帕米尔之巅的连绵雪峰，其中海拔超过七千五百米的就有公格尔山、公格尔九别峰和慕士塔格峰，冬季雪线下移，那些擎天的庞大身躯大部分被冰雪覆盖了。突然间感觉那是一群高傲的神灵，正从冷峻的天庭扫视着匍匐于脚下的人们，似乎惊扰了它们静谧中的沉思。汪洋在雪山脚下的喀拉库勒，远远望去湖水蓝得太过深沉而近乎墨色，而这个名字的原意，正是"黑色的湖"（因为要尽早赶到塔什库尔干县，留待明天返程时再来探访这片秘境）。而塔合曼湿地从南段的山口高台来瞭望，辽阔如接天草原，千回百转的河流多已显露惨白的冰封，但仍有星星点点的牛羊散布河畔，静静嚼食满地枯黄的原上草，让人想象春夏青青时节这里万物滋润、生命涌动的场景。

傍晚顺利抵达塔县县城，趁天光仍在朗照时去看石头城。这座千年古城残留的内城遗址高处满布砾石的台地上，其夯土板筑的断垣残壁，在高原深蓝的天幕和西斜的太阳映射之下，显得金碧辉煌，卓然超群。可惜，它被岁月侵蚀、消磨得太多太久了，已经难以让人凭借眼前的倾圮土石，来重现当年西域王国首府的气度，和高僧玄奘驻足此地讲经说法的盛景。且到古城脚下宽广的河滩湿地上，寻觅一番追古思今的感觉吧。

四年前，我曾在石头城上，透过断壁间的豁口，俯瞰过长河扰动中的那一片葱绿。如今，那里已随时序演化得遍地金黄，成了名副其实的"金草滩"，而出山不久的塔什库尔干河水，在坦荡的金滩上分成多股，如美人飘散的长辫一样舒畅地流淌。走进金草滩，赖有贯通其间的长长木栈道，让我们能徜徉在茸茸密生的连片金草之间。不时可以看到平滑缓流的大片水面，蓝天白云倒映其中，仿佛在轻轻浮动。草滩深处，有汩汩游淌、水沫翻腾的涌流，甚至带动河中几架高大水车旋转起来。草滩边缘连绵的群山，在深沉起来的暮色中渐渐静默了，而更远更高处的雪峰（它们分别属于几条举世闻名的雄伟山脉：昆仑、喀喇昆仑和兴都库什）依然昂扬在夕阳残照里，牵扯着萦绕其上的阵阵薄云。在这动静相融的时刻，我们在步道出口处会合了，像是要为一天的醉人旅程赞叹一番，纷纷唱起记忆中关于新疆和帕米尔的歌，《花儿为什么这样红》《怀念战友》等的旋律在石头城下、金草滩上回荡。

塔县县城所在地，是群山围绕中一马平川的河谷绿洲，但海拔足有三千米。好多同伴担心高反趋重，晚餐后要早点歇息，本来说好的再到住地附近旷野中、在帕米尔的星空下放歌，只好取消。我和几位状态不错的，仍然出门走走。

毕竟已经入冬，慕名来塔县的人少了许多，夜幕下，街道有些空寂、冷清。不过，城中心巨大的停车场边一长溜餐厅、商铺，霓虹闪烁的气势不减半分。广场正中高高竖立的四面电子大屏上，滚动播放着总书记考察新疆的实况，镜头里群众欢呼的声浪，也散发出浓重的热烈气氛。我们逛进一家灯火通明的土特产超市，发现这里不仅是一家琳琅满目的实体店，也是网联四海的电子商务中心，在店中买东西达到一定量，现场就能打包托运走，而通过网络还可以远程直接从这里购货。这样有实有虚的商店，想必也像几天前在巴楚看到的一样，是各地援疆建设的具体成果。我们集零成整，也买了一箱东西。在附近一家大卖场式的商铺里，看到好几位来自巴基斯坦的客商，在那里热情地招揽生意，中巴走廊带来的边贸于此可见一斑。

正逛着，作家安谅发来短信，提醒说高原塔县冬天很冷，须保重。我随即回复，谢谢他的关心，说白天艳阳高照，真的不冷，现在虽有点冻耳朵，不影响我们小逛。安谅又建议：到农户家走走，会更有意思。我笑答：很晚了，没人带着不敢"私闯民宅"！他随即转发来两周前刊于《光明日报》的一篇散文《帕米尔高原之夜》。安谅援疆数年，对喀什颇有牵记，本来此次也要来，可惜临时另有要务未能成行。援疆岁月的记忆，是他令人羡慕的珍贵财富。

走到灯火阑珊处，举头观夜空，纯净高远，一轮圆月明澈无比。想起上次来塔县时，晚上因高反而头疼不已，无缘仰望星空，回到房间后又迟迟无法入睡。今夜倒是平安，不禁有点欣喜。不知道如此境遇，是否跟冬天的风冷气清让人抖擞起来有关。

次日，原定还要去塔县南境的盘龙古道，走走那里盘旋而下的几十道拐，看看那块"今日走过了所有的弯路，从此人生尽是坦途"的网红招牌，可惜传来古道因冰冻而关闭的消息。于是带着一丝遗憾，在破晓的微光里启程，原路返回喀什。

仿佛来时行程的回溯，离开塔什库尔干不久，我们就近距离迎接了一场更为壮观的"日照金山"。当时，汽车正以一段长长的弧形轨迹，绕行于巍峨的慕士塔格山脚，使我们能够从容地观看那一幕光影大戏：雪峰之上飘浮的白云渐被染红，金光接着泼洒到峰尖的向阳坡面，随即上下映射、光彩万千。虽然处在背阴面，看不见山的那一边初升的太阳，却也明显感受到它此时的耀眼辉煌。

来到昨天掠过的喀拉库勒湖，我甩脱众人，离开木栈道，下到衰草萋萋、起伏不平的湖畔滩地，走出五六百米，驻足在一处小半岛的尖尖上，紧贴镶着冰封带的湖水，放眼眺望。对岸，公格尔山、公格尔九别峰拄地撑天的连绵雪峰似长卷般展开，几乎延伸到视界的左右两边。它们倒映在泛着深蓝光泽的湖水中，越发透出飘逸、明净的本色。我默然无语，如膜拜众神，眼光依次拂过那些冰洁的身躯，想着要把自己融化进这个无比宁静的世界。猛一回头，远远的观景台上不见了同伴们的身影，四下不闻人声，我已似遗世独立一般，赶紧从遐思中跳出来往回走。

从帕米尔高原驱车回到喀什城中，已临近傍晚。趁着在当地还有两三小时的天光，我们赶去看老城区，准备为此番冬访，画上一个圆满的句号。

与喀什古城一路之隔的河畔高地上，还有一片老街区，望去如城堡一般。那就是闻名于世的高台民居。四年前来时，这里已经封闭起来维修，无缘入内参观。如今，街区内主要街道两旁的生土楼房院落已大部修竣（多改成了民宿、民俗展示馆和各种店铺，居民则迁走不少），开始试开放了。我们在夕阳斜照、人流稀疏时进城悠游，感觉有些穿越——回归从前、来到异域。想一想，几部以中亚社会为背景的外国电影，比如《追风筝的人》，把高台作为外景地，还是深有道理的。

穿行于高台民宅的主街岔巷，常常要从一个个过街楼下钻过。那些大木梁柱连绵接续，给人以行走在长长坑道中的感觉，也让寻常巷陌更显得悠长幽深。我在那里徘徊张望时，不留神被同伴拍到了十分专注的样子。各式民居的墙是版筑土垒、污而不涂的，一扇扇木门却用足功夫精雕、细刻、绘彩。推开去，往往就是一座别有洞天的庭院，多有带宽敞回廊的两层房子三面围合，屋顶也是望远或晾晒的宽敞地盘，院中一角或有传统铁匠炉或其他手工小作坊的遗存。这样的院落打造成时兴的民宿，别具民族风情，一定会受到欢迎。也有些私密性极好的小院屋，让人想象一种宁静无争的生活。高台街区的核心，还用钢架搭起了一个小观景台，四周散布着许多尚待修复的残垣断壁和院落，却直观地显露了民居内部的格局和肌理，使人们得以登高俯瞰，细致地了解究竟。

下了高台，没几步路就到了国家花七十个亿修复的喀什古城。面貌是修旧如旧，生活却已焕然一新。来到艾提尕尔清真寺门前广场，我立刻融入了一派欢乐祥和的景象中。衣帽严实的老人（基本上是老大爷）扎堆倚靠或坐在花坛边，借着太阳最后的暖力，聊着或发呆着。过往的人们步履透出丝丝悠闲，游客则免不了咋咋呼呼地摆出各种姿势拍照。穿着校服、戴着红领巾的孩子们最是闹腾，放了学也不急着回家，聚在一起闲话时还要动手动脚、推推搡搡。有两个十岁左右的，也不顾人来来往往，就地扔了书包踢起球来（我还帮他们捡了一次球）。这么有滋有味地看了好一会儿，我才转身向老城那家著名的百老茶馆走去。

刚走近吾斯塘博依路中段的那家茶馆，就听见热烈的音乐和歌声阵阵传来。拾级而上到二楼大茶厅，果然看见一群维吾

141

尔族老人聚在左手边长长的地炕上吹拉弹唱。我没有擅自进入，因为感觉气氛有变化，原先那种周围居民扶老携幼来此饮茶吃馕、听曲闲坐的场面不见了，现在明显是以接待旅游者为主，价格也好像不再那么亲民。我在门口拍了几张照片就赶紧走了，以免落下"蹭看"表演之嫌。出门后又有点遗憾地发现，老茶馆旁边曾经见过的那个很有架势的缸子肉摊，熄了灶火，没了营业的迹象。走过几个门面，那家任客人在门口以床代炕坐着喝茶吃馕的小店，几张铺上垫子就是炕床的床架上，积了些灰尘和枯叶。

好在走出不远，接连在几家餐厅门口看到了热气腾腾的缸子肉茶馆。其中一家名曰"美丽的心"的，开在深巷里，却是顾客盈门。十几位维吾尔族老汉不怕天冷，宁愿坐在外面吃喝闲话。整整一面墙上涂满了五彩的标语，多是赞誉喀什美食的，其中醒目竖写的两句有意思："抓饭烤肉拉条子，喀什入门三件套"，"允许尝过喀什美食的人先富起来"。说得真有气势！这或许又是一家网红店。

四年前到古城时，因为是随队而行，只匆匆走了一条主街，走马观花的印象不深。此次重到，我特地钻进那些旁枝岔路，随心所欲地东张西望，体验古城的绵长和幽远。那些街面的楼宅，都以深浅不一的褐色、红色来涂饰，显出浓烈的地域风采，门窗和立面往往精雕细刻，并用木车轮、珍宝箱、葫芦串等日常生活物件来装饰，让人颇感新奇！连绵的货铺百物杂陈、满目琳琅，尤以卖各种食品的摊位最为气派，我用打油诗喻之：馕饼堆叠一竖阵，果干铺陈一片云。一位大妈大衣绒帽裹得严严实实地坐着看摊，抬头看到我正举着手机踅摸镜头，马上露出了慨允的微笑，我马上按动快门。热闹的街面店铺背后，常常就是悠长、曲折也有些逼仄的巷弄，让人很想在里面漫无目的地逛下去，又怕迷失了方向，或者惊扰了那份僻静。我还穿过了一条特色民居紧连的民宿街，感受到它对游客的特殊吸引力，待到与同伴们会合时，得知有一位前两年自己来喀什时，还在那里住过。

听大家各自讲述在古城中散游的经历，深感自己错过了难得的一幕。原来，当我独行于那几条窄街长巷时，几个结伙的同伴在大街上遭遇了两位热情、可爱的维吾尔族小朋友，彼此攀谈起来。两位看到同伴刚买的礼物、一件小手鼓，就接过去，轮流敲奏起来，一招一式都让人感觉颇得家传。后来，看到围拢来看热闹的人多起来，他们兴致更高，更是一人打鼓一人舞蹈，转成一圈，让同伴们着实享受了一番。我看了照片和视频，后悔自己当时自由主义作祟离了群。

七天的冬访喀什，无论是在城区还是东行巴楚、南登帕米尔，我们都幸运地"遭遇"晴朗，气温虽低，太阳却暖力十足，让携行的厚厚冬装，有好几件根本没派上用场，反成累赘。回到阴湿寒冷中的上海，连着几天听到同伴抱怨：咋感觉上海比喀什冷啊！一天浑身发抖，坐着不动特别冷！看来，大家的心还没回来，还恋着喀什的蓝天丽日。我自己的心情，也可以用告别喀什前一晚从微信里读到的新疆作家老来的两句诗来概括："在我还没有离开，思念就已经开始了！"

喀什散记

简 平

胡杨庄园

有句话说，不去喀什等于没去过新疆，而到喀什不看胡杨则等于没到过喀什。喀什的胡杨林是名声在外的，泽普、巴楚、伽师、岳普湖、麦盖提……都有大片大片的胡杨林，非常壮观。胡杨在维吾尔语里称"托克拉克"，意为"最美丽的树"，有着"生而不死一千年，死而不倒一千年，倒而不朽一千年"的美誉。

2023 年 11 月底，上海作家协会一行前往新疆喀什地区，开展"文化润疆"工作，作家们去的第一站是巴楚县。由于我先去宁夏参加陈伯吹国际儿童文学奖西北行活动，所以错过了巴楚。等我从银川经乌鲁木齐深夜飞到喀什，作家们还在那里采访，他们去了当地的乡村、学校、医院、产业园区、市民中心，忙里偷闲还去观赏了胡杨。

巴楚的原始野生胡杨林散布在叶尔羌河中下游，是世界上最大的胡杨林分布区之一，是紧连塔克拉玛干沙漠的一片不可多得的天然绿洲。巴楚胡杨林枝繁叶茂，深秋时节一片金黄，景色迷人，自然也是我所向往的。但是，按照行程表，作家们将于次日下午从巴楚返回喀什市，而如果我去巴楚看胡杨，坐车单程就得四个小时，我与大队人马就无法集合了，而那天下午在喀什还有一个重要会议。显然，我是不可能去的了。不过，我有一个上午的时间呢，于是，我突发奇想，喀什市区附近还有没有别的胡杨林呢？

一问当地旅游公司前来接机的小王，还真有，那是阿克陶县的胡杨庄园，离喀什城区不远，是新开发的一处看胡杨林的景区。于是，我立马决定前去一游，以弥补到了喀什没有看成胡杨的遗憾。

我跟小王说，我就租您的车吧，您带我去一次那里。我算了一下时间，必须上午九点就出发。小王显然犹豫了一下，不过还是答应了我。

第二天上午，我准时在下榻的南疆环球港国际酒店门口等候小王，这才发现外面一片漆黑，原来天还没亮呢，怪不得小王有些犹豫，或许平时这时候他还在睡梦中哩。

我们的车穿过迷蒙的夜雾疾行，一个多小时后到达胡杨庄园时，天色已亮，我一下车，满目尽是胡杨树，这些胡杨树被早晨的阳光涂镶上了一道道金边。

没想到，阿克陶胡杨庄园给了我很大的震撼。

不同于巴楚的胡杨林，阿克陶胡杨林除了自然生长的部分，位于依也勒干村的三千余亩胡杨林，系 20 世纪五六十年代人工种植的。事实上，胡杨是荒漠地区特有的植物，耐寒、耐旱、耐盐碱、抗风沙，有着很强的生命力。成片的胡杨林其首要作用在于防风固沙，创造适宜的绿洲气候，形成肥沃的森林土壤，为农牧业发展提供天然屏障。依也勒干村紧靠沙石戈壁滩，时常遭到大风、沙尘暴的侵袭，村民生活备受影响。当年，担任乡党委书记的何良岩团结各族群众，发愤图强，植树造林，用愚公移山般的意志历经十数年，终于建成了这一片傲然屹立的胡杨林，有效地保护了村庄和耕地，极大地改善了脆弱的生态环境。

我看到一棵有着三个树杈的挺拔的胡杨，村民告诉我，那是 1956 年，头顶草帽、挽着裤腿的何良岩带领大家种树时，对身边的维吾尔族村民买买提明·亚森和柯尔克孜族村民阿纳亚提·克热木提议道："刚好我们三个民族的兄弟们在一起，何不栽一棵民族团结树呢？"大家齐声赞同，小树苗就这样种下去了，谁也没想到，经年累月后，这棵树非但茁壮成长，还奇迹般地分出了三个树杈，犹如三个人的化身。当地民众至今还对将一生奉献给这片土地的何良岩称赞不已，由于汉语发音不准，他们将"何良岩"读成了"海良"，习惯地叫他"海良书记"。何良岩去世后，根据他的遗愿，他就长眠在了这片胡杨林中。

我前去胡杨庄园时，小王一边开车，一边帮我联系了胡杨庄园的经营管理方，因为我想多了解一些情况。

接待我的是阿克陶县帕米尔之星旅游发展有限责任公司经理任登平，另一位则是公司在当地聘请的副经理、柯尔克孜族的大学毕业生买吾兰。

他们向我介绍说，为了继承和发扬何良岩胡杨般坚忍不拔、扎根边疆的精神，依也勒干村决定建立胡杨庄园，这里和别处不一样，不仅是胡杨林旅游景区，还是一处红色文化教育基地。

2021年，自治区纪委监委驻村工作队抓住胡杨林生态环境整治契机，立足村情实际，认真调研乡村旅游发展前景，根据依也勒干村距离阿克陶县城近、辖区村民多、全乡范围内缺少大型农家乐等情况，与帕米尔之星旅游发展有限责任公司达成长期合作协议，发挥该公司主业优势，加上何良岩事迹展示，创建了胡杨庄园。

胡杨庄园真的好大，出乎我的意料，还有一汪浩渺的湖水，高高的胡杨和秀美的凉亭倒映在湖面，让天空都格外开阔了。任登平介绍道，胡杨庄园占地面积一千五百亩，总投资约二千万元，于2021年9月投入使用，有餐饮毡房、住宿木屋、表演舞台、湖畔乐园，甚至还有动物园，而那个极具民族风格的餐饮毡房可同时容纳三百人用餐呢！

我走过绿色大棚、鱼塘、养殖场等区域时，我问道："为什么在景区里还要建设这样的农业项目呢？"

任登平回答说："这是出于充分利用土地，大力发展乡村特色农业种植的考虑，大棚里主要种植甜瓜、羊角蜜、草莓、西瓜等，同时也种植玉米、小麦、苜蓿等，不仅要让游客体验采摘的快乐，也要促进当地经济的发展。现在，胡杨庄园的建设带动了当地村民就业，同时通过分红的方式增加了村集体收入。"怪不得这里所有的工作人员都是依也勒干村的村民。

我在胡杨庄园游览了两个多小时，在回喀什的路上，我想，自然风景当然是美的，但如果注入了人文情怀，那会更加光彩靓丽。

文学情愫

离开胡杨庄园，我回到喀什市，正好与从巴楚返回的大队人马汇合。当天下午，我们与喀什地区文联、作协举行了一次座谈会，除了喀什市，来自上海对口支援的巴楚、叶城、泽普和莎车四个县也都派出了作家。

这次会议让我感触很深。

确实，文学没有地域界限，在任何地方，不管社会、时代发生多大的变化，文学永远是人们需要的，而许多作家不论身处何地，始终都在坚守写作。

那天，喀什地区作家协会顾问、喀什市作家协会名誉副主席潘蒙忠也来了。没有想到，他居然是"正宗的"上海人，出生于浦东的川沙，至今依然清晰记得小时候那辆从高庙到祝桥的上川线上的小火车。

潘蒙忠的写作始于上海，始于少年时代。他的父亲原是上海一家沪剧团的编剧，喜欢写写画画，说说唱唱，他从小耳濡目染，也喜欢上了写作。在上海读中学时，他最喜欢的就是写作文，他的勤奋开始有了收获，多次在《少年文艺》《青年报》等报刊上发表。

1964年，十八岁的潘蒙忠高中毕业后，怀着年轻人的一腔热血，离开上海去支援新疆建设，并从此在喀什扎了根。隆隆的火车伴着他的理想一路西行，那理想中就有着对文学的追求。他梦想成真，从新疆生产建设兵团三师四十九团到《喀什日报》，再到喀什地区广播电视台，他一直都从事文字工作，写新闻，写报告文学，写散文，真正做到了初心不改，用他自己的话说，"一生就做一件事——写作"。

其实，在喀什进行文学创作条件是艰苦的，且不说文学资源了，当年即使买本书都不容易。有一回，潘蒙忠听朋友说一家书店刚进了一本作家谈创作的新书，他赶了二十里路才把书买了回来。

对于创作，潘蒙忠始终怀有敬畏，认为必须用耳朵听，用眼睛看，用笔记，用心悟，深入火热生活，感受百姓心迹冷暖，这样才能写得栩栩如生、感人肺腑，才能让读者喜欢。有一件事很富传奇性。那天，为了写一篇报告文学，因文中的主人公在羊圈工作，他想把细节写得真实而生动，有现场感，所以真进了羊圈，不料，一条牧羊犬冷不丁地从他身后猛冲过来，将他扑倒在地。牧羊犬对生人可是毫不留情的，在这千钧一发之际，潘蒙忠用双手紧紧掐住牧羊犬的两腮，最后奋力将其制服。这事儿一传开，人们觉得不可思议，一个人怎么会为写作如此拼命？

如果说上海让潘蒙忠的文字染上了江南的轻盈和温婉，那么，喀什则赋予了潘蒙忠的文字以浑厚和辽阔。所以，对潘蒙忠而言，喀什不仅是生活中的第二故乡，也是文学意义上的精神故乡，他无法割舍，也不会割舍，如同他的散文已经将轻盈和温婉、浑厚和辽阔交融在了一起，形成了自己独特的风格。我读了他写的《石榴花盛开的地方》《美丽的叶尔羌，西域的母亲河》《莎车：一个距今五百年的传奇》等散文作品，我相信若不是在这里长期生活是写不出来的，因此，这片土地给他的文学创作提供了更为丰厚更为扎实的天地。

的确，潘蒙忠对喀什充满了挚爱，正是这份挚爱让他一辈子都不想放下笔来。我想，既然文学是一种坚守，那么，就可以理解潘蒙忠为什么最终选择永远在这里扎下根来。

那天，在出席座谈会的名单上，我看到一个名字——安康，她是泽普县作家协会负责人。

安康那天是坐了近三个小时的车前来开会的。

其实，安康是个笔名，她本名叫郭晓霞。

郭晓霞也是年轻时从江南来到喀什的。她是江苏徐州人，也是在徐州上的大学，专业是美术，专攻国画，正所谓艺术是相通的，她同时也喜欢文学，喜欢写作。二十五岁那年，她大学毕业后，因男友在新疆当兵，她为了爱情追随了过来，然后就在喀什安了家，都二十多年了。现在，她在泽普县第二小学教书，业余时间，则用"安康"的笔名进行文学创作。

郭晓霞写的散文《梦在前方，路在脚下》曾获得过喀什地区的一个文学奖项，她在文中叙述了自己二十多年来在喀什的工作和生活，从公司职员到人民教师，并对喀什有了深切的认知。文笔朴实而真挚，确如她所说"有感而发"，"我手写我心"。

座谈会上，郭晓霞作了发言，除了介绍泽普作家们积极的创作状态和当地开展的文学活动情况，她也谈到了一些困难和瓶颈。比如，她说到巨大的生活压力，"使得大多数人忙于生计，没有时间去从事文学创作，或是在创作上缺乏持之以恒的动力；

同时，碎片化的时间使得写作显得浮躁，没有想要脚踏实地创作经典的心力"。其实，我觉得这不仅是泽普作家面临的问题，也是众多作家所面对的。郭晓霞的话让我很有共鸣，她说："当下，文学不单单是表达个体经验，也应直面群众和时代，这是文学的思想精神的价值所在。"

散会后，郭晓霞与我继续作了交流。因为她既是老师，又是作家，所以，对喀什的中小学生在文学阅读和写作上的情况了解得比较透彻。她说这里的学生主要还是阅读量不够。这个"量"不单单是指数量，更是质量，尽管各个年级都有教育部指定的必读书目，但因缺乏引导，导致学生阅读质量不高，理解不深入，浮于表面，因而印象不深，读过即忘，难于吸收消化，激发不了内心的共鸣和感悟，对写作也帮助不大，掌握不了写作的"奥秘"，感受不了写作的乐趣，因此学生提不起写作的主动性和积极性。

郭晓霞与我聊天时，说了这么一句话："都说我们泽普的胡杨林美，如果能赋予文学的光泽，那会更加耀眼的。"

是啊，胡杨林不就是童话里的世界吗？要是把文学更多地带给这里的人们，尤其是孩子，那不是一件美好的事情吗？

我想我应该做点什么。

线上暖流

那天的座谈会上，喀什的作家们都希望借助上海的文学资源，推动当地文学事业的发展，他们言辞恳切，提出了不少"愿望清单"。

的确，上海的文学资源比较丰富，所以，在"文化润疆"方面理应承担更多的责任，不过，不少具体的事情是需要从长计议的。

那天，我在座谈会上介绍了上海儿童文学方面的情况。上海历来是儿童文学的重镇，在创作方面，作家队伍整齐，发表园地也富足，适合从学龄前到青少年阅读的报刊众多；在阅读推广和文学新人培养方面也做得风生水起，我自己在学校、社区、图书馆、书店等举办的针对孩子"阅读与写作"的活动总是场场都很热闹，受到孩子及其家长的欢迎。我愿意为喀什的孩子开设线上讲座，我觉得这倒是可以立即做起来的事情。

座谈会一结束，带队的上海作协副主席王伟、薛舒就向我介绍了前几日他们去过的巴楚小胡杨社会发展促进中心的情况。

具体对口支援巴楚县的是上海市静安区。

2017 年，作为上海援疆品牌项目"小胡杨实践基地"正式成立；经过几年发展，2020 年正式挂牌成立为巴楚县第一家民办非企业组织——小胡杨社会发展促进中心；2023 年，又继续成长为可以参加社会公开招标，独立承接执行项目的社会组织，并于当年 6 月获评为新疆维吾尔自治区民族团结示范单位。

"小胡杨"这些年来踏踏实实地工作，得到了巴楚各界的认可和赞扬。

我读到一份"小胡杨"2023 年度系列活动项目总结报告，其中写道：

"请进来"——根据上海市对口支援新疆工作要求，培养一支"带不走的人才队伍"。"小胡杨"积极对接外部资源，邀请静安区社会组织、传统文化、心理健康、家庭教育、青少年社团、文旅文创等各方面的三十五名专家赴巴楚开展交往交流交融项目，面向"小胡杨"志愿者及巴楚县不同领域、不同职业的群众开展专业化指导培训及交流观摩，受益人数达两千六百余人。"小胡杨"还邀请静安区社会组织在巴楚开展静安对口援建公益服务，与小胡杨社会发展促进中心签订"微草项目实践基地""守卫未来"等合作项目，结合静安区各方力量向巴楚县捐赠儿童绘本、防寒衣物、幼儿奶粉等各类物资，价值共计四百五十余万元，受益人数达一万五千多人。

"走出去"——"小胡杨"着力为巴楚县培育一支掌握一定业务素质、具备自主自发精神的志愿者团队。2023 年，组织巴楚县二十二名青少年及不同领域的五十一名志愿者分四批次前往上海接受系统专业培训。通过赴沪交流，巴楚县青少年接触到更广泛的信息和资源，了解不同的文化和生活方式，从而开阔视野、增长见识，让他们在不同环境、不同实践中得到成长和完善，提高自己的综合素质和竞争力。同时，提升"小胡杨"志愿者团队实操技术，取得从事专业教育及服务工作的国家公认资格业务水平，以更好地弘扬传统文化，更有力地助推民族文化交流交融，更有效地增进边疆少数民族群众的国家认同感与文化自信。

"本土化"——通过进学校、进乡村、进社区等方式举行一百余场主题活动，开展社会爱心物资捐赠、慰问等各类关心关爱帮扶工作，受益人数达一万五千人，为三百户困难家庭捐赠物资六万余元。面向巴楚县群众进行心理疏导工作，开展心理讲座、团辅、个案活动五十余场，受益人数达三千余人。对外承接2023年中央专项彩票公益金支持青年社会组织服务社区"伙伴计划"示范项目，新疆维吾尔自治区妇女联合会文化润疆进家庭·农村妇女素质提升项目——家庭教育指导服务站运营管理工作，2023年"未爱联盟，安全守护"巴楚县未成年人保护关爱所建设试点项目，累计服务一百余场，服务时长二百小时，服务人次三千人次，发动志愿者一百人次，活动满意度百分之百。另在周末开设微笑图书室、古筝、书法、柔术、科普、茶艺、手工制作、机器人编程等公益课程。在寒暑假开设硬笔书法、围棋、心理咨询、小小创客（STEM 课程、VR 体验）天文特色课程、机器人编程、绘本阅读、非遗手作等各种课程，受益人数达二万余人。

小胡杨社会发展促进中心被当地民众亲切地称为"市民之家"。操持这个"市民之家"的人员中，有一位来自静安区的年轻的援疆干部米长亮。

我把自己想在"市民之家"做个公益亲子阅读讲座的想法告诉了米长亮，他一听，正好与"小胡杨"开展的"童年写作"活动相匹配，于是，我们一拍即合。

米长亮是位有实干精神的人，有着很强的组织能力和行动能力，他很快就安排我 12 月 16 日在"市民之家"举办一场《亲子阅读是共同的成长》线上讲座。

我们约定上午 10 点半开讲。

10 点 10 分，米长亮发来了"腾讯会议"房号密码，我输入后解除静音、开启视频，遥远的想象中的"市民之家"立刻出现在我眼前，竟是那么近在咫尺而又鲜活生动，虽然我不曾去过那里，但一点没有陌生感。我看到一号楼的大房间里已有一屋子的学生和家长在等着我了。我刚开启对话框，瞬间孩子们的问候像潮水一般涌来——

热萨莱提·艾山：老师好！

吾买尔·牙库甫：老师好！

热伊麦·麦吉提：老师好！

木妮热·艾沙艾力：老师好！

艾克拜尔·阿布都外力：老师好，您冷吗？

海热古丽：老师，您今天会讲啥？

苏美娅亲努尔：老师，我读四年级。

阿卜杜克尤木·木沙：老师，我上网查了下，您以前生过大病啊？

……

确实，那天巴楚和上海都很冷，但这样的气氛却是暖融融的，让人如沐春风。

我整整讲了两个小时，不仅是在"市民之家"的四十多个孩子和家长，还是在线收看的一百位观众（由于那天腾讯会议设置了上限一百人参加，以致很多观众未能进入，主持人不断地打出文字："会议人数有限，已超过一百人了，无法再加入，抱歉！"），都十分踊跃，不断地与我互动，大家都认同亲子阅读可以增加家庭教育的内容，营造温馨的家庭环境，同时父母与孩子之间可以增进沟通，共同学习，一同成长。

我讲完之后，还有很多孩子和观众不断提问，我一一回答，结果欲罢不能，不知不觉间，又半个多小时过去了。

紧接着，三天之后，也即 12 月 19 日，我在泽普县第二小学又做了一场文学讲座。

在这之前，郭晓霞给我发来微信，希望我能为她所在学校的师生做个文学阅读和写作的培训，她将这事跟学校作了汇报，学校领导非常重视，让校长阳红艳直接与我对接。

阳红艳与我确定了首次讲座的主题和讲座时间，她告诉我说，到时候，设一个主会场，有一个班级的师生在那里听讲并与我互动，与此同时，在全校三十六个班级使用"班班通"进行直播，也就是说，到时会有一千七百多名师生在线。有意思的是，阳红艳说机会难得，所以，她特地申请会议的时间是下午 4 点到 7 点，有三个小时。她说："时间设得长一点，不耽误您发挥。"

12 月 19 日下午 4 点，主题为《阅读给我们的成长增添翅膀》的公益讲座准时在泽普县第二小学开讲。

考虑到全校学生集体收看，我必须兼顾低年级、中年级和高年级所有的同学，因此，我用讲故事的方式，讲解经典绘本和经典儿童文学名著，以此激发学生们的兴趣，同时考虑到对他们的写作有所帮助，还从"阅读是一种探险"入手，给同学们讲授在文学阅读和写作中如何探取和运用细节，使整个讲座除了引导，也有务实的效用。

没有想到，讲座同样延续了两个多小时，一气呵成。

郭晓霞带的班级是三年级，是在教室里看的直播，她告诉我说，其间有孩子憋不住得上厕所，但他们风风火火地离开，又风风火火地回来，生怕遗落太多有趣的讲述。

讲座一结束，郭晓霞即向我反馈信息："现场效果挺好，以前没有这方面的培训讲座，所以学生们听得津津有味，您通过举例讲作文应该立足于生活，从生活细节去发现、去感悟、去认识，这对孩子们很有启发，其实学生在写作文的过程中就常常遇到对身边生活细节不甚了了的情况。感谢您给孩子们带来了一堂有关阅读和写作的饕餮盛宴。"

当天晚上，阳红艳也发来反馈的微信："听老师们反映，学生都听得很认真，结束后还都在讨论您提到的阅读细节、写作细节呢。语文老师结合五年级上册第八单元的写作，安排了同学们今天的练笔，写听后感……"

距离那次座谈会仅仅半个月，我便完成了两次线上文学讲座，并得到认可，这让我感到很是欣慰，我对"小胡杨"的米长亮说，我希望这只是开始，我想让更多上海的儿童文学作家参与进来，将这样的文化润疆工作持续下去。

这是我的心里话。

与喀什的结缘，让我从此以后有了一个牵念的地方。

如今，我常常会想到喀什，那些或是倒映在湖水中，或是奋力向着天空伸展的一片片胡杨林，已在我心里扎下了根。我觉得，喀什的胡杨其实也是对文学的一种阐释。有道是"不识喀什胡杨，不知生命之辉煌"，而生命正是文学的永恒主题。

上海来的眼科医生

李　鹏

"手术摘除了浑浊的晶状体，就像照相机没有了镜头，无法看清物体，因此需要放一个人工晶体进行光学矫正……翼状胬肉是睑裂部球结膜与角膜上一种赘生组织，如果覆盖至瞳孔区会严重影响视力，甚至失明，药物通常只能起到润滑和缓解炎症的作用，所以手术仍是治疗的主要手段。"

2023 年 6 月 6 日是第二十八个全国爱眼日，巴楚镇幸福园社区，眼科医生房召彬正在科普防盲知识，台下坐着六十多位早已等候的维吾尔族中老年人，这是上海静安区援疆医疗队为居民进行的义诊和普查活动。按照习惯，讲座结束后，他和上海来的骨科、心内科、儿科、中医科等医生开始为居民问诊，并根据不同状况给出治疗意见，有的还会开具处方或发放药品。

"上海的医生们来了，我们在家门口就能看病，不用花那么多冤枉钱去遥远的大医院了！"听到群众的认可，房召彬心里一阵暖洋洋的，他觉得这里的人是这样直爽，像清澈的河水一样能望到底。全家老小坐着卡车、三轮车，或者赶着驴车，从几公里甚至几十公里外赶来义诊，这是他到新疆这一个多月经常看到的事。

进入6月份，南疆的沙尘天气虽然少了许多，但因为义诊经常一整天待在户外，房召彬和医疗队的同事们还是晒黑了不少。如果不是穿着白大褂，他们和当地人已经没有什么区别。义诊一天下来，接待几百位患者都是正常的，有时候甚至饭都来不及吃。虽然还在慢慢适应这里的生活，但说到来援疆的感受时，房召彬认为眼前的这点辛苦根本不算什么，"让维吾尔族同胞不出家门口就能享受上海的医疗服务，感受祖国大家庭的温暖，他很有成就感"。同时他还说，比起那些献了青春献子孙的兵团人，那些长期奋斗在这里的边疆干部，他们做得还是太少了。

房召彬来自上海北站医院。2023年4月初，正值全国打响更好建设美丽新疆的关键时期，医院党委决定派他去喀什挂职，参加为期一年半的医疗支援工作。房召彬清楚，历年参加援疆医疗队的医生，都是各个医院的重点培养对象或业务骨干，这证明他的个人业务能力得到了组织的认可。可是到边疆毕竟是一次遥远而陌生的考验，他专门去请教了有援疆经历的同事，得到了宝贵的经验：那里位于塔克拉玛干沙漠边缘，属于干旱荒漠性气候，降雨量极少，每年的 3 月到 6 月是沙尘暴经常光顾的季节；太阳要到晚上 10 点才落山，紫外线强，是白内障和翼状胬肉的高发地区，眼科医生在当地非常稀缺。情况虽然比他预想的要复杂得多，但他内心更多的是一种跃跃欲试的渴望，第二天他就向院领导表达了自己的想法："支援新疆是重任也是挑战，我会好好珍惜这次锻炼的机会。"

春寒料峭中，房召彬告别上海的家人，踏上了前往喀什的飞机。刚落地喀什，新疆的沙尘天气就给他们来了个下马威。到巴楚原本三个小时的车程，医疗队走了一个下午，透过车窗，房召彬看到巴楚的建筑隐约都是黄色的轮廓，满天的浮尘笼罩在城市上空，四处灰蒙蒙的。那几天他总感觉嘴里有沙子，甚至躺在指挥部宿舍的床上也能闻到尘土的味道，他切身感受到了历年援疆干部讲的一句俗语：巴楚人民真辛苦，一年要吃半斤土，白天不够晚上补。当时他还以为是玩笑，现在才知道一点不夸张。

巴楚是国家集中连片特困地区、自治区级贫困县，极端的气候也制约着当地的全面建设。早些年医疗条件相对落后，有的病症无法在当地得到治疗，只能转院到乌鲁木齐或其他大城市的医院。大医院不仅床位紧张，而且路途遥远，从巴楚出发只能先坐火车去喀什转飞机，来回至少几千元的交通费是一笔很沉重的负担。因此当地家庭条件差的患者，有的干脆放弃治疗，听天由命。这种状况到了 20 世纪 90 年代开始发生转变，随着上海对口支援喀什的力度不断加大，一批批援疆医生来到巴楚，为当地患者提供医疗服务，改善就医环境，巴楚的医疗水平得到了跨越式发展。

南北走向的迎宾北路是巴楚城区的中心地段，大部分商户和居民楼都沿着这条长度四公里的主干路两侧而建，静安区对口援建的巴楚人民医院就坐落在县城的东北角。房召彬第一次走进医院的时候，感觉这里与上海的医院几乎没什么区别，漂亮的住院大楼镶嵌着白瓷砖，和尘土飞扬的环境形成了巨大反差，门诊的布局也是参照上海医院的模式，这些让他产生了一种亲切的感觉，他没想到在沙漠边缘的县城建有这么好的医院。

房召彬被安排担任眼科副主任。很快他就发现，眼前的患者虽然触手可及，可他们口中如同天书般的语言却令他有点束手无策。上班后，一旦遇到高鼻梁、凹眼睛，头戴小花帽的维吾尔族男子或者头戴围巾、穿长裙的维吾尔族妇女来就诊，他的旁边就要有接受过双语教育的医护人员当翻译，语言不通的难题困扰着他。房召彬很着急，想与患者准确地沟通病情，需要尽快攻克语言关，他开始利用碎片时间学习维吾尔语。房召彬先是向维吾尔族同事请教简单的问候语，并用拼音或汉字标注在本子上，想不起来的时候，就拿出来看两眼，对医生和患者的维吾尔语名字也进行反复练习，像小学生一样从零开始。

一个汉族援疆医生会用"亚克西姆塞斯（你好）"打招呼，让患者们很意外，虽然觉得他的发音还不够标准，但和过去接触过的医生有明显的区别，心中自然产生对他的亲近感。有一位病人曾和他开玩笑，"房医生，看你外表不是维吾尔族人，但听你说话，就好像到了我堂哥家。"房召彬幽默地回答："维吾尔族人流淌的是中华民族的血液，我们就是兄弟，我们是来自一个大村庄。"

房召彬所在的巴楚人民医院不只为县城区域患者医治，还承担着下辖十二个乡、镇及建设兵团疑难杂症患者救治的重任，是方圆两百公里的"巴楚大村庄"唯一的二甲医院，最好的医疗救治中心。

入秋后的一天，他接到急诊科的紧急电话，一位维吾尔族中年男子在干活时，不慎将异物溅入眼中，流血不止，急需会诊。他赶到了急诊科，经过眼眶 CT 及眼部 B 超查看，房召彬迅速做出判断："一枚长约三毫米的金属丝位于左眼眼颞侧眶内，要尽快手术，否则会造成进一步感染的风险。"

"眼眶内取金属丝？那可是在眼睛上动刀子。"患者的家人十分紧张，"这个手术安全吗？"急诊科医生也悄悄地提醒房召彬："我们以前没做过这种手术，以往这种情况都是要转院处理。"

作为眼科医生，房召彬有着十几年丰富的临床经验，只要站在手术台前，他就是操刀好手，能把病灶干净利落地剔除。现在遇到的这例急诊，难度确实比较大，但是过去他在北站医院做过类似手术，这次尽管远离上海，他同样有信心。他给自己暗暗鼓气，上海医生支援新疆不就是要在这种"刀刃"的时候站出来吗？如果因害怕担责任而放弃这次手术，这么多年积累的技术跟放在"保险柜"里有什么区别。他冷静地对病人家属说："请放心，我心里有数。"

外科医生是治病，麻醉师是保命，手术无论大小，能否成功都和麻醉师用药经验有着很大的关系。为了确保万无一失，医院特意安排了一位工作多年的麻醉师与他配合，又派了两名维吾尔族医生协助。手术中因异物非常微小，采用一般手段探查取出难度大，房召彬根据患者的 CT 表现，用上了提前准备好的秘密武器——磁铁，他将消毒好的小型磁铁缓慢放在伤口处，用手感受有磁性引力部位，果然金属丝很快找到了，并被顺利取出。

房召彬从手术室下来时，迎接他的是患者亲属们感激的目光，他们拉着房召彬的手一个劲地说："热哈麦特（谢谢）！""热哈麦特！""上海医生，亚克西（很好）！"房召彬也很高兴，他第一次有了做援疆医生的自豪感。

房召彬做成了别人没有做过的事：这是巴楚县人民医院实施的首例眼内异物取出术，他开了先河。这件事情在巴楚县很快就传开了，上海来的眼科医生成为医院的招牌，慕名来就诊的患者多了许多。

但房召彬很清楚，只有让更多的病人在家门口得到救治，才算"治本"援疆。他不仅用先进的医术为当地患者解除病痛，还在科室中起着传帮带的作用。刚来人民医院眼科的时候，房召彬就注意到这里的设备基本齐全，眼科 OCT 也有配备，但他也发现，当地的医生使用设备辅助诊断是一项比较突出的短板。为此，他制订了分层次的帮带计划，从最基础的理论抓起，他把自己多年从业经验和平时整理的手术资料做成了课件，系统地为科室医生进行培训。从研读影像技巧，到手术的基本思路、注意事项等方方面面反复讲解，直到他们搞懂为止。他还带着当地眼科医生一起看门诊，做手术，直到他们可以自己完成显微手术，实现从请外院专家到独立开展常规手术的转变。

让房召彬欣慰的是，每当遇到专业上的困难，向上海的眼科专家们请教时，都能得到指导帮助和支持。北站医院眼科肖明主任是房召彬在上海时的科室领导，她专注于青光眼的临床工作已近三十年，是该领域的资深专家。为了帮助当地医院培养出一批自己的专家团队，进一步促进眼科医疗水平，房召彬邀请了肖主任带队的静安眼科专家团来巴楚县人民医院开展学术交流和义诊普查，通过这种全国顶级专家与当地医护人员面对面帮带的形式，用最直接的方法提高了医院的"造血"能力。

2023 年 12 月 20 日上午，房召彬和静安区医疗队的同事们又出发去义诊了。在阿拉格尔乡卫生院，他看到就诊的老乡们早就等在门外，他们像看到老熟人一样，和医生们打招呼。这里几天前刚下过一场雪，看着眼前洁白无比的大地，房召彬感到神清气爽。他还留意到，卫生院的墙上贴着红色的横幅标语"各民族要像石榴籽那样紧紧抱在一起"，映衬着湛蓝的天空，凝重而艳丽。

我的眼里都是你的五彩斑斓

吕　争

　　飞越千山万水，终于来到了我向往已久的南疆喀什。

　　都市嘈杂的车水马龙尚未远去，瞬间就置身于淡黄或浅灰挺拔的胡杨林前，曾经熟悉的静止的美丽画面，一下子变成了可触摸的实景存在，让我惊讶和满足。满眼广袤的金色沙漠、古朴沧桑的古城墙、色彩斑斓四通八达的民居小巷、晨曦中金光闪耀的山脉、行走于玄奘曾经的讲经古道、聆听缓缓流淌于冰川草原间那一股股浅浅的溪流声……当喀什深秋壮美的地域景色一起涌入眼前的时候，我的眼里都是她的五彩斑斓。

　　在这五彩斑斓的风景里，我不仅仅看到大自然的地域之美，也看到东西方文脉的交融之美，更是感受到中华民族文脉的渊源相承。当看到上海援疆人在冰川峡谷库姆沙漠的环抱中，以自己的努力和赤诚奉献之心为喀什百姓服务时，我感动于援疆人的辛勤付出，体验他们与当地百姓难以割舍的友情的那温柔一色。

我的沉浸式完美体验已远远超过出行前的兴奋。

雪山衬托下的阿拉上海"白大褂"

大巴带着我们行驶在千年丝路古道，穿越群山冰峰间的公路上，美丽的湖泊草原尽收眼底。在这山峦衬托下，现代化规模的巴楚县人民医院给我留下了深刻的印象，来自阿拉上海的白大褂们的浓浓沪语，告诉我上海的医生已经完全融入当地的工作和生活。

问：侬是上海啥个医院派过来个啦？

答：我是市北医院眼科派过来个，勒嗨辖搭医院快一年喽。

问：平常辰光病人多伐？

答：伊拉当地居民欢喜吃肉吃老酒，当地水果含糖量又高，乃么容易引起眼疾，碰着有严重病人，阿拉也会马上联系上海个医生及时帮伊拉治疗。

问：离开上海介远，哪想屋里伐？

答：想么总归侪有眼想个喽，阿拉既然来了，就要好好叫做事体，此地真个需要阿拉啊！不过三年个辰光也快来西个。

……

在这里，我们遇见了几位援疆的阿拉上海医生。其实早在20世纪五六十年代，上海已有五万名知青，唱着旋律优美的"我们新疆好地方"的歌曲，来到了新疆工作和生活。1997年，上海选派了第一批二十三名援疆干部，至2023年已是第十批了，共选派了二百四十七名干部援疆。我们到访的喀什地区的巴楚县人民医院，就是上海市政府资助的援疆医院。步入巴楚县人民医院的门诊大厅，高堂阔墙，明亮大气，虽然周边是群山峻岭，但医院的这气势氛围和上海的大医院毫无区别。大厅墙上"上海援疆专家宣传栏"特别醒目，宣传栏非常详细地介绍了曾在医院工作的每一位上海援疆医生的姓名、照片、专业、科室等，一目了然，他们都是来自上海各大医院的一批批骨干医生。陪同的院长问大家是不是感觉眼熟？他介绍说，当初医院建设的整体建筑设计方案，完全按照上海瑞金医院东院的设计版本进行，当年瑞金医院得知巴楚县人民医院为建院筹资发愁时，果断决定免去医院建设的图纸设计等几百万的费用。院长非常感慨地说道："医院今天的成果，真的离不开上海市政府的大力支持，离不开上海瑞金医院、上海市北医院等各医院的大力支持。"医院的各项设施配备，得到了上海专家的积极指导，无论硬件条件还是软件管理，都离不开上海的大力支持。我们需要在培养当地医护人员上下功夫，特别是遇到疑难杂症更是如此。据来自上海的医生介绍说，现在医院除了普通门诊，还开设有专家门诊，努力为当地居民服务。医院还定期选送医生来上海进行业务培训，对提高医院整体的医疗水平起到了积极的作用。看着人来人往的就医大厅，脚步匆匆忙碌的医护人员，由衷为阿拉上海医生点赞。

巴楚博物馆的文脉亮色

博物馆是让后人了解历史照亮现实和未来的一扇明镜。想要了解一个地方的文化和历史，该去当地的地方博物馆看看。巴楚县博物馆是上海援疆润疆文化的重点工程，被誉为巴楚中华文化的新地标。

巴楚有文字记载的历史始于汉代，早在汉宣帝时就已在巴楚设立了"西域都护府"，对新疆实施管辖权。巴楚地区自古融有中原华夏文明，是东西方文化交汇和商贾云集之地。在去巴楚博物馆的路上，我想象着一个西北边陲的地方县城博物馆会是一种怎样的展陈风貌？来到博物馆的建筑前，还是感叹其现代的建筑设计理念和巴楚地域文化的高度融合，看到了文化润疆的丰硕成果。

博物馆选址在巴楚境内的托库孜萨来遗址上建造，是有其深刻含义的。四千九百平方米建馆工程采用的是全钢框架体系装备的建造。博物馆的设计理念，融合了长城、烽燧、汉唐木构建筑及当地民居等要素，充分结合现代的展陈设计，让人过目不忘。步入展厅，巨大的展示屏幕以金黄胡杨林作背景，烘托西北地域特色。博物馆的地貌立体模型通过现代化的灯光布置，聚焦和展示了巴楚自古以来的历史发展、自然地貌与文化遗存。年轻美丽端庄的维吾尔族讲解员用标准的普通话给我们介绍了巴楚的四大特色，即古丝绸之路的重要驿站、丝路北道佛教传播的重要途经点、中国共产党人早期在新疆革命活动地、践行胡杨精神和兵团精神的一片热土。展品中的"司禾府印""汉归义羌长"铜印等许多珍贵的国家一级文物的展示，充分体现了让文物说话的展陈理念。唐代龟兹文木简、唐代刺绣对孔雀纹梳袋、唐代泥塑佛头、石膏浮雕神像及宋代流圆口小陶瓮等文物的展示，重现了汉唐文化与巴楚商贸重镇的兴盛往来。展陈通过文字和图案、实物等用历史主线条清晰说明，生动明了。这个独特的文化地标，自开馆后，吸引了来自全国各地和新疆本地各界无数的参观者，我们似乎感受到了穿越汉唐巴楚的土壤，感悟中华丝路文化的情感。

在公元前 1 世纪，佛教就传入了新疆地区。巴楚县正位于佛教传播的要道上。在帕米尔景区，千年风沙遗留断壁残垣的佛洞让我震撼，想象当年有许多僧人到此传经。在曾经的丝绸古道上行走，群山起伏延绵间的千年佛洞依然清晰可见，在这散落的石头上，竖了块"玄奘讲经处"牌子，玄奘曾在这里写下"从此东下葱岭东冈，登危岭，越洞谷，蹊径险阻，风雪相继，行八百余里，出葱岭，至乌铩国"的文字。虽然此处只剩下破败苍凉，但还是让我浮想联翩。这就是中华民族源远流长的共同体历史命脉的充分体现吧。

巴楚人念念不忘的第一任共产党员县长

巴楚曾是中国共产党人早期在新疆革命的活动地。在巴楚县党群服务中心、活动中心和巴楚县青少年活动中心的展示厅，我对这句话有了更深刻的理解。

展示厅的墙上，展示了为巴楚做出杰出贡献的个人图片介绍，陪同的巴楚县文联主席指着一张介绍李云扬的照片深情地说："他的名字已深深地留在每一位巴楚人的心里了。作为一名曾经留学日本的广东人，1938年3月他受党中央派遣到新疆工作，是延安派往新疆工作的第一批共产党员干部，他真的是把一生都献给了新疆，献给了巴楚。"

中华人民共和国成立后，新疆第一所教育学院的创办者是他；喀什第一任教育局局长是他，在担任第一任巴楚县县长时，为解决巴楚老百姓喝水问题；在满目荒夷之地修建巴楚第一座新疆最大的水库，一举解决了下游农田和巴楚数千人的饮水问题的也是他。李云扬在每一个工作岗位上都勤勉耕耘，新疆人民永远记得这位为他们的生活造福的共产党干部。难能可贵的是他的妻子伍乃茵也放弃了城市优渥的生活，随他结伴而行，一辈子在新疆工作、生活。在巴楚，他们夫妇不辱使命，尽一切力量为当地各族人民谋福祉，深受当地老百姓爱戴。2004年李云扬去世后，他的儿子遵照他的遗愿，将他的一半骨灰埋在红海水库岸畔。2012年，巴楚县在红海水库修建"云扬亭"，建立"李云扬纪念馆"，向人们宣扬他的事迹。我记住了他的名字，感动于他所作的奉献，这种精神是难能可贵的。在新疆，在巴楚，像这样融入当地百姓生活干实事的共产党干部一定还有许多，这也是他们深受当地老百姓爱戴且念念不忘的理由。

不褪色的古城魅力

"不到喀什不算到新疆！"这句话已深入人心。当我来到了喀什，我才理解这句话的魅力，置身于喀什，会为西域民俗的浓浓的烟火气所陶醉。走进每一条四通八达的古城老街巷道，五彩亮丽的民居老屋的围墙，雕刻的图案各不相同，融古于今，极富特色。每一扇门、每一户窗、每一盆花、每一首歌、每一段舞，无不透露曾经的热闹。西域文化的建筑特色，和着现代的流行色，街上嬉戏的小孩、一家家老屋内开设的网红店铺，生意红火的奶茶店，这让我似乎想到了上海石库门里的网红小店。全部采用土块垒起的生土建筑的"高台民居"，既保留了原始的建筑状态，又融入了现代生活方式，是不褪色的古城魅力，是老城的灵魂。

在老城，我遇到了放学后在家门口玩耍的本地孩子，令我好奇的是他们不怕陌生人，遇到游客会主动热情打招呼，他们很乐意跟人交流。在小巷一户家门口摆满花盆的老屋前，遇见两位正在互相背诵课文的小男孩，他们穿着蓝白校服，戴着红领巾，大大的眼睛，高高的鼻梁，长得很俊俏。他们背诵课文时的神情非常专注，似乎已经习惯了小巷里来来去去的游客，看到我，他们报以微微一笑，继续背他们的课文。我听见他们的普通话朗读，也听见他们用当地语言相互交流。至于寻到一家名叫"爷爷的爷爷的爸爸的馕"的网红打馕店铺时，我们居然兴奋不已，围着炉子等着新鲜的馕出炉。刚出炉子还烫手的馕，嚼在嘴里香韧有嚼劲。在喀什夜市享用晚餐，各式店铺热闹非凡，商品琳琅满目，各种新疆特色美食看得我眼花缭乱，有点无从下手。印象深刻的还有一大串的羊肉串，它们不仅香气四溢，还是实实在在的大块头嫩肉，肉肥而不腻，比较起在上海街头吃到的小指头大小的羊肉，顿生感慨，大口吃肉的爽劲实在妙。浓郁的民族特色弥漫于四通八达的老街旧巷，无论在街上还是在餐馆，都能见识到维吾尔族人的能歌善舞，节拍一打，随地都是舞台。老人们吹拉弹唱，年轻人翩翩起舞，一切都是那么的自然淳朴。

短暂的喀什之行是令人难忘的，西域厚重的人文历史让我们看到了南疆的发展有无限的可能。汽车带着我们在沙漠中飞驰，蓝天白云下一望无际的沙漠广袤起伏，感觉是那么的富有生命力；阳光下的雪山、湖泊是那样宁静深情；坚韧挺拔的胡杨林更换着不同的色彩，显示其永久旺盛的青春活力。

喀什的历史是真实的，我的体验也是真实的。真实的历史会让后人铭记。遥远的南疆喀什是我心里永远抹不去的色彩。

谁说喀什不是五彩斑斓的呢！

最好的时光

爱情凉皮店

薛　舒

我们是新疆人啊!

上海飞往喀什的航班，年轻的爸爸独自带儿子坐飞机。爸爸大约三十出头，儿子三岁左右。三个并排的座椅，儿子在中间，爸爸坐左边，妈妈没有出现。好吧，男孩是我的邻座，我占据了理应属于妈妈的座位。此趟旅程，是我第五次去往新疆，"文化润疆" 采风创作，从登上飞机就已开始。

我悄悄地观察着我的邻座，父子俩欢天喜地地扣上安全带、翻动小桌板、打开电子屏、按下遥控器、调出动画片……没完没了的动作，以及没完没了的鸡同鸭讲的对话:

蛋蛋，我们要去哪里你知道吗？

爸爸，飞滴（机）会在水里飞吗？

爸爸你看，《熊突（出）没》……

没有妈妈管束的旅程果然自在，我却有些担心，五个小时的航程，年轻的爸爸要怎么管住他那活泼好动、说话带奶味儿的孩子？

飞机升空，越攀越高，男孩沉浸在动画片里，瞪着眼睛，安安静静。好极了，感谢"熊大"和"熊二"，让这位男童变成了一条在水中静静游弋的鱼，也让他如鱼得水的欢愉不至于扰到岸上的人。

十五分钟过去，年轻的爸爸忽然责任感回归，他开始提醒儿子：再看最后五分钟哦，要不眼睛会坏掉，还有两分钟，还有一分钟，好了，关电视了，不可以再看了……屏幕突然漆黑，小鱼儿顿时从水中蹦起来，发出一阵"哗啦啦"的水花飞溅声，它以扭动身躯、踢椅子、大声哀求、小声哭泣的方式呈现。好吧，我想我得出手了，也许我能让这个三岁男童不再吵闹。

我们来讲故事吧？我把脑袋凑过去，模仿着标准幼儿园老师的轻言细语：一只兔子打败一群狐狸的故事，要不要？

男孩看了我一眼，目光竟有些畏惧，随即往他父亲怀里一钻，很突兀地，踢椅子的脚不再动弹，哼哼唧唧的哭泣声也停了下来。我把目光投向年轻的爸爸，他尴尬地笑着，垂着眼皮，像是不敢与我对视。

故事没有讲成，男孩也不再吵闹，父亲却不时地对儿子发出喋喋不休的教育：

"不要踢椅子啊！会影响前面的乘客。"

"别扭身子，你一扭，后面的小桌板会抖。"

什么都不能动，看来只能自找乐趣了，男孩开始唱歌："拔萝卜，拔萝卜，拔呀拔呀……"

"别唱哦，在家里可以唱，在这里就别唱了，这是公共场所……"年轻的爸爸亮着嗓门，还有点拿腔拿调，似在模仿幼儿教育家的声调，也许他就是想让我这个邻座听见：我有教育孩子的，你看，我每时每刻都在教育他。

我有些愧疚，无意中，我对这位只拥有三年"父龄"的青年发出了某种隐蔽的威胁。于是摸出电子书，垂下视线，以示我不再关注这对父子。

半小时后，空乘开始分发飞机餐。"哇！牛肉饭，太棒了！"这是爸爸的声音，他在替儿子欢呼。

欢呼继续："哇！还有酸奶，你最喜欢了。"

"好了，开吃！"爸爸的感慨意犹未尽，牛肉饭滚过喉咙，话声送出，"儿子你知道吗？爸爸第一次坐飞机，吃了三份饭。"

"你猜爸爸最多一天坐了几趟飞机？猜不到吧？三趟！早上从

上海飞到包头，中午从包头飞到乌鲁木齐，晚上从乌鲁木齐飞回上海……"

叫蛋蛋的男孩嘴里含着一口米饭，并不回答。年轻的爸爸停顿了足足三十秒，那三十秒，他的头脑里闪过多少青春的航程？从天山脚下，到黄浦江边。

"蛋蛋，你想不想见爷爷奶奶？"男人终于回过神来。

蛋蛋持续不搭理他，不断地伸出胖手指，试图戳向卡在屏幕下方的遥控器，他还想着他的熊大和熊二吧？

"蛋蛋，不可以看电视，妈妈说过，一天只能看二十分钟，今天已经超时了。"

"不准躺，不许踢椅子，你能不能好好吃饭啊蛋蛋？"

年轻的爸爸终于又回到《大话西游》里的唐僧状态，他不断地自言自语，儿子的置之不理并没有降低他说话的积极性，好像他早已习惯了自问自答："儿子，你是哪里人，知道吗？"

一声稚嫩而又脆亮的回答传来，带着长长的尾音："叮当人（新疆人）——"

自言自语有了互动，那是血脉回馈于他的声音，年轻的爸爸激动起来，他好像忘了是在坐满乘客的机舱里，他对着儿子大声说："是啊！我们是新疆人啊！"

他像是在提醒自己，又像是在对所有人宣布：我们是新疆人啊！

空姐来收餐具了，他再次阻止儿子伸向遥控器的手："不准看电视！""快吃，姐姐要来收饭盒了！""别喊，轻点轻点……"他拿起勺子，一口一口地往儿子嘴里填饭，一边哼起了歌。听不清什么曲子，某一首流行歌曲，轻轻的，但也确乎是在哼歌。他完全不记得适才儿子唱《拔萝卜》时他模仿幼儿教育家的拿腔拿调地阻止：别唱哦，在家里可以唱，在这里就别唱了，这是公共场所……

哦，对了，他全程声音温和，语调柔顺，作为一个年轻的爸爸，我想，他只是有点兴奋，还有那么一点点焦虑、激动、紧张，以及自豪。

帕米尔高原上的婚礼

这一日，要从喀什赶往塔什库尔干，天未亮，我们的车就出了城。晨曦微露，越野车行驶在钻天杨夹道的公路上，车速并不快，趴在窗上看路边的风景，一层抑或二层的平顶民居，屋门口总有戳出枝丫的果树，巴掌大的树叶，叶柄间缀着黄绿色果子，扁锥形，像小时候男孩们玩的陀螺，上海人叫"贱骨头"。

"这是什么水果？"我脱口而出。

库尔班江把着方向盘说："糖包子，很甜很甜。"

库尔班江是我们的司机，肉孜·古里巴依派来接我们的维吾尔族小伙子，深邃的眉目，黝黑的肤色，说话有点磕巴，却热情。

肉孜是塔什库尔干县医院的一名退休医生，也是一位民间诗人，几年前，我们去喀什援疆采风认识的。肉孜的女儿塔吉古丽要出嫁了，他邀请我们去帕米尔高原参加婚礼。据说，塔吉克族人的婚礼要举行三天，我们谁都无法想象，那得有多少丰富的节目去填充？于是，我们一行四个上海人——三个摄影家、一个作家，欣然应邀。

库尔班江说的"糖包子"，我是知道的，新疆特产无花果，吃的时候要拍一拍，拍扁了，形状像包子，糖分也拍出来了，一口下去，甜到封喉。一直喜欢"糖包子"的叫法，尽管"无花果"更浪漫文雅，但"糖包子"这个绰号，显然更形象，更直观，色香味皆在这三个字中彰显，关键是，有诱惑力。

午间，库尔班江把车停在一个不知名的小镇上："饭袋子空了，看看，这里有什么好吃的。"

我们的背包里有压缩饼干，保温杯里灌满了咖啡。我猜想，库尔班江没带干粮，他需要下车购买。新疆实在太大了，从喀什到塔什库尔干，一整天的路程，一半多是没有人烟的地方，他们出门都要随身携带"饭袋子"的吧？我想。

库尔班江下车了，摄影家们打开背包，拆塑料袋的声音窸窸窣窣，他们准备吃压缩饼干了。我不饿，就趴在车窗上朝外看。公路边，一连排泥坯平房，都是破墙而开的私人小店，涂着五彩颜料的窗棂喧闹而斑斓，不锈钢玻璃门具备后现代的科技感，门楣上挂着电脑制作的招牌，招牌上有袅袅交织的维吾尔语文字，蚯蚓一般，上面是巨大而工整的汉字：唯一饭馆。

好名字！心下不禁喝彩。这家的店主，该是个什么样的人才？开个小饭馆，起个这么朴素而又自信的名字。这么想着，再看"唯一饭馆"的隔壁，也是一家饭馆——明亮早餐店，一样的双语标注，一样的风格。这一家的店主，也是人才！

这么有性格的名字，完全把我吸引了，于是下车，站在街边放眼望去，一长排商店招牌扑棱棱飞进眼帘：欣赏鸽子汤店、祝贺电脑服务中心、公道粮油商店、终点饭店、美观玻璃店……

太神奇了！每一个名字都那么出其不意，我几乎惊叹起来。库尔班江却在二十米开外的一家店门口呼喊："吃饭，下车吃饭。"

正准备吃压缩饼干的人这才明白，库尔班江给我们找到了打尖的饭馆，于是纷纷下车。走至店门前，再次抬头看招牌，果然没有令人失望，这一家，叫"爱情凉皮店"。

爱情凉皮店里卖凉皮、酸奶，也卖大盘鸡和拉条子。年轻的老板娘戴着"多帕"小圆帽，穿着"艾特莱斯绸"连衣裙，闪着长睫毛的大眼睛，用生硬的普通话问我们有没有忌口？拉条子里要不要加"皮牙子"?

我知道，拉条子是拉面，可是皮牙子是什么？库尔班江解释："洋葱，要不要加洋葱？"

当然，在喀什地面上，就是要吃原汁原味的南疆饭。这一餐，味道还真不错，凉皮Q弹，酸奶真酸，拉条子有嚼劲儿，大盘鸡是真正的大盘，直径半米的盘子里堆满了土豆鸡块，五个人吃得肚饱气胀。饭毕，库尔班江拍拍肚皮："饭袋子满满的，上车，赶路。"

忽然反应过来，库尔班江说的"饭袋了"，不是干粮袋，而是人人自带的装饭肚子。

我没有向库尔班江求证"饭袋子"的意思，脑中却冒出无数泡泡，关于糖包子、饭袋子、拉条子、皮牙子，关于一家叫爱情的凉皮店。维吾尔语命名，都是这么可爱而自带幽默的吗？我不禁想象，有没有可能，这家凉皮店的老板和老板娘，为了逃离家族的压制，父母的阻挠，悄悄来到这里，开一家凉皮店谋生，他们为凉皮店起了"爱情"这个名字，是为纪念他们忠贞不渝的爱情吗？当然，这是我庸俗而又拙劣的想象，爱情这个词，在于他们，也许是最朴素最平常的字眼，一如"糖包子"。

汽车继续前行，进入高原，开始出现广袤的草场，公路上偶有穿越而过的羊群，牧民骑着摩托车在远处挥鞭呼喊，老胡杨树伸展出巨大的金色树冠，雪山在身侧隐没，慕士塔格峰离我们越来越近……

到达塔什库尔干镇已是黄昏，肉孜·古里巴依在门口迎接我们，院里飘出羊肉的香味，有人在吹奏鹰笛，古朴清亮的声线直上云霄；场院里亮着小太阳灯，小伙子打起手鼓，色彩缤纷的男人和女人在明快的节奏中摇摆旋转，跳起鹰舞……

塔吉古丽的婚礼果然持续了三天。白天，肉孜家族所有的女人围坐在红地毯上，制作一种叫"阿日塞克"的点心，身强力壮的男人每天要在后院里宰杀数头肥羊，做手抓饭，供所有来客品尝。夜晚，人们在肉孜家的场院里通宵达旦地吹笛、打鼓、跳舞。客人走了一拨，又来一拨，我猜测，塔什库尔干镇上的所有居民，用了三天时间，轮番来肉孜家做了一遍客。

第三日，塔吉古丽要离家了，9月的帕米尔高原一点儿都不寒冷，可她却躲在卧室里不露面，焐着厚棉被，烤着火炉。阿帕（妈妈）说过，出嫁前要把自己焐得大汗淋漓，烤得脸庞深红闪亮，才会更加漂亮动人。为了做一个美丽的新娘，塔吉古丽乐意接受考验。

时辰终于到了，十个姑娘围绕着塔吉古丽，在她的十根手指上套了八只戒指，在她的头上佩戴起十八样挂饰，还用冬阴石白玉颜料一点点晕染在她的眼眶上，然后，盛装的塔吉古丽款款走出卧室……

摄影家举起了相机，库尔班江站在我身后，我听见他的声音，有些磕巴："塔吉古丽，真美，真像一朵鸡冠花。"

我惊异回头："为什么是鸡冠花？"

库尔班江笑答："塔吉古丽，就是鸡冠花啊！"

我依然疑惑，库尔班江却骄傲地说："鸡冠花，很美丽啊！我的老婆，叫托孜汗，是孔雀，更美丽。"

我恍然大悟，鸡冠花的维吾尔语，叫塔吉古丽；孔雀，就是托孜汗。

高原的阳光清冽凉爽，塔吉克族老者吹起鹰笛，浓密的白胡子下，嘴里传出妖娆而忧伤的乐句，新娘塔吉古丽从人群后移步而出，一袭盖头突然垂落，遮住了她大婚之日的盛世容颜。

长着一张欧罗巴脸的帅新郎把塔吉古丽接走了，肉孜挥着他的手冲着远去的婚车喊道："热介甫，照顾好古丽……"肉孜红着眼眶在家门口站了很久。

那个叫"七月"的新郎——热介甫，把他的"鸡冠花"接走了，从此，他们将要经营起他们的"爱情凉皮店"了，抑或"欣赏鸽子汤店""唯一饭店"，或者"美观玻璃店""祝贺电脑服务中心"，那是属于他们的，笨拙而又质朴的爱情，独特而又普通的生活吧！

就这样，我静静地站在人群中，看着越来越远的婚车，心里涌起莫名的蠢蠢欲动。

风一样的孩子

阿卜杜拉和萨尔丹是"吾斯塘博依"千年古街上的孩子，他们的家，就在喀什老城的那些土黄色房子里。土房子就建在放射状密布的大街小巷中，街的两侧是巴扎，铁器巴扎、医药巴扎、花帽巴扎、香料巴扎……"吾斯塘博依"古街上最多的就是这些巴扎，第二多的是游客，第三多的是像阿卜杜拉和萨尔丹这样的孩子。他们前赴后继地在老城里刮起一阵阵旋风，他们从游客身边刮过去，又刮回来，阿卜杜拉和萨尔丹就是这样长大的。

倘若有人想让年龄更小的阿卜杜拉说说，他在"吾斯塘博依"街上有多少个朋友，他第一根手指一定会点向萨尔丹，然后开始掰着手指头数：库尔班江、萨迪尔、艾孜买提、亚力坤……还没数完，一双小手就不够用了，于是看向他身侧的萨尔丹，小眼神一瞄，求助的意思。萨尔丹却笑着不说话，也不伸出手，任凭阿卜杜拉打开十指的双手就那么张着，笑里带着一点点羞涩，以及一点点识破，好像在说：大人的问题那么幼稚，别太当真。

好吧，萨尔丹穿着校服呢，蓝白色运动装，一看就是全国同版公立学校着装。阿卜杜拉没穿校服，说明人家还没上小学，大概五六岁吧，小身板上套着黑色棉夹克，头戴蓝白色狐狸造型皮帽，脑袋上杵着两只灰耳朵，不像狐狸，倒像"小龙人"。萨尔丹总是站在阿卜杜拉的身侧，靠后一点点，不知是谦让还是保护的意思，比阿卜杜拉高出一个脑袋的身量，让他顿时有了哥哥的样子，也许七岁吧，应该是上小学一年级或者二年级。

不过，阿卜杜拉是阿卜杜拉，萨尔丹是萨尔丹，他们没有血缘关系，游客一眼就能看出来。阿卜杜拉小鼻子小眼小白脸，萨尔丹大眼睛黑皮肤高鼻梁，他们只是古街上一起长大的孩子，他们的父亲在不同的巴扎里开铺子。游客兴致来了，会问他们："你们叫什么名字？你们家，都开什么店？"

萨尔丹一般不说话，只低头笑。新闻发言人是阿卜杜拉，他眯着小眼睛指指胸口："我，阿卜杜拉。"又指向他的伙伴，"他是萨尔丹。我们两家，皮货巴扎和乐器巴扎，我家是哪个，你猜！"

聪明的游客一猜一个准，戴狐狸帽子的大概率是皮货巴扎的娃，另一个就是乐器巴扎的娃了。"猜对了。"阿卜杜拉说，一脸严肃，他从不会因为自己出的谜语没有难倒游客而沮丧，对智商颇高的游客，他严肃的小表情里总是带着一丝尊敬。

那么，乐器巴扎里来的孩子，能不能给我们表演一个节目？总会有游客提出这样的要求。萨尔丹羞涩地笑着，却也并不拒绝，他接过游客递过来的刚买的手鼓，举到齐肩的位置，双膝微微一蹲，顿时，欢腾激越的鼓点响彻整条老街。游客一时眼花缭乱，那娴熟潇洒的手势，那奔放热烈的节奏，不是乐器巴扎的孩子，又是哪里来的？要是在他家的店铺，随便捞起一把都塔尔或者热瓦普，他都能弹奏出好听的乐曲吧？游客们忍不住喝起彩来，他们被萨尔丹迷住了，都忘了旁边还有一个阿卜杜拉。

所有人都把注意力集中到了萨尔丹身上，被冷落的阿卜杜拉有点不甘心。萨尔丹鼓声持续，阿卜杜拉忽然钻进人堆，摆开一个单膝跪地、双臂展开的架势，而后，在鼓点中蹦跃起来，开始踢腿起舞。他跳得有一点点笨拙，也有一点点执拗，像一只雏鹰，还没学会飞，却已经知道要扑腾起来。他跟着节奏抖肩膀、移脖子，煞有介事地抬着高贵的下巴，脸部表情保持一贯的严肃。果然，跳舞是上天赋予他们的无敌才华，一场舞蹈是他作为一个新疆孩子最荣耀的徽章。就这样，在"吾斯塘博依"古街上，两个孩子引来了游客们经久不息的掌声。

那一日，援疆干部带着一群上海作家去参观喀什老城，在"吾斯塘博依"古街上，他们遇到正穿梭奔跑在游客中的阿卜杜拉和萨尔丹。穿粉色羽绒服的女作家捉住高个子萨尔丹："小朋友，你知道'爷爷的爷爷的爸爸的馕'在哪里？"

萨尔丹羞涩而笑，无声，一如既往。小个子阿卜杜拉抬起他狐狸帽子的脑袋，以新闻发言人的姿态说："我知道，我带你去，不过你要对我说：'帅哥，请。'"

女作家立即执行："帅哥，请带路！"

阿卜杜拉一挥手:"跟我来!"

霎时间,两个孩子旋风般朝老街深处奔去,他们跑得有点快,穿粉色羽绒服的女作家都快追不上了。可是,在"吾斯塘博依"古街上,孩子们多半是用奔跑的方式长大的,他们张开的双手就是两扇翅膀,要是衣服的后摆足够大,整个人都要飞起来了。他们带着一股股烤羊肉串的孜然气息,抑或皮牙子大馕的香味儿,飞越人群,飞过一排排土黄色的房子,飞向老城的每一个犄角旮旯。他们就是一群风一样的孩子。

我在喀什等你

王　瑢

喀什第一餐

提及新疆，有这样一种说法：北疆看风景，南疆看人文。而新疆三大古城之喀什，多年来始终令人心驰神往。念念不忘，必有回响，当真正踏上这片神秘的土地，落座于喀什某民族风味餐馆时，恍惚的瞬间，我以为是在梦中。直至服务员将各种美食端上桌来报菜名，新疆大盘鸡、馕坑肉、羊肉串、手抓饭、烤鸽子、巴楚烤鱼、烤包子……我方才回过神来。

食味方长，人人大快朵颐，恨不能多生出一个胃来才好。狼吞虎咽一番，总算抽出空来闲聊。一个来过喀什几趟的友人，用颇为得意的口吻道："羊身上最好吃的部位是哪里？"说罢用公筷夹一块缸子肉放嘴里大嚼："当然是羊腰旁边的肥膏，香得很！"有人笑问怎么个香法？他将肉吞咽下去，咂巴咂巴嘴："此地特有品种巴尔楚克羊，相当出名。一年四季散养，吃冬虫夏草，饮天然矿泉水，烹饪无须多么高深的技法，只简单加工，足以鲜美异常喽……"早就听闻全国最好吃的羊肉在新疆，而新疆最好吃的羊肉在喀什，此言绝非虚妄。

喀什八日，最值得品尝的食物，同行人一致认为，荣登榜首的便是鲜嫩肥美的羊肉串。记忆中，在我的家乡太原，羔羊亦肥美异常，无腥无膻，通常都是近郊乡人于当日现宰现串，现烤现吃。

喀什的羊肉串，看起来个头比我家乡的要更扎实。麻将块大小。少有其他调味料，也不像乌鲁木齐的烤肉串，喜欢撒辣椒跟孜然粉。

烤肉的师傅是个年轻小伙，西域特色高鼻梁，深眼窝，让我想起那句"检验一个男生是否帅，那就让他剪个寸头……"。他此刻正独自站在店门前，面对两米多长的烤肉架，炭火烟雾袅袅升腾中不停走动，忙着将羊肉串翻个面儿。小伙烤肉串并不用重调料，仅撒极少的粉盐在上面。

不怕盖不住腥味、羊膻味？

"南疆多碱羊，这里的羊生活在半荒漠化的盐碱地，吃碱生植物。且当地温差大，植被贫瘠，故而羊肉几乎没有膻味。"不加任何调料直接火烤的精妙之处在于，肥瘦相间，肉与肉之间夹块羊肝，这便是此地独有的风味美食"肉包干"。想起那句"最好的食材，往往只需要最朴素的烹饪方式"，我深以为然。

连日来，餐餐顿顿被各种大荤美食包围，看着"一顿不吃肉，浑身直难受"的同行友人口中啧啧有声，吃得面泛油光，我虽不喜荤腥，但看过就当吃过。这天午餐时分，我突然有了新发现——新疆人吃羊肉像是都带皮？喀什亦然。立刻想到在晋北地区，吃羊肉几乎从来都没有皮。

带皮羊肉好吃，且味道更丰富，但在北方似乎很少见有人吃带皮的羊肉。

吃羊肉带不带皮，有什么讲究？

身边坐着的友人随口道："南方鲜少看见有人穿老皮袄的，留那张羊皮没用。"我一时不吸收，过了三五秒钟方才回过味来。想想也对啊，北方人看重羊皮，冰天雪地，数九隆冬，高寒地带的人家，谁不绞尽脑汁想法子弄件羊皮袄来穿？

记忆中，我父亲有一件过膝羊皮大衣。好像是青海那边的羊，具体是滩羊还是什么品种的羊，记不清了，只记得那皮大衣的毛色十分好看，是画画颜料中的青蓝色调，阳光下泛出微微的紫色，上身相当气派。

吃羊肉，必须迅速，主打一个短平快。不要顾左右而言他，聚精会神地吃，一鼓作气趁热吃。羊肉只要稍微一凉，表面立刻凝固厚厚的一层油，仿佛封了一个蜡壳子在那肉上面。此时你若是把一块羊肉搁嘴里，香味大减，连咀嚼都费劲，吃到后来好像嘴都要给那层蜡封住了。

席间聊及什么羊肉腥膻的话题。有人说，吃羊肉最怕吃到山羊肉，未及上桌，那味道已然气势汹汹地袭来。老饕客对此不敢苟同，认为绵羊肉最膻。我不吃羊肉，山羊、绵羊都不吃，但暗自思忖着，或许那羊儿们一路南下，山羊也好，绵羊也罢，到了南方后不但一点不腥不膻，餐桌上一团和气给人吃光，最后连肉汤也不剩下？

新疆产好奶，不吃羊肉的我却很喜欢喝奶、吃奶制品。山羊奶比绵羊奶更好味。那晚，一碗山羊奶才刚端上来，没多会儿，上边结了一张黄澄澄的奶皮。筷子挑起搁嘴里，醇厚香甜，入喉润滑，味蕾得到极大的满足。跟旁人才刚闲聊几句，也就一杯茶的工夫，那碗里又结出一张奶皮，挑嘴里稍过一会儿，再结一张，再挑，隔会儿还有。"还有还有。"我不禁乐出了声，觉得自己赚大了。

山羊体态轻盈优美，眼睫毛超长，细密而微卷。一只山羊远远地站在那里，你长时间与其对视，看久了心中莫名会生出一丝感动。

内蒙古人好像不吃羊眼睛，连带着头、蹄、下水这些都不吃。新疆人吃羊眼睛吗？我的一位朋友专好这一口。大冷的天，他常常要店家切一盘羊眼睛，再来壶烧酒。不吃羊肉的我，对羊眼睛更无从下口，于是默默看着他将那羊眼睛端至跟前。一片一片，黑白相间的盘中物，令我想起古罗马神话中那位主管畜牧的神，半人半羊，生活在树林里……

这天的晚餐即将结束时，服务员端来一大盆汤。竟然是瓠瓜汤。我一碗未尽，已经在想第二碗了。清鲜利口，味道实在不恶。

先前并不知道新疆盛产葫芦，这回在巴楚县城闲逛时，我看见一个果园里满是葫芦藤，走近了方才看清头顶爬满了葫芦，有大有小，圆形，长条形，甚至有方形的，挤挤擦擦，一个挨着一个，心生欢喜。

葫芦在古代被称为瓠瓜，是制作乐器的重要原材料。以长柄葫芦加工出的笙，音效最佳。记得曾在一本书上看见过这样的描述：古人种植葫芦常用于祭祖或敬老。将葫芦切成环形，只取其茎蒂相连的那一环摆于供桌之上。而彼时的葫芦，在青年男女的新婚之夜亦有重要作用。把葫芦一剖为二，用红线连接两只瓢柄，再在瓢中盛酒，二人各执其一对饮，最终合而为一，美好的幸福就此展开。

喀什盛产葫芦。在巴扎闲逛，不远处的角落里有一个卖葫芦的小摊。两棵法桐之间拉条粗麻绳，挂满了各式各样的葫芦。见有人来，摊主并不多话，因为没人不认识葫芦。至于买家究竟想要个什么样的，见仁见智。

嫩瓠瓜的颜色真好看，清新而鲜亮，用来做汤羹很适合。无须太多技巧，以知堂老人的手法跟着做就好。少许酱油，生抽提味，老抽上色，点到即止。然而在我的家乡太原，瓠瓜切片后，通常喜欢入油先略微煎它一下，增香的同时，去生腥气。瓠瓜入锅不可煮太长时间，太烂了没嚼头。不承想在这遥远的西域地界，大冷天里竟然吃到了吾乡夏天里才有的熟悉的味道。我连喝二碗。

记忆中，我奶奶习惯把最嫩时的瓠瓜切丝，加面粉搅拌后做瓠丝饼。软烂可口，极易消化，很适合胃口不好的人吃。老瓠瓜掏瓤去籽，晾晒后用来做舀水的器物，很是趁手。

中药店门前常见挂着一葫芦，也就是瓠瓜，但倘若问起"悬壶济世"的来历，估计知之者寥寥。太上老君装仙丹，江湖郎中卖药，标配都是一只瓠瓜。古代行医者无论走到哪，身上都背个葫芦，药王孙思邈采药时就必定挂一个药葫芦。

幼时的我看小人书，八仙中的铁拐李，永远背着大葫芦，据说那里面有取之不尽的灵丹妙药。然则仙人有圣药灵丹可包治百病，却并不能医好他自己的腿。葫芦里究竟卖的什么药？

在晋北乡下，有人家生女孩生得多了，给那最小的女孩的腰间挂两只嫩瓠瓜，寓意"招子"——因其形态大小，酷似小男孩的关键部位，具象且通俗易懂。

　　落地喀什第一餐，吃饱喝足，来壶喀什红茶提提神。这是一种发酵茶。红褐色的茶汤，特有的醇厚的花果香气，一杯落肚，神清气朗。不经意间瞥见坐在邻桌的人，正把那红彤彤的免费酸辣泡菜一股脑倒进瓠瓜汤里，半个馕饼随意掰一掰，端起碗来就着碗沿稀里呼噜。看起来好不痛快，味道想必不差吧。

喀什外话

　　提及中国的水光山色，拥有"天花板"级别的天然景致的新疆，决然无法绕过。全国的湖光山色之美，可以说大半都在新疆。想到我的新疆朋友常挂在嘴边的一句话，"来新疆却不到喀什，等于白来"。是颇为得意的口吻。然而当你亲临此地之后，便知此言绝非王婆卖瓜。

　　这片被上帝之手打翻了颜料盘的大美之域，除了海洋，几乎将国内所有的原始自然地貌、风貌尽收囊中。悬崖峭壁、雪山沙漠、森林戈壁，湖泊、湿地、草原、冰川……大巴车飞驰于通衢广陌，平展展呈带状的公路一眼望不到头。交叉口消失，鲜少红绿灯，无须担心骤然间不知打什么地方直窜出来的行人带来的危机重重，所有高速路上的汽车杀手，统统都消失。啊，美丽的喀什在朝着我们招手。

窗外一步一景，成排成排整齐而茂盛的白杨树跟法桐默然注视着来自远方的客人。一丛丛、一树树不知名的花草，聚拢在树荫下。原本以为上车便要习惯性昏昏睡去的一车人，纵使明知动辄要经过几个钟头甚至一整天的长途奔波，方才可以到达下一个目的地，此时此刻，却丝毫不觉得乏味枯燥。我的耳畔充斥着"咔嚓咔嚓"声，瞻望咨嗟，誉不绝口，所有的华丽辞藻，在这一瞬间仿佛都显得苍白且无用。我恨不得能把途经的每一处都定格在脑海，忙着将让人目不暇接的美景悉数收入手机相册。

无奈新疆实在太过辽远，倘若想要来一次两次就可以尽享所有玩遍全疆的可能性几乎为零。在新疆，一年四季景色各不同，夏日姹紫嫣红，秋季层林尽染，冬天银装素裹，即使是某个地方你曾经涉足，再次重返，站在同一个地方，故地重游，眼前的一切似乎那么熟悉又那么陌生，迷离的瞬间不禁心生疑虑：我真的来过吗？究竟来没来过？

我们此行的目的地，是既可饱览新疆山明水秀之自然风光，又可沉浸式体味了解当地人文风情的喀什。作为一名写作者，我十分喜欢这个尚未迅猛发展起来的县城，尤其对老城情有独钟。喜欢它的老街旧巷，喜欢古城遗址，一如喜欢到海边城市看那些高低错落的明媚小屋。

经过几个钟头的颠簸劳顿，终于兴致盎然踏上人车寥寥的大路。新疆正午时分的太阳，紫外线格外强烈，忘记带防晒霜的我已经全然不顾被晒黑或晒伤，仔细感受着每一处通往生机盎然的林荫地。

一行人顶着火辣辣的日头，穿过吐曼河大桥，沿着一条土路拾级而上，去往一直以来举首戴目却只能于梦中邂逅的向往之地——高台民居。

登上大桥，可以看到截然迥异的喀什城市风貌——散发着古西域气息的高台民居，在一墙之隔的外围，则是现代化层楼叠榭，高耸入云。

此刻我站在高台一角，面对巨大的法国梧桐，在眼前"半途而废"的街道上投下斑斑驳驳的刺状阴影，身后不远处有枯藤错结，纠缠着高而陡、绵延而上的古旧砌石。我的胸中仿佛一直就住着一位游吟诗人，此刻他突如其来，疯狂地与我紧紧相拥。我与其四目相对，感慨万千却无以言说。

头顶上空，时不时有不知名的小鸟一掠而过，发出十分悦耳的叫声，我独自沉浸于昔日记忆中，那些在书本中借助于纸端方才可能觅得见的鼎盛时期的灿烂恢宏。

鸟鸣不止，它一次又一次将我拉回现实。重回大自然怀抱的这一刹那，最使人心动，沦肌浃髓。

屏息凝神继续向上向上，脚下的石板与砖块散发出某种奇特的声音，它如此清晰，却又模糊不清，连带着空气中都有一种莫名的奇异的味道。直至走下高台，转入一条小窄巷，我终于明白这独特的气味来自哪里——几位年过半百的男子，安静地当街围聚，有人席地而坐，有人正把干木柴慢慢塞入一个硕大的铁皮炉子。

背光的阴暗处，那炉膛发出微弱的温暖的红光，那么安详，又那么缓慢而静谧，是习惯了现代化大都市的浮躁与喧嚣之人，生活里难得看到的一幕。我的眼眶里噙着泪，却浑然不知。

此地房屋均就地取材，用泥土和杨木搭建。杨木去枝，无须刨削加工，就那么直接用来架构，支撑起屋顶、阁楼与阳台。而建筑外墙，则全部以手工建造，墙面由上至下大方流畅，多用土坯砌成，直接涂抹麦草泥便大功告成。

从某个角度俯瞰，整片高台民居看上去，因为已久无人居，建筑群显得有些松松垮垮，摇摇欲倒之态，破败残颓的遗址盯看久了，总会有种错觉——人在晃，地在动。然而神奇之处正在于此。这座历经六百多年风霜雪雨的"空中楼阁"，如今仍坚实而牢固。

究竟用了什么黑科技？

快人快语的向导及时答疑解惑。她说，高台民居最大的特点，正是其最自然的原生态。

我跟在众人身后三缄其口，走得漫不经心，莫名想到电影《追风筝的人》。这部曾荣获奥斯卡金像奖的影片，其三分之二的场景，正是在与阿富汗城市风貌几乎如出一辙的中国喀什拍摄的。片中的许多镜头，又是取自我脚下这片如同悬挂于悬崖之上的古民居建筑群。

我抬头，朦胧中似乎看见阿米尔与哈桑从昏暗的屋里走出来，行步如风去放风筝。哈桑高昂着头，欢笑声穿过一条条街道，阿米尔奋勇当先去捡风筝，小小的身影一闪，消失在艾提尕尔清真寺后面的窄巷中……

积厚流光，饱经沧桑。一直以来，人们对于这个位于中国新疆维吾尔自治区西南部，拥有悠久历史与独特文化的古老小镇之最初印象，仅仅只是其作为丝绸之路上的重地。实则然而不然。遐迩闻名的喀什古迹不胜枚举，垂名青史更因其文化厚重的古代地域，倘若说，喀什的灵魂在老城，那老城的精髓，我以为在高台民居。

从严格意义上来讲，高台民居并不能算作景点，却决然是最能展示当地人世代居住特色之所在。位于新疆喀什市喀什老城东北端的高台民居，挂在高逾四十米、长逾八百米的黄土高崖之侧。大多为土木或砖木结构，也不乏有已跨越百年历史的传统民居。国内学者称，喀什历史街区是我国目前唯一一处保存下来的具有典型古西域特色的传统历史街区。

千秋世纪，斗转星移，已走过六个世纪的城中最古老的这片居民区，亦是世界上规模最大的生土建筑群之一。维吾尔族人世代聚居在此，房屋多依崖而建，家族人口逐日递增，新的一代便在祖辈的老宅之上再加盖一层。如此层层叠加，累屋重架，石块与黄土墙见证岁月沉淀的同时，亦承载着历史的车辙滚滚。相传东汉名将班超、耿恭等，均曾在此留下足迹。

房连房，楼连楼，这些摩肩接踵的随意建造的楼上楼与楼外楼之间，自然形成四通八达错综复杂的群体建构，百折千回，推近又拉远的几十条小巷，对于一个初来乍到之人，倘若没有本地人或向导指引，极容易迷路。比如毫无方向感的我，素日里开车时都恨不得副驾驶位坐一个向导，告诉我前方应该左拐还是右拐，在什么地方直行，眼下只是去趟洗手间的工夫，出来我就一头蒙。

一个维吾尔族女孩，最多十来岁，扎小辫，小花帽上缀满了串珠，许是听见我们议论纷纷，便近前来指一指脚下，说："铺着六角砖的是通道，铺着小砖块的则是死胡同。门前看见有光滑石子路的，大都是富裕户或者是指定的旅游接待人家……"众人频频点头，恍然间听见她又说："只要沿着用六角砖砌筑的道路走，不论从哪个方向，都可以轻易地走出去，不必担心会迷路……"据说就在不久前，曾有两个老外在九曲龙门阵一般的喀什老街窄巷中兜来绕去，直绕到天黑都没走出去，完全不懂中文的二人，无奈之下只好向民警求助，这才得以顺利逃脱……

站在稍远点的更高处看过去，老巷套着老巷，满眼皆为土黄色。我踏下的每一步，都好像是行进穿越于时空隧道中。此刻的我，就正在朝着某段历史的深处延伸延伸再延伸。

黄泥木屋素面朝天，芳泽无加，裸露的土建群将喀什的晴空映衬得格外湛蓝，与墙外另一侧的都市的喧嚣对比强烈而鲜明，简直格格不入。

依依惜别高台民居，在喀什老城的街头四处走走看看，不觉已是红日西坠。余晖中看见每家每户的门前都种有漂亮的植物。花香似有若无，隐隐绰绰，暮色中的喀什披上一层朦胧的薄纱。霓虹下的街区显出一种白昼看不出的深沉与鲜焕，这城市的氛围忽然使人变得无比轻松，竟让我一时有些不适，疑似在梦中。

真是美好的一天呀！

对面人家的窗台上，摆着几盆天竺葵。从记事起，我似乎总看见这种平民之花，一盆一盆又一盆，蹲坐在人家的窗沿边。错落有致，有条不紊，一年四季都不动声色，只是自顾自地开下去，开下去，才懒得管有没有人来看呢。

经过一座居民楼，底层开着一家面馆。店门旁立块木头牌子，上面歪七扭八写着："我在喀什等你来吃拉条子。"新疆人把面条叫作拉条子，我不禁想起一些十分遥远的镜头。

几年前的某个清晨，在水乡乌镇，同几位友人到一个小面馆里吃面。S先生仍旧点了最爱的鳝背面，我要了雪菜冬笋面，Y先生平时就好一口笋干肉丝面，但未及他张嘴，那店老板是个四十开外的女人，胖墩墩的，笑着说："到了乌镇，不可不吃羊肉面噢，别处决然没有这么好味的羊肉噢……"

那老板娘来过新疆吗？她有没有吃过新疆喀什的羊肉？

途经之路，常看见有初生的表土滋养着不具名的小小生命。常年干旱少雨的地貌环境，使得路面的裂隙供给草茎盘踞。不少藤本植物已经荒芜，提醒你此时毕竟已是隆冬时节，却分明又有叫不出名字来的花朵在路边，一丛丛，一簇簇，恣意开放。

两只大雁无声飞过，箭一样眨眼间便了无痕。我不由得停下脚步，双目微合深呼吸，其实并没什么理由，也没什么目的，就只是想原地站一会儿，仿佛是多待一会儿，或许就可以将这座老城记得更深刻……

穿行于老城的街巷之中，曲径通幽，三回九转，忽听得远远地有音乐声传来。初起以为是错觉，细听之下好像是维吾尔十二木卡姆的曲调。穿街过巷近前来方才看清，演奏者是几个退休老人。曲声热烈激昂，几个半大孩子叽叽喳喳追着风跑，看见外地游客满眼惶惑听得痴迷，有胆大的男孩自告奋勇跨上前来，介绍道："他们每周都聚在这里吹拉弹唱，风雨无阻的……"

吹奏者旁若无人，全情投入到演奏中。我发现有类似中原二胡的乐器，男孩道："我们叫哈密胡琴！我就会！"说这话时眉飞色舞，轩轩甚得。

小提琴、热瓦甫、艾捷克、手鼓，极具异域风情的乐曲声中，有个三四岁的女孩，不知什么时候凑过来，兀自站在面前的一小块空地上载歌载舞起来。一时间，歌者、舞者、演奏者、弹唱者载歌载舞如梦幻，此刻在观者眼中，俨然就是一个小型音乐会。

我的身后不远处是个花坛，有几只大鸟正驻足休息，受到突然爆发出的掌声笑声叫好声的惊扰，它们飞速退避，飞落到更远一点的地方，稍后又重新飞回原地。它们是想跟那几个顽皮孩子比试谁更有魅力？

自由活动时间，与同行的两位友人 M 跟 W 在老城四下里逛逛，且行且观。性格内敛的 M 忽然指着斜对面一家店说："这家的羊肉串好吃噢，一定要吃，不吃回了上海会后悔的！"

说吃就吃，接踵相随往对面走。我跟在她们身后，进了小店又退出来。那羊肉串烤制中散发出的肉味，实在太过浓郁，而 M 已经找个角落里的位子坐下来等着美味来袭了。

W 心思细腻，许是看出了我站在一旁双眉紧蹙，手足无措，明白对于一个从来不吃羊肉的人而言，非但无法大饱口福，简直就是难以消受，于是善解人意地笑道："不如去外头遛遛？"窗外天色渐晚，特意贴心地嘱咐我不要走太远。

出得店门来，我终于长长舒了一口气，抬眼看见马路边有个杂货铺。店门外杂七杂八地摆满了各种奇奇怪怪的玩意儿。

靠墙的角落里，有一个长方形中空的扁盒子吸引住了我。像个缩小版的船模，盖子顶端还有个把手，左看右看，不明所以。

什么东西？干什么用的？

思忖间，微明的街灯下走过来一位男子，戴顶标志性的维吾尔族花帽花白络腮胡，笑眯眯地指给我看。顺着他手指的方向望过去，我这才看清楚店铺的门楣上挂着一块匾，黑底金字，写着"不懂熨斗的会计，不是好收藏家"——原来这是一家熨斗收藏店。主人退休前是个会计。

店主是个热心人，知道我不是买家，但仍乐得解疑释惑。他操着一口喀什普通话，连说带比画，几分钟过后，我终于弄明白了。主人之所以喜欢上收藏熨斗，跟自己的家庭有关。他祖籍浙江湖州，祖父是个裁缝，因此他打小就在家里经常看到很多奇形怪状的熨斗，耳濡目染，也就喜欢上了。而眼前这小摊上摆出展示的熨斗，只是其中一部分，迄今为止，他已经收藏了近千只熨斗。

"几十年来，从全国各地搜集淘来的宝贝，藏品中最早的是一只汉代的熨斗，其中以清代和民国时期的熨斗最多……"得知我来自上海，他立刻来了精神，双目炯炯道："上海好！上海援疆，好！上海人民跟喀什人民心连心……"我们聊及他的足迹遍布北京、上海、河南等地的古玩市场。"每次外出办事或旅游，在网上搜索当地古玩市场，宁波范宅、三市等古玩市场常去的，"他说到此处不禁笑起来，"很多年前去上海办事，朋友设宴款待，结果我直奔上海东台路的古玩市场去了，进去就舍不得走，相中了摊子上一只民国时期用酒精加热熨烫的熨斗，就是这只么。"他把那只长方形中空的盒子拿过来递给我看，打开来倒水进去，示范如何使用。

原来如此。恍然有悟的我不禁也跟着笑起来，而就在这时，从店里走出来另一位大叔，把一只手放在胸前来回比画着，表示这绝对是个好物。他说了什么，我一个字没听明白，他说的可是我完全听不懂的方言啊。

我再次致谢道别，大叔竖起大拇指，朝着我的背影大喊一声："咕咚！咕咚！好！"我一时没领会，过了几秒钟方才回过味儿来了。他在说，这东西是个"古董"！

高原之夜

这日早早起来，一行人要乘车赶往喀什西南部位于南疆边际的一个与三个国家接壤的县城——塔什库尔干县，简称"塔县"。

我的眼前仿佛已经看到帕米尔高原的旖旎风光在这座小城灼灼其华。想着即将去往粲然生辉的"中国最美县城"，一车人不禁眉开眼笑，兴奋之情溢于言表。

已经有好奇之人上网搜索有关信息。

从地图上看去，南北长、东西窄，呈狭长形状的塔县，与塔吉克斯坦、阿富汗、巴基斯坦三国接壤。一隅之地，多元文化杂糅交融，想想就妙不可言。

听闻还要在塔县夜宿一宿，大家你一句我一嘴，车厢中很快便沸反盈天。

所有人都难掩兴奋，情难自禁地合计开了。有人提议，晚饭后大家一起到住地处附近旷野上，在帕米尔的星空下纵情放歌，唱一唱那些众人耳闻则诵的经典新疆曲目。有嗓子好的已经迫不及待地唱将起来，"尘土中扬起你美丽的脸庞，漫漫长夜锁不住飞的翅膀，白杨树下我向爱人……"

我的身旁有人愁眉紧锁，忧心忡忡轻言道："我一直不敢去西藏呀，就因为担心身体吃不消……"

立刻有人接口道："此地看去地势平缓，虽处于高原，但夜宿之地的海拔绝不会太高。"是不值一提的口吻。

此次入疆的领队 X，做事向来深谋远虑，面面俱圆，待等热议到达高潮之际，她回转身来指一指车厢尾部，笑道："每个人备有一罐便携式氧气瓶，但凡体感稍有不适，请自行拿来使用。"

一句话给众人吃了定心丸，安下心来望向窗外。

七点半的喀什的清晨，云迷雾锁，伸手不见五指。这座城市尚在酣睡，我们披霜冒露，从喀什出发，沿 314 国道，也叫中巴公路，向着在塔吉克语中有"世界屋脊"之意的帕米尔高原出发。

三回九转，山路崎岖，车子疾驰。左摇右晃中有人悄声嘀咕："得亏早餐吃得不多，转得我头发蒙。"

司机在前头显然已经听见了，笑着说："依山势而建的环绕S路，可不是我为了绕而故意绕啊，当地人习惯将这条盘龙古道称'扶贫公路'，是为让帕米尔高原上的农牧民能够轻轻松松走出高原，走向全国，走向全世界……"

向导把话筒举起，洪亮的嗓音自带热情。听见她说，帕米尔高原海拔四千至七千七百米，拥有高峰诸多，古时称葱岭，丝绸之路在此经过……一语未毕，耳畔有人惊呼："看！快看！"

众人纷纷朝外眺看，只见远远的天边一片橙光闪闪，烁烁金芒中大家只是不住地大声惊呼，一座皆惊。我亦看得瞪眼咋舌，直到过了几秒钟方才反应过来，这便是传说中的"日照金山"！

昏蒙中的众人此刻彻底醒来，纷纷举起手机、相机。面前万丈金光，近了，再近，更近，仿若从天而降的光芒照射在雪山之巅。我忍不住站起身来把脸紧贴在窗玻璃上。坐在前排座位上的人口中"啊呀啊呀"发出词穷语尽的赞叹，拍完左边拍右边，只恨那根横跨在腰间的安全带太碍事。整车人尽情拍照，尽情录制小视频，转发朋友圈，立即赚得众多点赞。我坐回原位，在心底里欢呼雀跃：啊，金色的"布达拉宫"！

也就十几分钟的工夫，流光溢彩精美绝伦的美景，在一声又一声赞不绝口中渐行渐远。意犹未尽中听见向导说："西域坊间流传，能看到日照金山者，吉祥！幸运！这种罕见的自然奇观，它的出现对地理位置、季节时间、山体海拔、气象气候等诸多条件，都有极为苛刻的要求。大家运气好噢……"

观罢美景的好运者们，来不及咀嚼回味，很快便随着海拔的渐升渐高，车厢里开始弥散起微微的躁动与不安气息。

我坐在倒数第三排，此时忙着把放置在车尾部的小型氧气瓶逐一拿给需要的人。一时间，耳畔"嘶哈嘶哈"声不绝，那姿态、神情，说黯然销魂也绝不为过，不禁生出一点向往来了。

蜿蜒曲折的公路继续向西延伸，延伸。当大巴车行至海拔约三千四百米时，眼前骤然间阔达空旷起来。周遭绵延不绝的雪峰，阳光下呈现出一种异常鲜焕而耀目的粉红色。

想到这一路上，一度思山一度看，新疆的山之所以好看，首先在其气势。再就是，此地的山风化层厚，少露石骨。此刻灰白色的近山身姿婀娜，洁白柔软的白沙山近在眼前——喀克拉克湖到了。

车门打开，急性子的我早已按捺不住，扑通一下跳将下去，殊不知脚未及落地，忽觉双膝一软，几乎跪倒。跟在我身后的是个帅哥，伸出手一把拉住我，笃悠悠道："我的养生方式很简单，先吃药，多睡觉，有备无患，在这种地方，利大于弊哦。"临了又加一句，"高原上做动作，一定要轻，要慢。急啥？"此刻我方才发现，这一路上，此仁兄走起路来既轻且缓，有种轻盈之美，不禁在想，倘若是需要，他完全可以走出"水上漂"的轻功步伐。

雪山雪光映照着白沙湖，湖边的草植映衬着远近山峦。那沙湖好像长着一双迷人的眼睛，含情脉脉地注视着远道而来的客人。

不时飞来不知名的小鸟，耳畔啁啾声声，地广人稀，高远的湛蓝晴空，我跟同伴漫步在湖滩上，日光下的身影给拉得又细又长，莫名有种身在世外的错觉。

细沙耀白柔软，洁净得令人不忍下足。

我抬头远眺，迷离的瞬间仿佛望见《西游记》中师徒四人，正从更远的天边走来，渐行渐近，再近，更近，我跟历经千难万险的取经之人彼此长久凝望，此时无声胜有声，不知今夕是何年。

海拔其实不高，但空气中含氧量只有平原地区的一半，夜色降临时分，一行人开始出现愈来愈明显的高原反应。剧烈头痛的人吃过药似乎不起作用，将氧气瓶紧搂入怀，片刻不停地"嘶哈嘶哈"吸氧声再次给我造成某种错觉，我问："好闻吗？甜不甜？"

宾馆有氧气瓶，免费试用，我坐在床上思忖着，平生还未曾体会过吸氧是种什么感觉。

不如试试？反正不花钱。

于是起身，踮着脚尖将悬挂在头顶的氧气瓶的阀门打开。小气泡即刻便"咕嘟咕嘟"，欢乐地翻滚沸腾起来，黑暗中隐约看见有丝丝柔柔的水雾四下飘散，我走近把鼻子贴上前去仔细地嗅了再嗅。完全没气味啊？终于心下释然。

群里一行人因为难以成眠开始聊上了。

一个说，我血压稍高，但平时没有感觉，现在头晕得厉害，太阳穴涨得很。

立刻有人答疑解惑，缺氧会削弱抵抗力。

另一个说，我的心脏怦怦怦，马上就要蹦出来了似的，人根本不能躺，一躺下去觉得再难起来。

立刻有人接口道，我有安神补脑口服液，给你送过去？

一行人在群里众说纷纭，有位"老法师"先是发了个哭泣的笑脸，表示理解。继而道："你们呐，就是心理作用，不要去想高反的事就不会高反，看看我，完全不知道高反为何物么。"

然而事实是，我刚才站在窗前向外眺望，却分明看见昏黄的街灯下面站着一个人，怕看错，轻度近视眼的我还特意把眼镜戴上，分明就是"老法师"，正手扶着电线杆吐得上气不接下气……

塔县的星空多么静逸啊，在魔都绝对是看不见，心想假如真的能在这般静寂美好的高原之夜纵声高歌，不失为人生一大幸事。然而此时此刻，再也没有人提出想要看看高原的星空多么浪漫璀璨，我暗自祈祷着下回再来……

来过喀什

王萌萌

吃馕最好的时候

那一日，睡到自然醒方起，卷帘见窗外碧空无云。骤降的气温和晴好天气使我一霎恍惚，以为还身在南疆。洗漱时，此前一周走访喀什的种种片段在脑海中回放，昨日回沪前的百般不舍重新激荡，真是才作别离，就起相思。

相思何解？赶忙从未来得及整理的行囊中取出一物。外面塑料薄膜挡不住的馥郁居然从浓重咖啡香中突围，丝丝缕缕涌入鼻腔。那是糖油混合物的香甜夹杂玫瑰花的芬芳，但又经过了些微时空流逝的洗礼而内敛沉着，不徐不疾地发散，反倒比张扬的鲜咖啡味更持久。

这是一只从喀什巴扎带回来的玫瑰花酱馕，直径不足我中指尖到掌根的长度，四周隆起中间凹陷，色泽与肌理完美诠释了冬日时尚界最流行的美拉德色系搭配。在新疆的各类馕饼中，这一款最适宜作为风物特产给游客当伴手礼。更小号形似贝果的小油馕不那么典型，再大号的虽然外形可观却又不便携带。

此番之所以带玫瑰花酱馕回来，是因为旅伴多为嗜好甜口的上海人。胃口小又讲究形式感的上海人，除了早点常吃的大饼油条面包之外，不太将这么实在的面食当正餐。玫瑰花酱馕冷却后，口感味道类似酥饼和曲奇，刚好可做下午茶的点心。

前日从塔什库尔干县回喀什的途中，大巴车停在服务区休息。有摊子卖当日现烤大馕，两元一枚的售价在新疆都属实惠，领队买来给大家分享。队友中有位海归的90后上海小囡，头回吃这种馕，尝了一口道："这是葱油饼的味道。"立马有人附和说差不多。实际上这葱油的味道来自新疆日常烹饪中少不了的皮牙子，也就是洋葱。洋葱油的味道，远比小香葱和大葱更为浓烈，典型的西域气息。2022年三四月的上海，不少人家里曾为了消耗掉物资包中过多的洋葱而熬油备用，炒荤菜或拌面皆可，倒也为那段特殊的时日增添了几分平日少有的滋味。

说起来我与馕结缘始于许多年前。童年时在制药厂做销售的父亲专门跑西北片区，有几年长驻新疆。父亲天生老饕，走到哪里都能爱上当地美食。归家时带回过牛肉干、葡萄干、奶疙瘩、新鲜的羊腿和哈密瓜，还曾在家里做羊肉汤和手抓饭。从父亲眉飞色舞的叙说中，我想象着他在新疆朋友家做客的情景。

步入与《一千零一夜》故事书插图一般风格的民居中，穿过缀满水晶与玛瑙的葡萄架，屋内四壁和睡炕上悬挂、铺展着几何纹样华丽、色彩绚烂的地毯与毛毡，炕桌上摆满新鲜水果和各色干果，手工铜盘中油炸馓子与奶疙瘩堆得像小山。女主人热情地为客人添奶茶，男主人端出热腾腾的大盆手抓羊肉和拉条子，老人们随手拿起热瓦普、冬不拉和手鼓等乐器演奏，古丽和巴郎子随着鼓乐欢快起舞……这类场景被父亲一再讲述，每一处细节都有些不同，但从不改变的是，炕桌上永远有一只大盘子盛着一摞金黄喷香的馕饼。馕是最能说明"新疆是个好地方"的食物，父亲如此强调，于是从小我就盼着能尝一尝馕的味道。

我头一回吃馕是在姑苏古城读大学期间。身为建筑系的学生，隔三岔五要熬夜赶画作业，习惯备些糕点干粮做夜宵。彼时苏州十全街有家知名的新疆菜馆子名为"北疆饭店"，寻了周末与同窗去打牙祭。新疆菜的量挺适合囊中羞涩的穷学生改善伙食，一个大盘鸡、一个酸辣白菜、几串羊肉串、再配上大盘鸡赠送的宽面，另点一盆白米饭，足够三五个女生吃得饱胀。出门时，见当街烧烤的维吾尔族小伙端出刚出坑的馕，那种小麦粉油脂充分混合、发酵又经过烘烤之后激发出的浓香霸道至极，对我这远离故土的北方人来说不可抵挡，当即决定买几个带回去。同行的常州籍室友提出异议：这么大的饼，吃不完会坏吧？彼时我刚刚不求甚解地读完从学校图书馆借来的《大唐西域记》，便"现学现卖"跟室友讲起其中新疆馕的故事。

当年玄奘法师独自西行取经，途经高昌国，也就是现在的新疆吐鲁番一带。崇信佛法的高昌王为玄奘法师准备了丰盛的物资，大到金银盘缠、车马力夫，小到衣物、手套、靴帽等。因为要穿越茫茫戈壁和沙漠，高昌王发动全国打馕高手，为玄奘法师一行制作了五千多个各色馕饼。可以说，没有馕，玄奘法师就坚持不到抵达印度的那一天。来到那烂陀寺的时候，他身上只剩下几块高昌馕，遂向戒日王介绍此物功德，戒日王品尝之后对其味道大加赞赏。由此可见，馕是一种营养丰富、极耐保存的食物，能支撑得起艰辛漫长的取经路，怎么不能给熬夜画图的学子充饥呢。我大手笔地一下子买了五个，以为足够全宿舍吃个十天半月，不料后来"翻车"了。

约莫一周后的一个赶图夜，宿舍里按照规定于十一点半熄灯。我们把板凳、画板搬到走廊上继续鏖战，走廊光线不佳，而建筑图纸的绘制须得毫厘不差，只能靠白天充电的应急灯补足光源。时值盛夏，暑气渐重，我们的鼻尖、脖颈、腋下、脊背不停冒汗，还要小心莫让手上汗水洇湿了针管笔画出的细挺线条。至后半夜，我终于完成最后一笔，松一口气，摸黑进宿舍觅食。见之前买的新疆馕还余下两只，便拿一只到走廊与舍友分食。应急灯的电所剩不多，我们就在晦暗之中撕扯、咀嚼，尚未完成作业的人迅速吞咽，想趁最后一点光熄灭前再多画几笔。

次日晨起，我尚未起床就听见一舍友喊，"天哪，这馕发霉了！"我去看时，只见最后一只馕皮面上现出几小片绿色霉点，且有扩大之势。在舍友们此起彼伏的惊叫、抱怨声中，我心虚地说，也许昨夜吃的那只是好的呢？又赶忙承诺下次赶图请大家吃水果。此后连日的阴雨让我深切意识到自己的愚钝，同样的馕，在取经路上和烟雨江南怎么能是同样的保质期。况且这食物和人一样，要在最合适的环境中才能充分发挥所长。

怀着对馕这种食物的特殊情结，我走过了不少与之相关的行程。在未到达新疆前，我先后去过印度、尼泊尔、土耳其、埃及，这些地方都曾见过类似馕的食物，食用方式也类似。烤肉、奶茶、瓜果、馕、乳制品，这便构成了丝绸之路所及之处都通用的完美一餐。据考证，"馕"最开始叫作"俄可买克"，源于古波斯语。在新疆，馕与生活在这里的各族同胞的人生历程息息相关，从出生时的命名仪式、摇床礼，再到婚丧嫁娶，馕见证这有关礼俗的各个重要环节。所以新疆人会说"可以一日无菜，不可一日无馕"，"饭是圣哲，馕是神灵"。

2022年夏、2023年春，以及2023年的11月末，我终于如愿来到新疆。先后走了北疆与南疆，虽说因各种缘由而不得不行色匆匆，但这一路上尝尽了各色各味的馕，最难忘的两回分别是在库车老城及和田穿越塔克拉玛干沙漠时的路餐。

库车老城通往王府的热斯坦老街，充斥着华梦未央与衰败萧瑟混杂交织的不可思议的梦幻感。道路两侧几何纹饰繁复的木门丽色犹存，老字号的商铺一边按照几百年不变的方式营生，一边也接受来打卡的年轻旅客扫二维码付款。一家叫作"帕提古丽热合曼"的打馕店，出售当地最有特色的大如车轮的库车大馕。我和爱人恰好赶上新馕出坑，戴小花帽的络腮胡老大爷用铁钩将金黄的馕饼一个个自坑中取出，直接摆在铺着红花布的大案子上，任付了钱的顾客自取。拿起馕饼时，我隔着袋子还觉得滚烫，可那四溢的喷香实在令人按捺不住。此馕直径约六十厘米，最厚处不超过一厘米，最薄处如纸一般，馕面上形若玫瑰的图印交叠错落，密密麻麻嵌满了白芝麻。趁热撕下一片，入口酥脆松软，咸香十足又经久耐嚼。爱人乃嗜吃面食的胶东汉子，几口下去大呼舒坦。八元钱买的这两只大馕，是早午餐，也是拍照道具，更是此后行程的储备粮。馕简单朴素至极，却能给人最根本的安全感。想到底，生命存续所需本就不多，轻简节制反倒通往自在和满足。

2023 年春季，随上海作协和新疆文联"文化润疆"采风团走访阿克苏地区，有一日在和田的行程是穿越塔克拉玛干沙漠，中途沙漠路餐，全部吃食就是一摞馕、几个西瓜。冒着风沙，一口馕、一口瓜，喉咙里、心里倒是香甜的，但满头满脸从发丝到齿缝都有细细密密的颗粒感在穿梭流动。远处几株胡杨，正在风沙中摇曳伸展着刚刚发出嫩叶的遒劲枝丫。我们已然说不清吃下去的是馕、西瓜还是沙子，但又有什么关系呢，这才是吃馕最好的时候。

弹都塔尔的老人

循着乐声拾级而上，我们步入那家老茶馆。松石蓝、湖水绿为主色的墙漆，繁复几何图形与纤巧藤蔓细密间杂的装饰纹样，朴拙老旧却一尘不染的橱柜，复古阿拉伯风茶具器皿在斜阳辉映下暖光莹润。唯一一桌客人很年轻，睫毛卷翘如扇的红皮衣古丽语速飞快地笑谈，巴郎子们凝神静听，奶茶与糕点的甜香氤氲蔓延。

是这里吗？似乎和那家网红老茶馆看着不太一样。应该有个悬挂、铺盖着手工羊毛毯的斑斓空间，老茶客与旅行者盘坐在一起吃喝弹唱，大家庭聚会般热闹非凡。可此前来过喀什，还在老街民宿里住了几日的同伴说，应该是吧，听得出语气并不确定。包着头巾的老板娘热情递上菜单。不管是不是，喝杯茶总没错，另一位性格极爽朗的同伴征求我们意见，想抢着买单。

那是喀什采风行程的尾声，距离告别前夜"最后的晚餐"还有一个半钟头，我们"放羊"般散落在以汇聚中亚各国特色、西域风情浓郁著称的千年古街。此时点吃的显然不合适，就来壶玫瑰红茶吧。

为了多看看街景，我们于小露台就座。约莫六七平方米的面积，仅够摆两张桌子，还因两侧连通楼梯需留出通道而不得不将桌子贴边放置。正对着店门、向街面探出的部分，是四名奏乐者的"舞台"，正是他们的演奏吸引了我们上楼。

茶未上桌前，一位同伴去洗手间，另一位同伴四下"巡视"取景。我独坐桌旁，有一小会儿完全不想动，任心神随乐声驰骋，同时观察近在咫尺的奏乐者。

四个奏乐汉子看来年龄跨度不小，或许在不惑至古稀间，清一色的黑衣黑帽，令人想起老街起始处艾提尕尔清真寺外广场上坐着的一排黑衣老先生。不过那些黑衣老人的气质，近似中巴公路沿途所见的久经寒暑风沙的山石，而眼前这四位则因奏乐的缘故而具有飞扬轻灵的姿态。

实际上这四位的衣、帽搭配各有特点。同样是黑皮衣，最年轻的是外翻的毛领配棒球帽，年长的里面露出瓦红色衬衣，头戴瓜皮帽，轮廓最像汉族的是鸭舌帽和黑色羽绒服的常见组合，看起来最年长的反倒穿得最轻薄，黑色菱格毛衣搭小翻边羊毛毡帽，有点英伦绅士的意思。他们的穿搭与所奏乐器也颇为匹配，棒球帽打手鼓，红衬衣大叔弹冬不拉，鸭舌帽吹笛子，而毛毡帽大爷手中是最具有维吾尔族特色的乐器都塔尔。

　　我是 2023 年春在南疆才真正搞清楚都塔尔和冬不拉的区别。传遍大江南北的《新疆好》的歌词让我从小就知道了冬不拉，来到新疆后，见到所有长得像长柄大水瓢的弹拨乐器都以为是冬不拉。直到在阿克苏地区新和县参访一个非遗乐器传承村落，亲眼见到几种常见乐器的制作过程，这才知道冬不拉和都塔尔都是两根弦，冬不拉有出音孔、琴头；而都塔尔的琴颈比冬不拉的更长，无出音孔、琴头。从音色和音量上来讲，起源于哈萨克族的冬不拉音量大、音色铿锵，适合弹奏节奏快、情绪奔放的乐曲。而最受维吾尔族钟情，也在丝绸之路沿线各国都能寻到踪影的都塔尔，音量虽小却音色柔和、清脆婉转，更宜抒发潜藏之深情，故而维吾尔族歌手喜欢以此乐器自弹自唱，也是十二木卡姆最重要的乐器。

　　彼时彼刻，仿佛呼应着热烈深情又忧伤的乐声，行将隐入地平线下的夕阳以熔金之色表达最后的眷恋。从我们的位置望去，恰似在"舞台"前方投下一轮巨大的光晕为背景，乐手们侧身逆光成剪影，犹如某部歌剧高潮部分的剧照。

　　那位弹都塔尔的老者，自始至终眼睑低垂，沙丘的纹理与冰缝的沟壑在他高耸的眉脊、鹰钩的鼻骨、紧抿得几乎看不见的薄唇之间起伏蜿蜒。他坐在那里，左右不平衡的老迈躯体似乎随时会塌陷，却又有股强韧之气向上撑着，叫人怀疑有胡杨和红柳在他体内生长。四人中，他的动作幅度最小，除了手不停弹、拨、挑、扫之外，只有头不时随着乐曲的旋律俯仰。那旁若无人的神情太迷人了，我忍不住拿起手机抓拍。可从我的角度，只有透过年轻的手鼓乐手侧脸与鼓之间的空隙，才可能"捕捉"住那叙事性十足、想象空间无限的画面。

去洗手间回来的同伴说搞错了，网红老茶馆原来在隔壁，不过如今那店里喝茶的老人都是雇来的，不是当初的味道了。另一位同伴说，网红店人太多闹得很，这里多清静。我心想，多美好的错误！

在不断调整角度按下快门后，我终于拍到一张理想的照片。如今，每当看见照片中这位弹奏都塔尔的老人，此前在南疆大漠间、胡杨林中、雪山下、冰湖畔、古城遗址、边境县城等地所见所闻所感便会如蒙太奇般上演，我静待好故事随之而来……

辑五 ●●●

静 待 好 故 事

四域三十六

哥舒意

五六年前，大概是 2018 年，从北疆回来的那段时间，我身心俱病，甲状腺出了问题，整个人像吹气球一样胖了起来，短短一个月胖了三十斤，很多人再见面已经认不出我。我辞了工作，离群索居，除了每月去医院复诊外基本不出门，等到病情稳定后，准备开始减肥，在离家不远的健身房办了张年卡，每天跑步，力量训练，回家吃水煮西蓝花，在饥饿、阅读和运动中过了半年，身体才渐渐恢复了过来。在这个过程里，却也结识了几个新朋友，一个因肾脏问题用激素药导致肥胖和体毛胡须旺盛的小毛，身上文了彪马商标的做建材生意的彪马叔，还有一个沉默寡言的年轻教练。

我们因为都是下午来到健身房，渐渐开始搭话，互相搭手帮忙陪练，一边运动一边聊天。年轻的私教姓马，肤色黝黑，似乎刚大学毕业来上海不久，我们叫他小马哥。和一般让人家买课的私教不一样，他几乎从来不叫人买课，当然别的私教叫我们买我们也根本不会买，在我们这些坚持白练的男人看来，买私教课实在是钱没地方花了。

不过小马跟我们关系很好，我们有什么锻炼上的问题和动作请教他，他也顺手就教给我们了。熟了以后，我们约聚过几次餐。有一次我们说明天去新疆餐厅吃大盘鸡，小马哥正在旁边，就说："上海的新疆餐厅里的大盘鸡做得都不正宗，我做得比他们都好吃。你们不如来我家，我做给你们吃。"于是我们就约了第二天去他家里吃他的私房大盘鸡。

小马的房子就租在健身房对面的小区，还是毛坯房，厨房和厕所都很简陋。大盘鸡的配料如土豆、辣椒、母鸡小马哥家里有，我们另外带了白切羊肉、熟牛肉和几样小菜，还买了啤酒。到他家时，大盘鸡正好出锅，摆菜上桌后就直接开吃了。小马哥的大盘鸡和新疆馆子的味道其实没什么大差别，可能是趁热，所以更加好吃。他尝了口力波啤酒，说没什么味道，这在他们老家是女人和小孩喝的饮料，他们有"夺命大乌苏"，不过现在他家里没有。我本身对酒精过敏，不太喝酒，小毛和彪马酒量显然也不行，带的半打啤酒喝完，大盘鸡也吃罄了，正好他们住得近，就叫了车一起走，我落在后面收尾，此时一个高挑的姑娘开门进到房里。

"这是我女朋友,"小马哥说,"跟我一样是从新疆来上海的。"

小马的女友姓杨,姑娘还提着一兜啤酒,说是刚从朋友店里买到的"夺命大乌苏",喝了保准倒下。这一对似乎有点想看我喝酒的笑话,小马哥一个劲拉我留下,说是让女友再炒两个菜,一起尝尝新疆的啤酒。我只好说,我半年前刚去过新疆,已经领教过大乌苏。其实那次去阿勒泰,当地的朋友们在蒙古包里准备了烤全羊,结果我一口都没吃到,在羊肉上来前就醉倒在羊毛毡子上睡着了,现场还被拍了照。小两口都笑了起来,问我去了哪里,我说是伊犁、克拉玛依和阿勒泰。

"啊,你去的是北疆,"姑娘说,"我们的家是在南疆,喀什这里。"

姑娘下厨炒了番茄鸡蛋、青菜,还热了剩下的大盘鸡。我们一边喝大乌苏一边聊天。他们的家都在新疆,都是新疆的汉人,父母辈都是20世纪60年代从上海援疆建设的知青。小马哥的爸爸是当地的汉人,他妈妈后来也一直没有回上海。两人是中学同学,在喀什的一所高中,不过大学就在两个地方,小马哥读的是一所体育院校,小杨在浙江读的经管专业,毕业后他们都到上海来了。小马是知青子女,回上海也是叶落归根。不过上海菜太甜了,他们都还没吃惯。

"我倒是觉得新疆菜我挺吃得惯的,我回上海一直吃新疆炒米粉。虽然烤全羊没吃到，但是烤羊肉我也很爱吃，还有馕坑烤肉。"我说，"在乌鲁木齐有一道菜，一口大锅，里面有烤羊肉、烤鱼和烤鸡，我忘了那叫什么了，太美味太丰盛，想一想就流口水。上海的新疆馆子都没有那道菜。"

"那叫海陆空，量太大了，上海没有。"姑娘说，"上海有几家新疆馆子味道很正宗，不过羊肉不行，怎么做都没有我们家那边好吃，跟羊肉有关系。"

"上海只有崇明养羊，其他都是外地运来的，但是味道和我在新疆吃的完全不一样。"

"你应该去我们那里，你下次来喀什，我们带你去吃烤羊肉，喀什的羊肉已经很好吃，但是全新疆最好吃的羊肉在巴楚，我家就在巴楚。小马会开车，我们开车带你去到处玩。"

"那边有什么好玩的？"

"喀什有迷宫一样的老城，艾提尕尔清真寺，香妃墓。远一点可以走盘龙古道去班迪尔湖，如果到莎车可以去看叶尔羌汗王宫，城墙那里有朱具婆佛塔遗址，玄奘在那里讲了三天经。"

"玄奘？"我问，"《西游记》中的唐僧吗？"

"是呀，他从天竺取经回来在莎车城讲经三天，每天有一万居民听他讲经，《大唐西域记》他写过这段经历。你是对佛教感兴趣吗？那你应该去塔县。"

"我小时候住在塔县。"小马说，"塔县有白沙湖、黑湖和石头城。白沙湖是玄奘收服沙僧鱼怪的地方，那边有很多玄奘西游的故事，西域三十六国，每国都有自己的传说，流传万千，就跟《一千零一夜》中描述的故事一样。"

"不只是玄奘，还有其他僧人的故事。"姑娘说，"你不是跟我说过那个痴呆瞎眼和尚的传说吗，我就觉得很有意思，你跟他说说呗。"

"故事很长，人家不一定要听。"小马局促地跟女友说。

"这就像传说照进现实一样，我也想听。"我说。

"这个故事的名字本来很长，叫什么《一个曾为王子的痴癫行僧的传唱诗歌》，我是小时候听说书人说的，我要想一想，说得不好别怪我。"

他喝了几口乌苏啤酒，开口讲起来。

那是很久远的过去，连玄奘法师都还没有西行取经，有个连《大唐西域记》都没有记载的西域之国，或许是楼兰、西夜、精绝，也许是龟兹、姑墨、车师，可能是疏勒、莎车、尉头，总之是其中之一，祥和富庶，绿被葱葱，牛羊成群，土地湿润，小麦葡萄，年年丰收，安居乐业，人人无忧无虑，青春长寿，直至百年，可以说是无忧之国。国王和王后深受百姓爱戴，却多年没有子嗣，直到老年才生下一个男孩。全国百姓都将这个孩子视为瑰宝，人称"无忧王子"。

　　无忧王子从小俊美绝伦，聪慧无比，善歌善舞，才思敏捷，跳起舞来让歌姬蒙羞，唱起歌来让猛兽俯首。据说他精通音律，诗歌、乐器无一不通，王宫外有弹琴者弹错了琴，他笑嘻嘻地射出一箭，射中木琴，奏出正音。行吟诗人慕名从各国而来，在每年的丰收宴席上请求和王子对诗；国内少女争相目睹王子姿容，挤塌了王宫围墙栏杆。国王和王后觉得国家后继有人，深感欣慰，但唯有一件忧心之事。无忧还未成年时，每年来向王子提亲的人络绎不绝，其中不乏王国公主、贵族女子、富家千金，但无忧都予以拒绝，没有任何少女的身影能映入他的眼帘。待到无忧十八岁成年时，国王与王后已经垂垂老矣，卧床不起，唯一心愿是王子寻得良配，尽早成家，继承王位。

　　这时大臣提出了一个人选，在草原森林另一边的无双王国，公主刚刚成年，美丽举世无双，西域诸国无不知晓，但是无论哪国王子贵族前往求婚，公主都不喜欢，还将来人羞辱一番。各国人都知道无双国公主美貌无双，也知道无忧国王子俊逸绝世，于是诸国都将二人相提并论，说，也许无忧王子与无双公主是天生绝配，二人注定会在一起。宰相说动了国王和王后，预备贵重聘礼，去向美貌无双公主求婚。

　　求婚使节带了一百车的金银珠宝，一百车的瓜果粮食，两百车的丝绸锦缎和羊毛织物，以及一千匹马和一万只羊，这些都是表达求婚诚意的聘礼，但是更具诚意的是，无忧亲自动身前往公主的国家，大家都说，王子的这份骄傲要比所有的礼物都更加贵重。

　　求婚的队伍跋山涉水，在很多次太阳升起和落下后，抵达了无双公主的无双国度。国王和王后宠溺女儿，无论是婚姻之事还是国家大事，都听凭女儿做主。王子的队伍虽然入住使馆，但是要和其他国家的求婚者一样排队等候公主召见，遥遥无期。无忧于是心生一计，在使馆外假扮心音诗人，戴着羊毛面罩弹琴唱歌，歌声如诗一般曼妙，每天来墙外等候歌声的少女越来越多，最后半个王国的少女都围拥在使馆门，等着神秘诗人的歌声，以及他露出面罩下的脸。但是诗人已经传出消息，只有能帮他见到公主的人，才能看见他的脸。终于有一天，两名戴着面纱的少女，说是王宫的侍女，她们听了诗人的诗歌和琴声，如同喝了很多杯酒一样沉醉其中，其中一名侍女说，如果诗人去掉面罩露出真容，她们可以想办法让这个求婚队伍提前入宫面见公主。

　　诗人脱下面罩，落日的余晖照在他的脸上。侍女的面纱也被风卷走，王子和她对视了很久，直到她低首不语。"我来这里是向贵国无双公主求婚"，无忧说，"但是我看见了你，请告诉我你是谁，我觉得我可以不用去见那个傲慢的公主了。"侍女脸颊发红，没有说话，和另一名少女转身离开。当晚王宫传旨，第二天公主会在王宫以国礼迎接无忧王子。

第二天无忧来到王宫，公主端坐垂纱王座，接待王子一行。端坐垂纱的公主问："请问殿下远道而来是为何事？"王子说："我想见一下公主的侍女。"公主于是唤出王宫内所有侍女，但是没有一个是昨天和诗人对视的少女。无忧无比失望。垂纱后的公主说："弹琴唱歌的诗人也不过如此。"王子抬头端详了半天垂纱王座，说："还有一个人我想见一见。"他走上前去，掀起垂纱，看见了公主的脸。正像诸国传说的那样，美丽无双。他痴痴地望着公主的眼睛，却没有发现公主眼睛深处蕴含的怒意。公主露出微笑，问："王子来到底是为何事？"

"我来这里是想娶你为妻。"无忧说，"我向公主求婚，希望你成为我的妻子，我为王你为后，我愿意将我的一切奉献于你。"无双公主说："我听别人说起过你，王子之名流传雪山森林，草原湖泊，你是一国王子，将来也会成为一国之君，但是我不知道你的内心，人心要比最深的井还要深不见底。我愿意嫁你为妻，从此和你相伴，但是我想先看到你的真心，你到底是不是真诚待我，视我为你永远爱护之人。"

无忧说："我这次带了一百车的金银珠宝，一百车的瓜果粮食，两百车的丝绸锦缎和羊毛织物，以及一千匹马和一万只羊。"公主说："这些不算什么，其他的王子也可以给我同样的聘礼。"王子回答道："我可以为你写一千首诗，但凡有水井的地方，人们都会听见咏唱你的歌声。"公主说："诗词歌谣，我听了足够多，再美的诗句都会让我觉得厌烦。不如这样，你只需答应我一件事，我就愿意与你订婚。"王子说："请无双公主明示。"

公主如昨日那样与王子对视，脉脉含情，双目仿佛深潭之水。"听说你降生之时，天上落下一颗流星，星光落入你的眼睛。我要你的一只眼睛，作为我们的定情信物。"侍女端上一个银盘，放在王子面前。王子望向公主，公主微笑不语，好像是等他回音。

王子说："只是一只眼睛，如果公主想要，那就赠予公主。"他单手插目，从眼窝里挖出右眼，轻轻放入银盘。这粒带血眼珠在盘中缓缓滚动，最后盯着公主的脸。

公主凝视盘中眼睛，她的眼眸如最深的潭水，没有人可以透过深潭，望见水底那疯狂的影子。很久后她才抬起目光，微微一笑。"我相信你了，我相信你对我一片真心。"公主说，"但是，失去一只眼睛的你，再也不是那个完美之人了。你的身体已然残缺，我是世上美丽无双的公主，只有完美之人才配得上我，现在你再也配不上我了。你带着你的礼物请回吧，这只眼睛我也不想要了。"

"是的，我再也配不上你了。"

王子伫立良久，说："送出的礼物如泼地之水，没有回收的道理，那枚眼睛是扔是留，随你处置。"

他带着看得见的伤口和看不见的伤口回到使馆，一病不起。随从带着发烧昏睡的王子回国，途中，暴雨和狂风吹散了队伍，强盗抢夺走了所有的礼物，杀死了剩下的人。最后，他们发现躺在马车上的病人。这个病人一目已盲，身体红肿溃烂，散发恶臭。强盗们觉得这是被诅咒将死的麻风者，就用羊毛毯裹起他，扔下了悬崖。

被扔下悬崖的王子并未摔死，崖底是常年枯枝腐叶沤成的沼泽，他的身体浸泡在沼泽里，即将死去。森林里的动物曾听过王子的弹琴声和诗歌，它们围绕沼泽，被一名赶着羊群路过的少女发现了，以为陷在沼泽里的是自己走失的羊，救上来才发现是一名重伤的年轻人。于是牧羊女赶着小羊，拖着垂死的年轻人回了自己的家。牧羊女没有嫌弃他溃烂的身体，也没有惧怕他流血的独眼，帮他挤破脓疮，擦掉身上的脓水，每天帮他擦净身体。牧羊女像照料生病受伤的羊羔一样照料不省人事的他，不能吃饭就喂他喝刚生崽的母羊羊奶。

也许是牧羊女的照顾，也许是沼泽里的腐泥正好治好了他身体的溃烂。他渐渐苏醒过来，身体的脓肿也渐渐消退下去，他终于可以开口说话。

"你是谁？"他问。

"我是牧羊女。"她说。

"你知道我是谁吗？"

"你是生了病的人，你是失去一只眼睛的人。"她说，"从头发上来看，你应该是个僧人。"

他摸了摸，本来的长发都掉光了，现在头上刚长出一层发茬。

"牧羊女，你救了我，我会报答你。"他说，"请告诉我你想要什么，无论金银财宝还是荣华富贵，我都可以赠予你。"

"我用不着那些，"牧羊女摇头，"我只懂放羊。"

为了给他养病，牧羊女宰了自己心爱的小羊煮了羊肉汤，却为自己的小羊而伤心，煮汤时牧羊女一直哭泣，眼泪掉在了汤里，汤像撒了盐一样带着咸味。她还会烤香甜的馕，馕馅是她采来的野花，她说这是她做的鲜花馕。

在以后的人生里，无忧王子走遍了四域三十六国，最远时到了雪山之顶，但是他再也没有吃到过带着野花香味的馕饼。他无法下床，牧羊女就做了车轮一样大的馕，戴在他的脖子上，这样当她整天外出放牧时，他只要低头就能吃到烤馕，不会饿到。他终于起床了，走到外面看着羊群中接生羊羔的牧羊女。牧羊女举起手上的羊羔给他看，开心地笑起来。

无忧王子不仅失去了眼睛、头发、过去的脸，他的嗓子也毁掉了，无法再唱出诗歌。他只能缓慢地低声念诗，牧羊女不认字，他就在她的手心教她识字。"你的手比我的手还要光滑，"牧羊女望着他说，"你在我手上写了什么？""我的名字。"他说。在清晨和傍晚，她敲起了羊皮鼓，那是羊群里最老的那只公羊死后做成的鼓，所有的羊听见鼓声，就知道要出门了，回家了。她一边敲鼓一边唱歌，但不是唱给她的羊群听的，而是唱给这个像僧人的年轻人听的。他也敲起了羊皮鼓，在鼓声里，牧羊女和春天的小羊一样跳着舞。

牧羊女学会了写字，在他准备走前的晚上，她在他手心里写下几个字。"这是我的名字，你不要忘记我的名字，也不要忘记我。"她说，"我知道你要回去了，你曾经问我想要什么，我现在知道想要什么了，我想要你回来。"

牧羊女说："不管时间过去多久，一个月，一年还是比这更长久的时间，我都会等你。"

他离开了牧羊女，走上了回家的路。

我没有听完这个故事就醉倒了。"夺命大乌苏"对我来说过于厉害，我都忘记了自己怎么回的家。小马的大盘鸡很好吃，他女友的番茄炒蛋也很美味，下次再聚不能喝大乌苏了，喝可乐就好。

但是很快疫情就来了，健身房随之几个月几个月地关门，陆续停顿了三年时间，很多顾问和私教都离职了。等到疫情彻底结束，已经是三年之后，健身房换了一批新人，我没有见到小马，他的手机号也换了，问了前台，前台说："谁是小马？先生您的卡也到期了，要不要再续几年？"我没有再续。

2023 年年底时，因为写作需要，我又飞去了新疆，这次是去喀什，以及喀什周边的几个地方。从上海飞往喀什，中途要在乌鲁木齐转机。在喀什休息了一天，团队就驱车前往巴楚，我们在红海森林公园走了一整天，胡杨一望无际。巴楚的羊肉很好吃，当地向导一直跟我们说，全世界最好吃的羊肉是新疆的羊肉，而新疆最好吃的羊肉在巴楚。后来我们又去了塔县。

在喀什、巴楚、塔县都能见到上海人，无论是在丝绸之路博物馆还是在新建成的人民医院，都能听到几句上海话。早在 20 世纪 60 年代，就有很多上海知青来到新疆，能找到的信息是，1963 到 1966 年，三年内共有十万余名上海知青支援新疆参与建设，后来随着知青返城，但仍有四万到五万的上海知青留在了新疆，他们组建家庭，或者和当地人结婚，但不管怎么样，都有了自己的家，有了自己的孩子。这些上海知青的后代，统称为上海知青子女，就跟全国其他地方一样。这些知青子女，有的从小随父母回沪，有的则是十八岁以后，高考或者大学毕业后，像某种洄游的鱼一样，逆着水流游回了上海家乡。

认识的同一辈的年轻人里，很多都是这样的知青子女，从新疆回来的却认识得不多，可能只有四五人，小马是其中一个。不过我还是认识挺多新疆朋友，汉族人和维吾尔族人都有，初次见面，我常常分不清对方是汉族还是少数民族，总不见得让对方表演扭脖子舞。奇怪的是，我认识的几位新疆朋友，不见得会跳新疆舞，但是做饭做菜都很拿手。

新疆太大了，不止南北，北魏董琬通使西域，他把"西域"分为四域：一域，自葱岭以东，流沙以西；二域，自葱岭以西、河曲以东；三域，者舌以南、月氏以北；四域，西海之间，水泽以南。史书上都说西域三十六国，我觉得"四域"这个广义上的称呼要比西域更适合我旅途中感受到的辽阔。

在塔什库尔干县，向导带我们爬上了著名的石头城。在维吾尔语和塔吉克语里，塔什库尔干都是"石头城堡"的意思。根据史料记载，石头城最早是汉朝时西域三十六国中蒲犁国王城，后来成为揭盘陀王国的王都。传说最初的石头城是色勒库尔国国王为了让途经这里的商队歇脚，用阿甫拉西雅布山上的石头所建。全国百姓从高山上挖石传送，担土和泥，最终用了三个四十天建造而成。在当地塔吉克族的传说里，汉朝时，波斯国王梦见东方的美丽少女，因此派出使臣向汉朝皇帝请求和亲。皇帝册封了一名宫女作为公主，由使臣带回波斯和亲。但是途经石头城时，公主每日中午梦见太阳神，因此怀孕，"汉日天种"，他们就在此筑城建国，这就是后来的揭盘陀王国，公主的孩子是揭盘陀王国的第一任国王。现在的塔吉克人就是他们的后裔。

从汉代的蒲犁国的王城，经营西域和丝绸之路，到盛唐统一西域诸国，在塔县设所，为疏勒镇下的葱岭守捉。元初扩建了城郭，到光绪二十八年（1902 年），清政府在此建立薄犁厅，在已经破旧的城堡基础上进行了重修。即便不算民间传说，以历史记载而言，塔什库尔干的石头城堡也已经长达两千年的历史。在这两千多年里，无数僧人、学者或和商队，或单独前行，或有军队护送，都曾经过塔什库尔干，其中最有名的无疑是玄奘法师。

在石头城山顶的中线，我们看见一块卧石，这就是玄奘讲经石。玄奘前往天竺取经，历时十七年，从那烂陀寺回国，带回佛舍利、佛像、经文，取道帕米尔高原，沿瓦罕走廊回长安，途经揭盘陀王国的石头城，登顶而望，天空湛蓝辽阔，远方三座雪峰时隐时现，傍晚时如火一般的云霞从雪峰照下，下面的阿拉尔金草滩被渡成金红色，牦牛和白羊在草滩上自在散步，低头慢食金色牧草，渴了就和牧民一起在塔什库尔干河边饮水。雪山河流，长云飘逸，水草丰美。玄奘坐于石上，在石头城的高山上、蓝天下，对着居民、草滩和牛羊、白云，以及西域的三十六诸国讲述经文。他在帕米尔高原停留了将近一个月，把他的所见所闻都写在了《大唐西域记》中，留下了这块名为"玄奘讲经处"的石头。

我在讲经石这里拍照，忽然想起了小马小时候住在塔县，也想起小马讲到一半的故事。我问向导，是否听说过这样一首无忧王子的诗歌，向导虽然对石头城的一切传说都了如指掌，"汉日天种"和公主堡的传说就是她在途中讲给我们听的，然而她没有听过小马讲述的王子。

回到喀什，和当地朋友聊起《江格尔》，朋友在文化馆工作，研究西域历史。朋友觉得我提及的故事风格很像这边的英雄史诗《江格尔》。《江格尔》流传于新疆阿尔泰山一带，讲述江格尔汗率十二雄狮和三十二名虎将降妖伏魔，建立了一个没有战争、疾病、饥饿的理想国土。它没有主线，由数十部作品独立成篇，最主要的是结义故事、婚姻故事和战争故事。它主要是由艺人们传唱，代代口耳相传，没有人知道《江格尔》故事到底有多长，没有一个艺人能把所有故事唱完。在 2006 年时，新疆的《江格尔》被列入第一批国家级非物质文化遗产名录。朋友说："你听到的无忧王子，要么是《江格尔》其中不为人知的一部作品，要么是类似于江格尔这样的，由艺人传唱的传说，可能你要听完才知道，它到底讲了一个怎样的故事。"

从乌鲁木齐回上海的飞机上，已经整理好了这次旅行拍摄的照片，报纸副刊和文学杂志都有稿约，但是当务之急不是赶稿，而是减肥。确实，喀什的羊肉、巴楚的羊肉，都异常美味，也就一周时间，我就胖了十斤。一起去的朋友说："感觉你不是胖，是带了头肥羊回上海了。"

我和这头带回上海的"肥羊"一起喝了一个月的黑咖啡，像它一样吃素，每天跑步。一个月后，我写完了稿子，它也终于恋恋不舍地离开了我。我的体重刚刚恢复正常，却开始想念新疆的羊肉，正好有个朋友约我见面，说是有家新开的新疆馆子，味道很正，我们就约在那里。我们先点了几串烤串，新疆馆子味道怎么样，往往从烤串就能吃出来。这家的羊肉口感非常好，让我想起喀什吃的羊肉。问了下，他们确实是从南疆运来的羊。

饭吃完，朋友有事先走了，我去柜台结账，旁边一个年轻姑娘有点眼熟，她好像也注意到了我。我们大概对视了一下，我想起她是谁了。"你是杨姐?"我问。她顿时很不好意思，脸红说："我刚才就看见你了，但是没敢打招呼，别叫我杨姐，我比你小好多呢，你怎么也来这里吃饭?""太巧了，这家新开的，我和同事来这里聚餐，你觉得这里好吃吗?"我说："我刚从喀什那边回来，觉得这家很正。"她说："我很久没回去了，大概四年了，我和小马也分手了，他去年回新疆了。"

我们没有去其他地方，就在店里点了两杯新疆咸奶茶，坐下来聊了两句。

"他回新疆了，不回来了?"

"他说，他是上海知青的后代，但他不是上海人。"小杨说，"这话说得挺怪的，我也不算是上海人，但是现在家里父母也都过来了，我还在攒积分，快能落户了。"

"我去了塔县，看了白沙湖，爬了石头城。"

"那边很好看吧。"她说，"我们以前周末会去那边玩，他骑摩托车带我。冬天不行，太冷了，春秋天正好。"

"你们那次说的那个无忧故事，我没有听完。在石头城我看到了他说的玄奘讲经石，问了当地人，没有人知道小马讲的故事。"我说，"这个故事后半部，他给你讲过吗?"

"我要想一想，好多年前听他说的了。他说这是他小时候听人说的。"小杨说，"我可能记不全了，你是想听后面发生了什么，是吗?"

"是啊，故事听一半，就跟挂在半空一样，不上不下。"我说，"无忧王子失去一只眼睛，离开了牧羊女，我要是那天没有喝醉，就能听他讲完了。"

"都怪乌苏。"她笑着说，"那我们今天就不喝酒了，我们就喝着奶茶继续讲这个故事吧。上次讲到哪儿了？哦，对了，他离开牧羊女回自己的王国，而牧羊女还在等他回来。我不太会说故事啊，要是讲得不好你别生气啊。"

她想了好一会儿，说起几年前没有说完的故事。

他那时候还不知道，他的人生分为两段，如春夏与秋冬，一段是为无忧王子的人生，另一段是为流浪行僧的人生。离开牧羊女以后，他沿着路往家乡走，回家的路比想象的要漫长。他吃光了牧羊女给他做的馕饼，向经过的人家乞讨吃食。人们觉得他是个不同寻常的行僧，尽管失去一眼。他没有说自己的身份，就像个流浪僧人一样接受饭菜。这时他才意识到，并非所有人都能吃饱饭，并非所有人都快乐幸福。越接近他的王国，百姓就越是穷困。他像他们一样饿着肚子。

他回到自己的国家时，看到满眼破败的景象，一切都和他离开时不同了。王国先是发生了旱灾和饥荒，他的父母以为他被强盗杀死，在哭泣中伤心离世。大臣夺取了王位，继位为王，但是新王登基没有多久，凶蛮之徒就从北方而来，他们穿着盔甲，挥舞着锋利的长刀，几乎不费吹灰之力就打败了王国的守军，侵占了整个国家，把王宫和王子的过去一起烧掉了。他木木地站在断壁残垣的宫墙外，往昔如过眼云烟。凶蛮的士兵以为这是一个被吓到痴呆的和尚，就让他为战争中的死者吟唱超度。他就开始为死者们吟唱诗歌，独眼泪流，泣而无声，在如歌的吟唱里，苦难的灵魂纷纷离火而起，如灰尘般在空中飞舞，然后飞向暗夜的彼方。凶蛮士兵耳闻目睹，觉得这个僧人是修行之人，没有为难他，带他一起去了雪原。

独眼的僧人走到了雪原的最北边，那是一望无际的冰海。他以为会在雪原冻饿而死，直到遇到了羊群。在这个冰天雪地放牧羊群的不是一名少女，而是一名书生。大雪如席，他和书生靠挤在羊群中取暖，得以存活。他问书生为什么在雪原上放羊？书生说，我奉皇帝之命出使，蛮王扣下我，只有这群公羊生出小羊才放我回去，我就在这片雪原放牧这群公羊，等待它们生出小羊。我已经牧羊十年，刚来这里时，我尚且年轻，现在我头发都像雪一样白了，但是公羊何时能生小羊，我仍然不得而知。

僧人发了会儿呆，说："我曾经遇见另一个牧羊人，那个牧羊人的馕饼里满是鲜花，她的羊群不时有羊羔诞生。"他想起来牧羊女的羊皮鼓，想起来她的舞蹈。僧人轻轻拍打着公羊的角，喑哑的嗓子吟唱无人听见的诗歌，在风雪中沉沉睡去，只有公羊们听见了，匍匐在僧人和书生身边。第二天他们睡醒时，看见所有公羊都围绕着一个雪堆，当他们走到雪堆前，雪堆化成了一只白雪羊羔的形状。

蛮王驾崩，死前兑现了诺言，放归了书生和僧人。书生说："我的出使已经结束，现在要回去了，僧兄你要去哪里？"僧人说："我也要回自己的家。"但是他的国家已经不复存在，他也无家可归。现在他就像风中的一片雪花，风带他去向哪里，他就去向哪里。

新的蛮王继位后，继续攻战四域诸国。僧人去的地方，也是苦难遍地的地方。曾经的富庶王国，现在是一片焦土，曾经是绿水青山，现在是荒原黄沙。他救下过将死之人，也曾为将死之人所救。亲人离世的人告诉别人，亲眼看见死者的灵魂在僧人的吟唱中超度飞升。被救活的孩童说，看见他牵着一头纯白之羊走向雪山。但是更多的人只是看见一个痴癫吟唱、说话喑哑的独眼行僧，就叫他痴僧。

在旅行至沙漠的时候，他遇到从东而来、往西而去的僧人，他们结伴行走于沙漠。白沙汇聚成河，沙漠如同巨大江河横亘眼前，天上没有飞鸟，地面没有走兽，目之所及，不知去向，没有来时，只有漫漫白沙中露出的死者白骨指引他们。他和东僧在白沙河走了十七个昼夜，超越生死，才走到了绿洲之国。他们离开绿洲，往下一个沙漠行进。沙漠小国，百姓骁勇穷困，日出而息，日落为盗，但是强盗们没有为难流浪的僧人，反而告诉他们前进的方向。"你们必须通过一条山峰间的走廊才能走出沙漠，但是走廊无论冬夏，四季苦寒，道路陡峭，下有万丈深渊，上有寒风和冰川，有一条巨大毒龙盘踞在那里，动辄喷吐狂沙飞石，毒风雪雨，不如就此回头。"

僧人不言，走入两山长廊，万丈深渊之道如履平地，在漫漫长夜间，他们感受到彻骨的寒冷，那是毒龙的吐息。巨大的毒龙盘踞在山峰上，白色龙眼注视着他们，只需吹一口气就能雪崩而下，将他们扫落深渊，只有故事才能安抚毒龙。前半夜东僧讲解经文故事，后半夜则换成痴僧来讲述。他用喑哑的嗓子沉吟往事，现在说出，仿佛已经成了他者故事：曾经不知何时，有一个无忧国，无忧国曾有无忧王子，曾有无双国与无双公主，往昔种种，说出的名字随风飘散，散落雪花，牧羊少女不知何处，那段日子像是某种珍贵之物，可是悬崖沼泽，俱无踪迹。毒龙安静下来，吐息在黑夜中停歇，佛法和故事驯服了毒龙。他们走出长廊后，彼此告别，东僧说："我有我的寻求之物，你也有你的寻求之物。"

但是痴僧痴呆，不知所寻之物为何。凶蛮的军队侵略如火，焚烧了四域三十六国，他再度来到无双国时，无双国已经不复存在，成为蛮王的部落小国。他问贵国无双公主是否安好，人们遥指宫墙说，哪有什么无双公主，此间只有黄金娼妓。于是痴僧走向王宫，昨日的秀丽行宫，今日的囚笼歌院。

凶蛮大军打败了无双之国，无双公主也被俘虏。蛮王早就听说无双公主的美丽，亲眼所见，果然美丽无双。蛮王欲娶无双公主为妃，公主以绝食相抗，誓死不从。蛮王大怒，令将无双王宫改为无双娼院，公主贬为娼妓，所有人不分老少贵贱，只需出资一文，就可指定公主接待，日日夜夜，永不谢客，等到一文一文积铸成等身黄金，娼妓才能赎身自由。

僧人排队尾末，受所有人嘲笑：连这样的痴呆残缺僧人都想一试。等待七天七夜，他最后进入公主卧室，公主不着寸缕，端坐床榻，双目紧闭，听到有人进来，睁开双目，从眼窝里流出两行血泪："我两眼已经哭瞎，但我看见是你。曾经拿走你的一只眼睛，现在我把它还给你。"她摊开手，手上是一枚鲜活眼珠。僧人拈起眼珠，眼珠在他手里化为一枚金钱。僧人将这一文放入黄金雕像独眼,这是等身黄金的最后一文。顿时金光灿灿,一尊黄金公主雕像出现眼前。

"我物归原主,我曾是无双公主,曾是父母爱女,曾是男子心中幻象,曾是黄金娼妓,一切都是皮囊,一切都是法相,一国之女,阶下之囚,男女老少,公主娼妓,美丽丑陋,富有贫贱,幸福悲伤,俱往去矣,我才为我,回归为我。"说完,无双公主闭目,离世而去,肉身消失不见,只留下一尊黄金公主雕像。

黄金公主雕像被献于蛮王,辗转四域各国多年。流浪行僧四处流浪,在多年以后再次见到了黄金公主。一名书生将军奉皇帝命令,带领骁勇军队,由东而来,击溃了凶蛮大军,一路将其赶出四域诸国,三十六国恢复大半,蛮王在惊惧中死于逃亡路上。书生将军平定四域,建立不世奇功。黄金公主雕像伫立军帐外。士兵在草滩上找到了独眼的行僧,带他面见自家主帅。书生将军问僧人:"尊师,可还认得我。"

流浪行僧认出了书生将军。很多很多年前,有一个被困最北冰原上牧羊的书生,那时他的头发还没有全白,一直等到公羊生出了羊羔,他才被放了回去。现在书生已是将军,建功立业,打败凶蛮,恢复了三十六国。书生将军说："我奉皇帝之命，平定四域，还四域太平。现在战乱已消，四域尽归我土。我听说过你的故事，你曾是无忧国王子，不得已出家为僧，四域漂泊，无忧国还于你如何，你不用再流浪乞讨，可以返回故里，继续当你的无忧王子。"

流浪行僧说："我不记得什么无忧王子，也不记得前尘往事，曾经的书生，现在的将军，曾经的少年，现在的老人，一年四季，鲜花繁尽，最后无不归于尘土，所有都是短暂之物。曾经遇见一名东僧，我和他短暂同行，人们各有所寻之物，我们也是。"

他一直没有找到所寻之物。他从王子成为行僧，一路上花开花落，春去秋来，沧海桑田，故国不在，将军身死。孩童长成大人，大人成家立业，一瞬间垂垂老矣，毛尽须白，牙松齿落，婴儿呱呱出生，少女怀春，老人悲秋，草滩上的牧草由绿变黄，枯萎新生。从沙漠走到绿洲，从雪原走到冰海，从河滩走到雪峰，从绿草菲菲走到白雪皑皑。

有一天他看见一头金色长毛羊站在夕阳里，羊角弯弯开遍鲜花，带他走到道路尽头，一棵金色叶树亭亭舒展，树叶婆娑如舞，有牧人歌声从远处飘来。牧羊女早已不在世间，化为金叶树木，生而不死一千年，死而不倒一千年，倒而不朽一千年。夕阳西下，金色叶片如雪纷飞，流浪僧人手抚树身，微笑闭目，坐化于胡杨树下。

春节时，我给新疆文化馆工作的朋友发微信拜年，顺便跟他说了无忧僧人后面的故事。朋友说，他没有在历史文献里看到无忧国和无双国的记载，但是这个故事里有很多历史人物的影子，比方说，那个北海牧羊的书生，应该和苏武牧羊有关；夜遇毒龙的东僧，可能是比玄奘更早去取经的法显大师；还有故事最后提到的胡杨树，在维吾尔语里称"托克拉克"，意思是最"美丽的树"。

我问他这个故事是不是真的。他说："西域三十六国，曾经是三十六佛国，存在过这样一名僧人不足为奇，我觉得叫《痴僧传》就很好，可能是汉至唐这段时间，有人把他的经历传唱成了故事，但故事也随着时间而渐渐被人忘记了。这个故事显然不是《佛国记》《大唐西域记》这样的游记，其实讲的是一个人的人生，人生有很多的形态。就像《楞伽经》所说，'譬如巨海浪，斯由猛风起。洪波鼓冥壑，无有断绝时。藏识海常住，境界风所动。种种诸识浪，腾跃而转生。'"

乐 土

李 元

　　闹钟响了，天还没亮，月亮高高挂起。李师傅关掉闹铃，从床上坐起来，穿上昨天穿过的衣服，还有他那双黑色皮鞋。他猛力地搓手，推开房门，冷空气就像奔跑的羊群那样进入屋子里。尽管再往前就会有一个大广场，那里有好几家装修新颖且供暖充足的旅馆，但每次带客人来塔县，李师傅还是会把客人安置在这个公路边上的旅店里。

　　那些住惯了干净整洁的快捷旅馆，或者趁着淡季低价预订高级酒店的旅客，他们是不愿意花这些钱来住一个街边宾馆的。他们期待的是一间能够看得到雪山的房间，或者屋子里放着暖炉闪着暖光的冬日小屋。每当客人问，怎么安排这种条件的宾馆？这时候李师傅就会告诉他们，景色最好的地方，条件都是最差的，现在旺季其他地方价格都高得吓人，而且这里也能看到雪山。你们不就想看日照金山吗？只有住在这种地方才能看得到。

李师傅每一次都住在同一间房。每次推开门，那间屋子里所有东西都放在原处，一样不多一样不少。房间里，按钮一旋，墙上的绿色氧气瓶就开始"咕嘟""咕嘟"冒泡，为房间输送氧气。不过这东西李师傅不需要，他一年中一大半时间都在高原开车，他的肺已经是高原的肺了。

天光微亮，厨房后门的大狗就开始叫唤，它们在大铁笼子里跑圈，一副跃跃欲试要上战场的样子。旅店老板娘说，长得最大的那只，刚送到这儿来的第一天晚上就把她咬了。

"咬哪里？"李师傅问。

老板娘伸出胳膊给他看。

"除了细皮嫩肉，什么也没有。"李师傅说。

"这里呀，你仔细看。"她指着右边的手腕，上面什么也没有。

她说她当初花了好些功夫才让这只狗认她当主人。等天一亮，个头最大的那一只就会被关到里面的屋子，免得吓到住客。这几只狗不仅认识老板娘，也认识李师傅。他带客人来的次数多了，狗就记住了。大清早李师傅从它们面前经过，它们三只一下子抬起头，隔着笼子上下打量李师傅，一声不响。高原的旅店几乎家家都养大狗，是为了防范半夜从山上下来的狼。老板娘说，什么都防，在靠近边境的地方，什么事都有可能。

　　李师傅起得很早，厨房里的灯也亮得早。老板娘回头看见李师傅走进来，她指指桌子："要吃自己拿。"旅店会为司机也准备一份早餐，毕竟是他们带来的生意。司机一般会跟游客们坐到外面的餐厅里吃，但是李师傅不一样，李师傅都是坐在厨房吃的。吃的也就那些能填饱肚子的食物，最简单的早餐，粥、鸡蛋、面饼，有时候粥也会做成南瓜粥。

　　"再来点水果？"李师傅打了个哈欠。

　　"你去里面找找还有啥。"

　　李师傅站起身，从后面的冰箱里拿出来一根黄瓜，放在水龙头下面冲了冲，冰冷的水碰到他的皮肤，他手一抖，黄瓜掉进水斗里。老板娘回头一看，没有睬他。李师傅嘴里叼着黄瓜，一边还帮着老板娘把装着热粥的大铁锅从厨房推到餐厅里。他们打开餐厅的灯，再给两张桌子铺上一次性台布，然后边聊天边等着顾客起床，就像一对开餐厅的夫妻。老板娘打开收音机，里面开始播报新闻。

　　"你这里应该放一台电视机。"李师傅说。

　　"我看手机，不看电视。"

　　"顾客要看啊，他们在这荒山野林最想知道的就是下面城市里发生的事。当时那个演员，你肯定知道，春晚出来表演过节目的。她去世的消息我就是在餐厅的电视机里看到的。高秀敏！对，她叫高秀敏！还有那个本·拉登，他被击毙的时候，我也是在餐厅的电视机里看到的。当时所有人都围着一台电视机在看，就像在看电影。"

"你就不能看点开心的东西？"老板娘笑了。

"你一看就是不看新闻的，开心的事情怎么会在新闻里放。"

这时候收音机里在播报以色列和巴勒斯坦的新闻，他们都不说话，静静听着，"据巴勒斯坦《圣城报》援引加沙地带卫生部门当地时间 11 日发布的最新数据，自去年 10 月 7 日巴以新一轮冲突爆发以来……"

"吃饱没？再来点粥，反正他们也吃不完。"老板娘问。

"饱了。"

"路上再带点馕。"

"我今天会路过休息站，那里有卖的。你们自己留着。"

"留着也是浪费，本来就是为了你这个团特意加的班，不然我早回乌鲁木齐去了。"

"行，那给我装点儿呗。"李师傅捋了下褶皱的桌布，盯着自己在桌布上来来回回移动的手，"你回去不也一样的咯，还不如在这里。"

"冬天谁来这，我留下来一个人喝西北风啊，又没人会养我的。"

吃了早餐，李师傅去检查了油箱，再把前一夜客人们留下的垃圾清理掉，还要检查车前的大玻璃是否完好，有时候会有小石子砸在玻璃上，玻璃会慢慢裂出一条缝。这辆车跟着他已有七年，陪他一起翻过山越过岭，要是车子发生了磕碰，他都会心疼不已。后备厢里除了氧气瓶和水，还有李师傅自己的一套长长短短的摄影镜头，它们被小心翼翼地放在一只黑色的大摄影包里，看到壮丽的雪山和冰封的湖面，他也会像个初来乍到的游客，捧着相机拍个不停。他多希望自己也能和那些专业的摄影师一起，在山上搭个帐篷，花一两个月的时间等待完美的光影，等待日升日落时天地间绝美的一瞬。但他哪有一两个月闲暇的资本。

李师傅之前就跟老板娘约定，带完今年的最后一个团，他就开车带她去巴楚看胡杨林。李师傅算了下时间，从塔县出发开到巴楚，一路上就算不停歇地开车，也得开上七八个小时。他们那天早早就驱车开始赶路了，上车之前老板娘把大门的钥匙交给了她的徒弟，这个男孩整个冬天都会在这里度过，不仅是为了照顾这个旅店，还有老板娘的三只狗。最后老板娘从自己屋子里搬出了两个大箱子装在车上，这是她要带回乌鲁木齐的家中的所有东西。

伴着天上的月亮，这两个人便开始了他们短暂的旅途。中间他们在一个无人的休息站停靠、加油。老板娘进了装修了一半的卫生间，李师傅在门口替她把门。厕所门口正对着连绵的群山，朝霞的红晕正一点点从山顶蔓延开来。他把车子收拾得一干二净，几乎看不出任何其他人的痕迹。老板娘看到这中间倒车镜下挂着的平安符，用一根红绳拴着，还有驾驶座上铺的背垫，一层厚实的棕色人造毛，上面印着一只小熊。当李师傅正忙着把她的行李搬进后备厢，她却忙着环顾四周搜索信息。她当然知道他有妻女，但她不知道事情是不是就像他说的那样，他的家庭全靠唯一的女儿在维系。

老板娘经历过一段短暂的婚姻，在她第二次流产的时候那个男人就走了，一刻也没有停留，也没有礼貌地展现出半点留恋。她记得他说："是你自己不争气，如果你能怀上，我们也不至于走到这一步。"她记得自己忽然对这个人生出一丝怜悯。他说的每一个字都是真的，他对于妻子怀不上孩子的愤怒也是真的，出于对繁衍后代无望的愤怒，他走的时候几乎带走了她的一切。有一段时间，老板娘的心中时常压抑着一种情绪，那就是她必须也像那个男人一样，做一件坏透了的事情。但日积月累，这种情绪越来越淡，她破碎的自尊变成了一种虚无的平静。她觉得上天这么对待她，让她经受这些，既是对她的考验，也是对她的保护。

他们一路上没有长时间的休息，到达胡杨林景区的时候天还大亮，秋天一过就几乎见不到成片金色的胡杨林了。园区就像一个漫无边际的森林，他们坐着观光车进入。老板娘用手机对着已变成土黄色的胡杨林拍照，同时感叹着自然的壮观。老板娘虽然也长着汉人的脸，但她一直都生活在新疆，怎么会没见过胡杨林呢？她只是对他们第一次短暂的旅行感到兴奋。她上一次结婚之前，都没有和那个男人旅游过。这一切对她来说既新鲜又充满挑战，她努力让自己的兴奋不要过于明显。在湖泊前，立着一个和周围环境违和的人造爱心，是用假的粉色玫瑰花堆积起来的。观光车司机把车停在那里，回头问需不需要给他们拍一张。

"你要拍吗？"李师傅问。

"拍一张吧。"

"行，你爬到那个上面，我帮你拍。"

园区巨大到都有了一种荒凉之感，临近旅游淡季，几乎看不到其他的游客了。整个湖泊都给他们独享，老板娘想在那个巨大的粉色爱心前面拍多久就能拍多久。

老板娘不是一个会耍手段的人，她全凭着一股韧劲把旅馆经营起来。但她其实是一个很柔弱的人，她看到乞讨的老人和孩子会难受好一阵子，她从不向之前那个丈夫讨要一分钱，因为她总是心疼那个出门打工的男人。那段婚姻刚开始时，装修房子、布置，到后来上医院看病、配药、住院，都是她自己掏的钱。有人也问过她，为什么要这么做？由丈夫来支付这些钱，哪怕是一半，也是天经地义的。她却说，这个男人给她的温暖比父母给的还要多。当她花光了积蓄，她只能去外面借钱。那个男人离开她的时候，她还欠着一屁股债。当然她觉得这和男人无关，是她以自己的名义借来的。她甚至为了男人并没有因此责备她而庆幸了那么一会儿。

"你过去，我给你们拍。"司机想要拿过李师傅手里的手机，帮他们俩拍一张合影。

"不用不用，我拍照不好看。"李师傅挥挥手。

老板娘站在那个人造架子上，她听不清他们的声音，但大概知道司机的意思。她往左边挪了挪："上来呗，可以站两个人！"

"不了不了，我今天灰头土脸。"

他们最后在湖边找到一处可以坐下来休息的地方，是个由木头搭建起来的长亭，司机站在车子边上抽烟，他们一起沿着湖散了会儿步，最后坐在亭子里。

"今天阳光真不错。"老板娘摘下围巾，放到一边。

"要是再早一个月，这里都是金黄金黄的，一大片。"李师傅说，这是他常带游客来的目的地，他对这里了如指掌。

"那下次我们早点儿再来看看。"

李师傅看着湖面倒映的树影晃了神。当兵时，李师傅所在的连队就驻扎在琼穆岗日峰（藏语音译，也称穷母岗日峰）的脚下。通信兵得随时待命，接到任务就拖着工具包，驾着车去抢修通信光缆。夏天山路上阻碍不多，定位准确的话三下五除二就能把活干完。冬天最恼人，大雪封路也就算了，联系上铲雪车一路把雪铲到一边，最怕在山路上溜车，就算猛踩刹车也没用，身后是万丈悬崖，只能祈祷上苍。

李师傅不排斥危险的路段，甚至有点喜欢驾车在无人的公路上，他的前面是没有尽头的公路，后面是回去的归途，而左右两边是围住他们所有人的雄伟高山。刮风下雪时，他车也不敢开得太快，一切都那么的安静，仿佛全世界只剩下他们几个人了。总是听说在糟糕天气里发生意外的事故，他倒不怎么担心他们会遇上这种事。他冥冥中感觉神明的庇佑，让他们每一次都化险为夷。真正头疼的是细碎的工作，比如他们刚找着有问题的线路准备焊接，一阵狂风席卷着白雪扑面而来，狂乱的风令人瞬间迷了眼，分不清楚手中这些个黑不溜秋的电线到底哪一根需要被焊接，哪一根需要被切断，只能重新再排查一遍。完成了任务，回到连队，稍事休整，他们就要开始新一天的安排。李师傅住的宿舍正对着巍峨的琼穆岗日，但房子质量实在太差。他自认自己能吃苦耐劳的性格一大半原因都归咎于在连队的生活环境。为什么会有这么弱不禁风的房子呢？就像用泥巴随意捏出来的。还有那个球场，也是他们的训练场，他和几个战友会在那儿打球，坑坑洼洼的蓝色地板，运球都不知道这球会弹向何处。当然，他不会忘记他们的食堂，绿叶菜就像珠宝一样珍贵，被不懂得珍惜的厨子烧得像咸菜一样干瘪。当兵十二年后，他的体力开始有点撑不住，遇上需要爬梯子去修理的光缆，他的脚就会控制不住地颤抖。不是他恐高，他不怕摔下悬崖，是他的肌肉劳损过度，他不愿意承认自己的关节也开始疼痛了，他感觉这是年纪很大的老人才会有的毛病。

退伍后他回了四川，结婚生子，做过一段时间小生意，被熟人坑过一回，最后又回到高原，重新开起车。他始终相信自己是幸运的，这种幸运过去是神明会庇佑的安全感，现在的幸运是靠自己一点点积攒起来的。意识到自己在做生意这条路上走不远时，他回到了川藏，他度过整个青春的地方。他在那里当上了司机兼导游。他总会从曾经的连队边上路过，路过了一次又一次。他从不会主动往那里开，除非客人指定要去看琼穆岗日，可能那里离拉萨最近，开两个小时车就能见到一座七千米高的山峰。但这座山就在那里，躲也躲不过。有一年客人提出要求去看琼穆岗日，李师傅去了才发现连队的房子拆了，宿舍、炊事房、球场都没了，变成了青稞地，只留下一个小小的土坡，证明这里曾经有人住过。那是他第一次在客人面前流泪，他也没想到自己会流眼泪。年轻时血气方刚，他曾觉得男人流眼泪是一件很丢人的事情。

每当有客人问起他的过去，他一般都不好意思说自己是通信兵，他就说过去在军队，是军人。但他们总喜欢追着问下去，你是什么军呀？空军、海军还是陆军呀？李师傅最想当的是空军，他自己还是个孩子时，觉得驾着飞机穿梭在山谷之间和敌军玩捉迷藏简直太酷了。他知道要当上空军，得有一双好眼睛，所以他从不会在昏暗的地方看书，也不会在太阳光强烈的地方一直睁着眼，那都是在消耗自己的眼睛。后来他如愿当了兵，两年后成了一名真正的通信兵。通信兵的生活没有他曾预想过的遨游天际，也没有战火纷飞，冲锋陷阵的豪情都化作维修电缆时的小心翼翼。有阵子他觉得自己不是军人，而是个修理工。

那个客人知道这是李师傅过去住过的地方，就让他爬到那个残屯的土坡上留个影，站在坡上他看到过去的宿舍还留着一个浅浅的围墙，过去在训练时所有人都要吼着唱出那首歌：前进，向前进，光荣的通信兵，首长的耳目军队神经。他轻轻地哼出这个旋律，他不知道自己曾经的战友们是否也回过这里，大家退伍后天各一方，已经有二十五年没有见过面了。

一开始他在青海湖附近开车，后来一起开车的司机朋友推荐他去新疆，他想着换个环境也好，但没想到开车上路，路上的风景都差不多。而且无论跑川藏线还是新疆，客人们总嚷着要看日照金山。当司机这么些年里，李师傅已经看过太多次金山，金山银山都一样，当山顶被点亮的那一刻，他眯起眼睛，然后习惯性地扭过头，因为一直盯着看对眼睛不好，影响视力。刚到新疆，他对自己是否能适应新疆的气候也有过疑虑，但这车开着开着也就一直这样开下去了。他不仅仅是司机，也是导游。他逐渐在新疆也积攒起了一批老顾客，每年或者每隔几年他们就会再回来。有个一家四口几年前乘过他的车，在新疆北部玩了半个月。其中一个小孩因为怕热，一路上都在闹，哭闹声盖过了他收音机里放的《凤凰传奇》。但这也好，长途开车最怕安静，一静就犯困。几年后，这家人又找到李师傅，让他开车带他们去南疆。

"现在终于能去南疆了。"那个男人感慨。

"孩子也都长大了。"车载音响里放着《爱江山更爱美人》，李师傅特意把音量调轻了一点。

"现在他们只要一部手机就可以活下去。"客人转头看了一眼他的两个孩子，命令他们："休息一会儿，看看窗外！这种风景平时都看不到！"

两个小孩没有任何反应。

"我女儿以前高中住校，我怕她有急事联系不上我们，才给她弄了一个手机。"李师傅说。

"你女儿多大？"

"上大学，大二了。"

李师傅能感觉到男人正在看着他，这人一定在想一个司机居然能培养出一个大学生。他知道自己作为一个服务性行业工作者，是不应该把客户当成一个听众，而自己享受作为一个叙述者的乐趣的。但说到女儿的时候他就是刹不住车，他喜欢跟客人描述他的女儿：她是个热情的孩子，他回家时就会听见房间里传出来的小小脚步声，接着一个黑黝黝的小影出现，像龙旋风一样击中他的腹部。他想用一个词来总结，但他想不出，最后只能说：

她性格特别好；等到了青春期她的胆子反而小了，变得腼腆了；她留长了头发，戴上了眼镜，把自己关在房间里。

和大多数家庭一样，他们在微信上有个群，叫作"一家亲"。群聊里大家都客客气气的，他见着了美景就拍下来发给妻女看，她们也会附和地给予赞美。每年11月就进入了旅游淡季，李师傅在过年之前回家，休息几个月。常年在外，忽然回到家里，他想珍惜这样的日子。

"回去了，拍点你家里的照片给我看看。"李师傅把老板娘送到了乌鲁木齐，离别的时候她对他说。她没有提什么过分的要求，也没有让李师傅许下过任何承诺。不管从哪个方面看，她都会被理解为对他们之间的关系没有那么在意。

"要是发照片不方便也没事。你到了就跟我说一声，你回去也好长的路。"然后她下车拖着行李走了。

李师傅回到家第一时间就跟老板娘报了平安。平时他在高原开车，所有和家庭相关的琐事他都是从那个只有他们三人的名为"一家亲"的微信群里知道的，他以为这个群能够让他了解她们生活中的大部分事情。回到家之后，他才知道上个学期女儿在大学里有一个关系很近的男生朋友，是个山东男孩，大学考来了四川。

"山东人，你以后想去山东啊！"提起这个，妻子火气就冒上来了。

"我们只是同学！"

"同学还送你礼物？！"

"那是生日礼物！"

"都一样，都是礼物！你看看你爸，除了给我送礼物，还给谁送过！"

"那要是他是北京人，他是上海人，你还会这样？不就是怕我跑了，没人照顾你！"

"照顾我？现在是谁在照顾我？连倒个垃圾都得我自己去！"

"你就是自私！"女儿摔门，把自己关在房间里，怎么敲门都不开。她忽然在门里大喊："你这个更年期！"这下好了，她妈几乎要把门捶开。

李师傅问女儿，整天都在房间到底在做什么？她回答，在学习。他说，等到开春后带她去新疆转一圈，他跟她形容热闹的喀什古城，冰雪融化后的山林，还有日照金山的清晨，热闹拥挤的集市。那里有各式各样的烤羊肉，就算是羊肉串上串的也是大块的羊肉。她说那个地方太冷了，她想去热一点的地方。李师傅就说，夏天就不冷了。女儿说，她想去更远的地方。

"去哪里？我来开车。"李师傅问。

女儿说："去墨西哥，去埃及，去撒哈拉。"

女儿自从上了大学后，李师傅还会定期额外给她一笔零花钱。他每年只有那么几个月能照顾她，这笔钱能让他每次想到这件事的时候感觉心里好受点。进了大学的花销不会小，而且她还在成都，周末年轻人也要出去玩。有一回女儿在"一家亲"里发了消息，说学校正在招募大家都去献血，是有补助的，她的几个同学都去了。她看"一家亲"里没有人回复她，又分别给他们打了电话，但那一个小时里他们都没有接到那个电话。李师傅当时正载着四个客人从喀什市里赶往胡杨林，必须在日落之前赶到，中午阳光太强烈，照片拍出来不好看，要等到日落时分，此时树影倒映在湖面上，拍出来的照片才好看。这条路线他跑了太多回，地上有多少个大坑，坑有多深，他一清二楚。那年秋天的胡杨林美不胜收，就像天上的神大手一挥，一袭刺绣的袍子铺在了这片人间大地上。

游客一路拍照，连连感叹自然，李师傅一只脚踩着桥上的栏杆，默不作声，打了好几个电话给女儿女儿才接听。他没忍住，冲着电话大骂："他们给你多少钱！我是平时给你钱给少了吗？"

"不是钱的事，这是为人民服务啊。你自己当兵的你不知道？"女儿理直气壮。

他确实为人民服务过，他把青春几乎都献给了高原，他觉得这种行为是高尚的，无畏的。但一想到为人民服务这件事放到自己女儿头上，他就感到羞愧，觉得是不是自己有什么地方做得还不够好。女儿怎么会为了几百块钱去献血呢？那得吃多少东西才能补回来？但女儿又狡辩，说她这么做不是为了钱。

　　谁知道呢？这件事困扰了李师傅很久，每每想到，他就觉得自己很失败。操劳了大半辈子，依然是个穷困的人。"瑞雪兆丰年"的深冬来临之前，李师傅带着满腔的思念和惭愧回到四川的家里，回家后又会发现家里的一切和他想象的不一样。女儿是个很有自己想法的孩子，这和他、和他老婆都不一样，但他不确定自己是否有能力保护好这样一个想法越来越多的孩子。

　　冬天还没结束，他就开始想念高原的宁静。他喜欢没日没夜地驾驶在望不到头的公路上，他喜欢把客人送到旅店后，和老板娘在后院坐着，哪怕什么都不干。那个后院有一种神奇的力量，能让他忘记许多烦恼，他靠在椅子上昏昏沉沉地眯着眼时，过去生活的画面会不自觉地来到他的脑海里，群山、大雪、电路、公路、球场里的呐喊声……那些画面真是让他差点以为自己睁开眼又会是一个手脚麻利的年轻小兵。不到春天来临，李师傅就计划着回新疆开始新一年的工作。临走之前，李师傅一家三口坐在一起，妻子说要开一个家庭会议。一般只有重大事情要发生前他们才会这样，上一回开这样的会还是因为妻子的姑妈去世。那个姑妈没有子女，她把所有财产留给了他们一家和妻子的哥哥一家。他们卖掉了她的房子，换来的钱一分为二，李师傅家收到的那一部分几乎用来还李师傅做生意亏欠的债务，最终剩下来的那一点也早就用完了。

这一次女儿也参加了，她没有任何铺垫，直接告诉他们，自己打算出国留学。

妻子看着李师傅愣了神，赶紧说："我让她自己去考虑，她考虑到现在，说准备跟你商量。"

"商量什么？"李师傅问。

"留学的事啊。"

"你都已经决定了，现在就是通知我一下嘛，对不？"

"我是和你商量。"

"你以前不是不爱读书的吗？现在怎么自己又主动想要读书了？"

听李师傅这么说，妻子感觉到有点讶异，她拿起热水壶往每个人杯子里都加了点热水。她们怎么能理解我的感受？李师傅想。本来再过两年女儿大学毕业就可以开始工作了，出去挣钱，为家里出一份力。她却对自己的人生有了更高的渴望，有了新的追求。对于女儿，李师傅当然充满了爱意，但他实在不明白为什么当他听到这个消息的时候，心中会有愤怒。从一开始，他就高估了自己对女儿的怜爱，低估了她对自己的规划。在三人的聊天中，李师傅也听出来，妻子是支持女儿的，他把妻子的行为理解成一种赌博，她在赌她的女儿能够飞黄腾达。

李师傅以前接到过四个客人，两对夫妻，他们一路上都在聊天。他们两家的孩子都在国外念书，他们为了是否让孩子回国争论不休。坐在前排的男人想让孩子在国外实习，他说他在外面也有点关系。另一个男人提醒他们，国外不像国内，做事情都是讲公平的，这种开后门只有在中国行得通。他说他想让小孩一毕业就回来，学学本领。

他们从喀什一路向南，途中穿行过盖孜峡谷，通行口过得特别慢，车子都堵在门口，中巴公路上一辆辆货运车缓慢地朝着巴基斯坦的方向移动。过了通行的口子，车子一辆接一辆，速度提了上来，接下去走的就是山路，坐在前排的那人没注意车正要开上山路，他正准备介绍他孩子要去实习的大公司是个什么来头。接下去的路是丝绸之路中艰险的一段，车开上了新建的车道，在新车道的对面的山腰上还有一条陈旧而狭窄的旧路，像一根不知道何时会突然断裂的绳子，松松垮垮地耷拉在山腰上。旧路上专门停了几辆警车挡住去路。李师傅车子前后被两辆大货车夹着，他开得很慢，这条路他开了不知道多少次，但还是和前面的车隔了一段距离。有一个弯头稍大的转弯，李师傅轻轻踩了脚刹车，接着猛地摁了两下喇叭，前面的那辆往巴基斯坦运货的货车司机听见喇叭声本能地踩了脚刹车。李师傅赶紧和乘客解释，他的一个司机朋友开夜车从这条路上连人带车掉下去了，他以后每一次路过这里都会鸣一声笛。后座的女人问，那个掉下去的司机后来怎么找到的。李师傅说，捞上来的呗，来了好多警察，找了整整一夜。

"那有没有考虑过毕业之后怎么办呢？你是不是要在国外实习呢？还是准备读完书就回来找工作？就算在国外，也是需要有人替你打点好关系的……"他把过去从乘客嘴里听到的话复述给女儿听，她一定在想爸爸是怎么知道这些事情的，但她不仅没有被这些话吓退，反而一副跃跃欲试想要跟他争辩的样子。

他们围坐在餐桌边交谈到深夜，李师傅始终重复着那样一个话题，未来的不确定性。但除了从乘客那里听到的这些片段的聊天，他已经说不出什么内容去维持这段对话。

"大不了我一边上学一边打工，我会把学费都还给你们的。"女儿的眼泪在眼眶中打转，她太要强了，强忍着眼泪不让它们掉下来。李师傅想告诉她，就算怀着坚定理想，早晚也要面对现实的，这个现实是从你来到这个世界的那一刻就注定了。李师傅看着女儿，现在的她就像年轻时候的自己，幻想无数个光明的未来。这些光明的前途曾经给你带来多少希望，在现实降临后就会像锋利的刀一样刺向你。

他把凳子往女儿边上挪了挪，这样可以离她坐得更近一点，"你不要以为去了国外，外面的人都会欢迎你。你不像那些富人，坐我车的客人里面，有不少有钱人，他们花钱如流水，他们不在意是几千块钱，还是几万块钱。他们可以随便离开祖国，可以随便忘记自己是中国人，因为他们是有钱人，所以不管在哪里，他们都会受到欢迎。我们不一样，我们并不是处处都受欢迎的人。"

今年春天李师傅回去得比往年都早一些。一般一年中最早一批客人都是老人客，他们提前联系李师傅，跟他预约时间，他会给客人出一份计划，具体到每一天的吃、住、行。他想等到自己开工了，那老板娘应该也开工了，不仅他认识的这个老板娘，整个新疆的老板和老板娘都要开门迎客了。上个冬天他离开时，就连最热闹的喀什古镇都关了一大半的店，店门口挂着休息的招牌，有的老板会在门口写上联系方式和来年开工的时间，然后留下一个紧闭的店门。

他也没想到自己竟然那么早就回到了新疆，他给自己预留了一周的准备时间。他回去的第一件事就是来到老板娘这里，春寒结束之前旅店是不会有太多生意的，但老板娘和他一样都提早到了。店里只有她一个人，什么都没有变，就和上一个冬天他们离开时一模一样。

"那看门的孩子呢？"李师傅问。

"给他放几天假，反正没什么人，我自己能应付。这不还有你吗？"

他等着她把热水从厨房端进来，她用给客人用的玻璃杯给他泡上茶，然后也给她自己泡了一杯。

"回家过年，一天都没有休息过，就像在家里上班。每天都有操不完的心，这里的事情刚忙完，那边又出了事。"他开始说这几个月他是怎么过的，他妻子也还在上班，每天他除了帮她做点家务，还要去她哥开的洗车店帮忙。过年的时候他妈妈又在家里摔了一跤。

风大了起来，吹得铁窗"吱吱啦啦"地响。院子里关着的狗听见动静，站了起来，似乎随时准备着应对变化。老板娘站起来，把窗往里拉了拉，这样风就不会漏进来。她想回应李师傅说出的这些家庭琐事，但是她能说什么呢？她也没有资格去评判他的家庭，她也怕自己无心说了什么显得自己小肚鸡肠。

"说这些我不是为了让你觉得我在家里很忙，没有时间告知她们我们的事情。"李师傅看向窗外，外面的阳光正剧烈地照在对面的山川之上，他立刻眯起眼睛，迅速把目光收了回来："我这次回去的时候下了很大的决心，我也不想浪费任何人的时间，我知道你这一路走来也是很不容易的。"

"你什么都没跟她们说？"

"你先听我说，我妈住院那几天她都忙着陪护，她不放心我妈一个人在医院。过完年，我女儿也跟我谈了一次，她从来没有那么严肃地跟我聊过天。她说她想出去看看，要出国。我就跟她说，都要毕业了出去挣钱了，怎么忽然要继续念书。她说，如果我不给她钱，她要自己出去打工挣钱，她在四川都没能挣到几个钱，还想着出去挣外国人的钱？我说她这是痴人说梦，但是你知道的，她这个年纪，不管大人说什么都是听不进去的。"

"你说了这么多了，比一整个冬天跟我说的话都要多。"老板娘双手抱住杯子，她的手僵硬着，但并不是因为天气寒冷。她紧紧地捏住杯子，她担心自己轻微的颤抖都会被李师傅看出来。

"我在家，每时每刻身边都有人，我能够和你打一个电话已经很不容易了。我提早回来，我跟她们说有客人预订了我的车。"

其实去年春节分别之前她就有了预感，李师傅回家能干什么呢？除了白天帮着家里做点事，照顾家人，陪伴家人，晚上他还得跟他老婆在一张床上睡觉。他曾经说，那个地方只是他生活的地方，因为老板娘在这高原之上，他感觉这里虽然只是一家供人歇脚的旅店，但对他来说更像温暖的家乡。他说他从小就在高原，当兵的时候高原磨炼他的意志，现在他已经习惯辽阔的大地，蜿蜒曲折的山路和稀薄的空气，这里反而让他感觉踏实。

李师傅在店里坐了两个小时，新疆的天黑得晚，他离开的时候外面依然阳光普照。旅店门口的大石头上堆砌成一个小塔，叫作玛尼堆，藏族人用来祈福和祷告用的。没人知道第一块石头是谁堆起来的，随着途经这里的人越来越多，游客们在上车前都爱随手放上一块石头。老板娘说，每一阵风吹过它，都代表一次思念。李师傅小心地绕过石堆，坐进车里，扑面而来的是这辆老车散发出的浓厚味道，夹杂着香烟、汽油和不同的客人留下来的气味。他一脚油门开出了旅店的大门，公路在他眼前延伸得越来越远，前后没有车，他自由地驾驶在积雪早已融化的公路上，这个世界上又剩下他一个人了，就像当兵时出发去抢修电缆一样。他忽然有点羡慕女儿，也许她能走出一条和自己不一样的路了，现在的她也根本不会明白，为什么维持比失去更为重要。

　　旅店又回到了之前的沉寂，老板娘把李师傅刚刚喝过的杯子放进了水斗里，就好像这里从来都没有来过人。下一个旅游季还要等上一个月，也许最近会有零零星星的客人前来。她拉上房间里的半扇窗帘，坐在晒不到太阳的那半边，被一种异常的冷静占据，她感觉到大脑一片空白时的平静。有那么一刻，她确实忘记了自己刚才失态的模样，肮脏的词语从她口中吐出来，甚至砸碎杯子，但她并不为此后悔，因为她在他的眼中看到了似曾相识的东西，她曾经在她之前那任丈夫的眼中见过。他们都曾被她吸引，但她应该知道他们早晚都会厌倦。被光照亮的那半间屋子正变得越来越明媚，如果日落时分还有夕阳，那一定也会照在公路对面的群山顶上，这时的日照金山的颜色会比早上的看上去更醇厚。她不愿把这里当作家，这里是她工作和生活的地方，是她自给自足的地方，但从来不是家。一旦心里接纳了这个地方，她知道自己会难以割舍这里的一切。现在她坐在自己的房间里，这间房间和那几间正对公路的客房一样，能够清晰地看见对面的群山，她就坐在这里，等着那一道阳光洒向山头，新的节奏将会重新降临在这里。

跋

为进一步深入贯彻落实习近平文化思想，更好地发挥文化润疆的重要作用，生动描述上海援疆建设中的辉煌成就和动人事迹，2023 年 11 月，上海市作家协会组建了由王伟、薛舒、杨绣丽、简平、傅小平、伍斌、三盅、王瑢、默音、哥舒意、王萌萌、李鹏、吕争、李元、陈佶等作家参与的采风团，赴喀什地区开展了"见证新时代，书写喀什情"援疆采风创作活动。

上海作家采风团深入走访上海援疆前方指挥部，询问援疆各项工作进展；参观巴楚县博物馆，考察文化润疆援建项目的建设和运营情况；走进巴楚县中等职业技术学校、巴楚县人民医院，调研教育援疆、医疗援疆工作成效；来到巴楚县小胡杨社会发展促进中心和电商中心，了解文化润疆社会组织工作开展和特色产业助农增收工作。采风团还领略了喀什地区古丝绸之路千年历史文化和非物质文化遗址保护开发工作。

作家们体验喀什人民丰富多元的民族文化和安居乐业的崭新生活，切身感受到上海援疆干部的朴实情怀和上海援疆行动造福当地群众的真实成果。返沪后，他们创作了一批描绘喀什经济发展、民族团结和文化生活的作品，现结集出版《大地上的喀什》。

图书在版编目（CIP）数据

大地上的喀什 / 上海市作家协会编 . -- 上海 : 上
海文化出版社 , 2025. 7. -- ISBN 978-7-5535-3190-8

Ⅰ . I267

中国国家版本馆 CIP 数据核字第 2025KZ3479 号

出 版 人：姜逸青
责任编辑：顾杏娣
装帧设计：介太书衣　叶　珺
排版制作：方　明

书　　名：大地上的喀什
作　　者：上海市作家协会
出　　版：上海世纪出版集团 上海文化出版社
地　　址：上海市闵行区号景路 159 弄 A 座 3 楼　201101
发　　行：上海文艺出版社发行中心
　　　　　上海市闵行区号景路 159 弄 A 座 2 楼　201101
印　　刷：苏州市越洋印刷有限公司
开　　本：889×1194　1/32
印　　张：9.75
版　　次：2025 年 7 月第一版　2025 年 7 月第一次印刷
书　　号：ISBN 978-7-5535-3190-8/I.1236
定　　价：62.00 元

告 读 者：如发现本书有质量问题请与印刷厂质量科联系 T：0512-68180628